The Farm

农场

［英］汤姆·罗伯·史密斯（Tom Rob Smith）◎著

于 非◎译

湖南文艺出版社
HUNAN LITERATURE AND ART PUBLISHING HOUSE

博集天卷
CS-BOOKY

目录
Contents

第一章　出逃的母亲

接到电话之前，那只是很普通的一天。当时，我拎着大包小包的东西，正走在回家的路上。我住在伦敦的一个小街区里，就在泰晤士河的南岸。过去这附近曾经是一些仓库和工厂，还有这座城市里最小的公园。这是个 8 月的夜晚，天气闷热，一丝风都没有。我累极了，只想快点回家去洗个澡。当手机响起的时候，我甚至考虑过挂掉它。但好奇心促使我放慢了脚步，用手指滑动口袋里的手机，然后把它拿出来，贴在耳朵上——汗水很快就沾满了屏幕。电话是我爸爸打来的，他不久前刚刚搬到了瑞典。这有点不对劲，他很少使用手机的，因为打到伦敦的长途电话费用很贵。手机里传来他的哭声。我一下子愣住了，手里的购物袋滑落到地上。我从来没有见

农场
The Farm

他哭过。从小到大，我的父母一直小心翼翼地避免在我面前发生争执。在我们的家庭里，从未出现过暴力，泪水和龃龉也颇为少见。虽然，偶尔我也会察觉到气氛有些紧张，但是不管遇到多大的麻烦，他们从未在我面前表露过。我问他：

"爸，怎么了？"

"你妈妈……她有点不太好。"

"妈妈生病了？"

"我感觉太难过了。"

"因为她生病了？她病得很重吗？妈妈到底怎么了？"

他一直在哭。我只好默默地等着，直到他说：

"她老是胡思乱想，想一些可怕的事情。"

原来只是出现了幻想，并不是身体出了毛病，我松了一口气，不过这听起来还是有些不正常。我蹲下来，一只手撑在尚有余温的龟裂的混凝土路面上，我看着一道红色的酱汁从歪倒的购物袋里流淌出来。过了一会儿，我问他：

"她病了多久了？"

"整个夏天都这样。"

看来已经有几个月了，但我什么也不知道。我一直待在这里，在伦敦。很显然，爸爸保持了有事就瞒着我的传统。正想着，他又说道："我本来以为可以帮助她。或许是我拖得时间太长了，可刚开始的时候症状一点也不明显——就是有点焦虑和奇怪的言论，我们都没当回事。后来她开始胡乱猜忌。她不听我说话，谁的话也不听。她说她有证据，言之凿凿地怀疑这怀疑那，其实都是些无稽之谈和谎言。"

爸爸的声调逐渐高起来，语气越来越坚定，他停止了哭泣，恢复了言语的流畅。除了悲伤，他的声音里多了些别的东西。

"我原以为一切都会好起来，或许她只是需要时间去适应瑞典的农场生活，可是事情越来越糟糕。现在……"

我父母这一辈人，除非受到了明显的严重外伤，否则轻易不会去看医生。对他们来说，与一个陌生人分享生活中最私密的细节是不可想象的。

"爸，告诉我，她看过医生了吗？"

"医生说她是急性精神病发作。丹尼尔……"

妈妈和爸爸是这个世界上唯一不会用 "丹" * 来称呼我的人。

"你妈妈进了医院。她正在接受治疗。"

听了最后这句话，我张了张嘴，不知道该说什么。我一度以为自己会惊叫，但终究什么也没说出来。

"丹尼尔？"

"嗯。"

"你在听吗？"

---

* 译者注：丹是丹尼尔的昵称和简称。

农 场
The Farm

"我听着呢。"

一辆汽车从我身边缓缓地驶过，司机盯着我，按了按喇叭，但没有停下来。我看了下自己的手表，现在是晚上八点，今晚不会有航班起飞了，我打算明天一早就出发。情绪的波动并没有使我失去效率，我们又聊了一会儿。经过了最初几分钟的震惊，我们都恢复了常态——自控和克制。我说：

"我会预订明早的机票，我一订完票就给你打电话。你在农场吗？还是在医院？"

他居然还在农场里。

挂断电话，我急忙把购物袋里的东西——拿出来，摆在人行道上。最后，我翻出了一瓶打破的番茄酱，我小心地把它拿出来，玻璃碎片上还粘着商标。我把它丢进附近的一个垃圾桶里，走回购物袋旁，拿出纸巾擦拭剩余的酱汁。虽然根本没这个必要——忘掉该死的购物袋吧，我妈妈生病了——可是瓶子完全碎掉了，番茄酱也飞溅得到处都是。况且，做点简单的清理工作也可以帮助我恢复平静。我拿起袋子，用比平时更快的速度赶回了自己的家——老肉饼厂楼上改造出来的一套公寓。我冲着冷水澡，琢磨着自己要不要哭上一场。该不该哭呢？我问着自己，就像决定是否该抽根烟一样。这不是一个儿子应该做的吗？面对这种情况，哭不是一个人的本能吗？不过，在感情用事之前，我还是停了下来。在别人的眼里，我一直是个镇定的人，但在这件事上，我并不是冷静——我只是觉得有些难以置信。一想到妈妈正在医院里接受医生的治疗，我就感觉不真实，我无法把情感宣泄在自己不了解的情况中。我不能哭，有太多的问题让我根本哭不出来。

　　洗完澡后，我坐在自己的电脑前，浏览过去五个月妈妈发给我的邮件，想从里面找出些许线索。但是，我失望了。自从 4 月份他们搬到瑞典之后，我就再没见过我的父母。在欢送他们离开英格兰的聚会上，我们共同举杯，祝愿他们退休生活快乐。宴会结束后，所有的客人，包括我父母最亲密的朋友，都站在老房子门前向他们挥手告别。我没有兄弟姐妹，也没有叔伯姑姨，在我的印象中，家庭就意味着三个人，妈妈、爸爸和我——一个稳定的三角形，就像三颗明亮的星星紧紧地抱在一起，周围都是无尽的虚空。我们从未认真地讨论过亲情的缺失。但很明显，我父母都经历过艰难的童年，都被自己的父母疏远过。我坚信，他们从不在我面前争吵，正是源于某种强烈的渴望：他们要为我提供一个与他们截然不同的童年。他们的身上没有传统英国人的保守，他们善于表达自己的爱和幸福。日子过得好，他们会兴高采烈地庆祝，即便遇到不顺，也会表现得非常乐观。这就是为什么有些人认为我是温室里的花朵——我的世界里只有美好，一切的丑恶都被隐藏了起来。我被保护得妥妥帖帖的。

　　那天的欢送会非常完美，在人们的欢呼和簇拥当中，爸爸妈妈开着车，满载着自己的全部家当出发了，就像开启了一次伟大的冒

农场
The Farm

险。妈妈的脸上洋溢着兴奋的神情，她终于可以回到自己的祖国了。她离开那儿时只有十六岁。

在到达瑞典南部那个偏远的农场后，有那么一段很短的时间，妈妈还经常发电子邮件给我。邮件里充满了对美好的农场生活的描述，还有美丽的乡村风情，以及当地人的热情好客，即便其中隐藏了一丝微妙的感觉，我也把它归结为自己的错觉。过了几周，邮件的篇幅明显缩短，喜悦的感情也越来越少，可在我看来，这反而是正常的。妈妈一定是安定下来了，没有时间去感叹了。终于，她的最后一封邮件出现在我眼前：

"丹尼尔！"

没有别的，就是我的名字，还有一个感叹号。在回复里，我告诉她邮件可能出故障了，有一部分内容没有发送过来，所以请她重发一遍。我错误地忽视了这封邮件，一点也没有多想，根本没有注意到邮件背后可能隐藏的痛苦。

我不安地浏览着所有的邮件，想看看还有没有其他被我忽视的问题。然而，没有胡言乱语的迹象，没有不规则的拼写，也没有令人困惑的浪漫幻想，她的写作风格一如既往，大多使用英语，偶尔会夹杂一些瑞典语。我不得不跳过很多这样的词，尽管小的时候她都教过我。这让我感到非常羞愧。有一封邮件包含了两个很大的附件，却没有其他的文字信息。附件是他们的照片。我之前一定看过，但现在我的大脑里一片空白。很快，第一张照片出现在屏幕上，灰色的天空下，是暗淡的谷仓和生锈的铁皮屋顶，一辆拖拉机停在屋子外面。放大照片，我从玻璃的影子中看到了这张照片的拍摄者——我的妈妈。在闪光灯的强光照射下，她的头仿佛被笼罩在明亮的白色光圈当中。第二张照片上，爸爸正站在农舍的外面和一个高大的陌生人交谈。照片是从远处拍摄的，拍照的时候爸爸应该并不知道。与其说这是一幅随手拍下的家居照，还不如说是一张监视照片。在回复的邮件里，我假惺惺地表示，我真的很想到农场去看望他们。我在撒谎。我并不想去那儿，从夏初到夏末，再到初秋，我用半真半假的含糊理由已经把行程推迟过好几次了。

　　拖延的真正原因是，我在害怕。我没有告诉他们，我现在和一个男人同居。我们已经认识三年了，而且我们正在讨论结婚的事。随着时间的推移，我愈加坚信，自己无法在不破坏家庭的基础上解决这个问题。我在上大学的时候和女孩子约会过，我的父母还会为我们做晚饭，他们为我的选择而欣慰——那些女孩都是非常美丽、风趣而聪明的。但是当她们脱掉衣服的时候，我的心跳并没有加速；和她们做爱时，我只能尽力表现得非常专注。我迫使自己相信，我能让她们快乐，我不是个同性恋。一直到我从家里搬出去之后，我

农 场
The Farm

才接受了自己的性取向，并坦白地向朋友们承认。但这其中并不包括我的父母，我不是害羞，而是怕伤害到他们。我害怕会破坏童年的记忆。它应该保持完美。我的父母不遗余力地为我营造了一个幸福的家庭氛围，他们竭尽全力，发誓要创造一个安宁的、没有伤害的伊甸园，他们从未放弃过，哪怕一次也没有。我永远爱他们。然而，听到真相后，他们一定会觉得自己失败了。他们会认为我所说的一切都是谎言。他们会害怕我受到世俗的孤立与折磨，会被人欺负和嘲笑。可这不是真的。对我来说，青春期可谓一帆风顺。尽管我的一些朋友遭遇过社交尴尬，但我轻松地度过了从少年到成年的那一步——我明亮的金发或许稍显憨厚，但我同样明亮的蓝眼睛可一点都不显迟钝。我身姿矫健，相貌堂堂，无论在哪里都大受欢迎。那些年，我天马行空，心底的小秘密也没有给我造成什么困扰。我不会为它感到忧伤，也不愿意过多地思索这个问题，可是现在，我害怕面对它。我怕我的父母会因此质疑自己的努力，质疑我们的家庭，甚至会质疑他们对我的爱，这对他们太不公平了。我甚至听到自己用绝望的声音说着自己都不相信的话：

"就算我是个同性恋，也根本不会改变什么！"

我坚信他们最终会拥抱我的伴侣，祝福我们，就像祝福其他事情一样，只是把一丝悲伤保留在心底。但曾经的完美记忆终将消亡，我们只能哀悼它，就像哀悼那些我们爱的人。所以，我不想去瑞典的真正原因其实是，我对男友做出过承诺，我把这视为最后的机会，我要告诉父母真相，经过这么多年，我要和他们分享自己伴侣的名字。可我并没有准备好。

马克那天晚上回家的时候，发现我正在电脑上搜寻飞往瑞典的航班信息。我还没来得及说话他就笑了，仿佛看穿了我的小心思。我太傻了，完全没有料到他会误会，我只好对他解释说：

"是我妈妈病了。"

我模仿了爸爸的委婉语气。但看着马克竭力地掩饰自己的失望，仿佛他之前的喜悦是一种错误时，我还是感到一阵悲伤。他比我大十一岁，今年刚好四十，这是他的公寓，他是一个成功的法律顾问和律师。在我们的关系当中，我努力扮演平等的角色，竭尽所能地支付相应的租金。不过，说实话，我负担不起。我的工作自由，作为一家公司的设计师，我将屋顶空间转化为花园，但只有当方案获得采纳后才能得到报酬。由于经济衰退，我接不到太多的活计。那么，他能从我这里得到什么？我想是他渴望的那种平静的家庭生活，而这正是我在行的。我不会吵闹。我与世无争。就像父母一样，我努力使自己的家庭远离这个纷扰的世界。马克曾和一个女人一起生活了十年，但以一场痛苦的离婚而告终。他的前妻控诉他偷走了她一生中最好的年华，浪费了她对他的爱。在她三十五岁的时候，她再也找不到一个真正的伴侣了。马克承认她说的是对的——他确实偷走了她十年的光阴。对于她，他充满了愧疚。而我相信，这份愧疚是永远也不会消失的。我曾见过他二十几岁时的照片，照片上的男

农 场
The Farm

人自信满满，身着昂贵的西装，笔直挺拔。他曾热衷于健身，这为他带来了宽阔的肩膀和粗壮的手臂。他呼朋引伴地出没于脱衣舞俱乐部，为同事们策划令人难以忘怀的单身派对。在那里，他大声说笑，拍打着别人的后背。当他描述这些事情的时候就像说的是另一个人。在后来的争吵中，他的父母站在他的前妻那边。他的父亲尤其对马克感到恶心。从那以后，他们再无往来。他妈妈倒是给我们寄过圣诞贺卡，可里面往往只有一首音乐，似乎她不知道该对我们说些什么。落款上也从没有他父亲的名字。我不知道马克是否将我父母的认可视为第二次机会，但可以肯定的是，他有权要求进入我们的生活。他容忍我不断推托的唯一原因，是在经历了这么多事情之后，他觉得不能再要求任何东西了。所以，在某种程度上，我其实一直在利用这件事。这可以减轻我的压力，使我可以一次又一次地暂缓事实的曝光。

他站在我身边，没有问我是否要跟父母说起他的事。但是，我觉得有必要解释一下：

"我明白你的意思，但这不是正确的时刻。"

他点了点头：

"先处理好你妈妈的事。我只是想陪在你身边，不管什么时候。"

他是我见过的最可爱的人。

"真是对不起，马克。"

即便是临时得到通知，在这么短的时间里飞往瑞典也不是什么

第一章　出逃的母亲
Chapter 1

难事。唯一的问题就是，我是否买得起机票。在还没有对父母讲明马克身份的时候，我的确不应该让他掏钱。为了机票，我花光了最后的积蓄，甚至提高了自己的透支权限。买完票后，我打电话给爸爸，告诉他我的行程。我将乘坐早晨第一趟航班，九点三十分从希思罗机场出发，中午时分到达瑞典南部的哥德堡机场。他的话很少，听起来非常沮丧和失落。出于对他一个人如何面对孤独的农场的关心，我问他正在做什么。他回答说：

"我在收拾东西。她把每一个抽屉、每一个柜子都翻得乱七八糟的。"

"她在找什么？"

"我不知道。她丧失了理智，丹尼尔，她在墙上到处乱写。"

我问她写了什么。他告诉我没关系。核对完行程，我们互道了晚安。

我完全睡不着。关于妈妈的回忆不断在我脑海里闪现着，我想起二十年前，我们一起待在瑞典的日子。那是一个位于哥德堡北部群岛的度假小岛，我们并排坐在一块岩石上，双脚伸进海水里。远处，一艘远洋货轮从深水区驶过，我们看着轮船带起的波浪在平滑的海面上漫延起层层的细纹。海浪向我们涌来，但我们没有动，只是握着彼此的手，等待着它的到来。波浪逐渐变大，直到涌到浅水区，撞击在礁石上，最终飞溅在我们的身上。我之所以选择这段回忆，是因为那是我和妈妈最亲密的时刻，我无法想象，自己会在不征询

农 场
The Farm

她的意见的情况下做出任何重要决定。那天晚上，在床上，我梦到相同的波浪迸裂在我们脚边的礁石上，一千次，或者更多。

第二天早上，马克坚持开车送我到希思罗机场，即便我们都知道乘坐公共交通工具会更快一些。我同意了，因为这正是他希望扮演的角色。堵车的时候我没有抱怨，甚至没有看我的手表，我清楚马克多么希望和我一起去，我也知道仅仅是这次送行对他而言有多么不容易。在机场，他拥抱了我，几乎要哭出来了——我能感觉到他胸口强抑的悸动，好在他控制住了自己的情绪。我松了一口气，因为如果他哭了，我也会哭的。我也需要控制情绪。我说服他，隔着登机口相望是没有意义的，我们就在外面说再见。我到了瑞典就会打电话给他。

就在我准备好机票和护照即将登机的时候，手机响了，是爸爸，他大喊道：

"丹尼尔，她没在这儿！"

"没在哪儿，爸？"

"医院！他们让她出院了。昨天我送她进来的。 她本不想住院的，但她也没有反对，她是自愿的。结果，我刚一离开，她就说服医生出院了。"

"妈妈说服了他们？"

"反正他们是这样跟我说的。"

"你说过，是医生诊断她有精神病的？"

爸爸没有回答。我又强调了一遍：

"他们没和你商量就让她出院了？"

"是的。"

他的声调低了下来，

"一定是她不让那些人告诉我的。"

"她为什么这么做？"

"我就是她猜疑的人之一。"

他立刻补充道，

"但她说的没有一句是真的。"

这次换成我沉默了。我很想问问妈妈到底在猜疑什么，但又说不出口。最后我换了个话题：

"现在医生怎么说？"

他厉声说：

"我跟你说了——他们什么也不跟我说！"

我坐在自己的行李箱上，双手抱头，排队登机的人从我身边缓缓走过。

"她有手机吗？"

"她几周前把手机摔坏了。她不相信任何人。"

我那节俭的母亲会丧失理智地摔坏手机，这场景让我很难想象。爸爸描述的像是某个我不认识的人。

"钱呢？"

农 场
The Farm

"也许有一点——她随身带着自己的挎包，她总是把它放在眼皮底下。"

"包里有什么？"

"都是些她自认为非常重要的破烂。她称之为证据，其实就是一堆乱七八糟的东西。"

"她是怎么离开医院的？"

"医院的人不告诉我。她可能在任何地方！"

第一次，我感到有些恐慌，于是我说：

"你和妈妈不是开设了共同账户吗？你可以打电话给银行，询问一下最近的交易记录。然后通过用卡信息追踪她的下落。"

他没有搭腔，从这一点我能够看出，之前他没有想过给银行打电话：他总是把钱的问题留给妈妈解决。在他们一起经营生意的时候，她处理各种分类账簿、支付账单、提交年度税务报表，她天生就有着跟数字打交道的能力，并且可以长时间专注于理清收入和支出。我还记得她用过的旧式账目表，那个时候还没有电子表格呢。她的钢笔字非常有力，把数字写得就像盲文一样。

"爸，你去和银行核对一下，然后告诉我。"

趁着等待的时间，我离开排队的人群，走出候机楼，来到了吸烟区，脑袋里胡思乱想着妈妈在瑞典失踪的事情。这时，手机又响了。我很吃惊，爸爸居然这么快就完成了他的任务。

我把手机拿到耳边：

"丹尼尔，仔细听我说……"

是妈妈。

"我在一个公用电话这儿，钱不多了。我敢肯定你父亲对你说过什么，但是他跟你说的都是谎言。我不是疯子，我不需要医生，我需要的是警察。我马上要登上飞往伦敦的航班，你到希思罗机场接我，航站楼是……"

她停了下来，去查看机票上的信息。趁着这个机会，我赶快说：

"妈！"

"丹尼尔，你先不要说话，时间不多了。这架飞机是直航，我会在两小时后降落。如果你的父亲打电话给你，记着……"

电话挂断了。

我试着拨回去，希望妈妈能够接电话，可是没有应答。就在我打算再试一次的时候，爸爸的电话来了。没有多余的寒暄，他直接开始讲了起来，听上去就像是在念笔记：

"今天早上七点二十分，她在哥德堡机场支出了四百英镑，收款方是斯堪的纳维亚航空公司。她坐上了第一班飞往希思罗机场的航班。丹尼尔，她正在去你那儿的路上！丹尼尔？"

"我听到了。"

我为什么不告诉他刚刚接到过妈妈的电话，为什么不告诉他我已经知道她在路上了？是因为我相信她吗？她的声音听上去严正而权威，我原本以为会听到的颠三倒四、真假莫辨的胡言乱语并没有出现。这让我很是迷惑，或者说我完全糊涂了。感觉她像正在严厉而激烈地重申自己的想法——你的爸爸才是个骗子。我结结巴巴地回答：

"我去机场接她吧。你什么时候飞过来？"

"我不过去了。"

"你还要待在瑞典？"

"如果我在瑞典，她就能感觉放松点，而一旦她发现我也在英国，她会发疯的。我不想让她觉得我在追踪她，我待在这里会帮你赢得一些时间，你需要说服她，她需要帮助。我失败了……"

他的劲头消失了，

"我帮不了她，她不接受我的帮助。带她去看医生，丹尼尔。如果她不再担心我的问题，你会有更好的机会帮助她。"

我无法接受他的逻辑，现在说这些没有任何意义。

"等她到这儿时，我会打电话给你。那时候我们再看看该怎么办。"

我匆匆忙忙地结束了通话，脑子里一片混乱。如果妈妈真的得了精神病，为什么医生会让她离开？即使他们不能合法地留住她，也应该通知我的父亲。可他们并没有这样做，仿佛他成了大家的敌人，医生们都在帮助她逃离他的魔爪。在陌生人眼里，她应该是个正常人。航空公司的人卖给了她一张机票，安保人员让她通过了机场安检——没有人阻止她。我很想知道，她到底在墙上写了什么。我的脑子里又浮现出妈妈发给我的那张奇怪照片，爸爸在和另一个男人说话，一个陌生人。

"丹尼尔！"

在我的脑海里，这听起来像是一声渴求帮助的哭喊。

屏幕不断在更新，妈妈的航班已经降落。自动门打开，我匆忙赶到护栏的跟前，查看传送带上行李的标签。很快，从哥德堡来的乘客们开始陆续通过大门。首先出来的是商务公干的人，他们找寻着写有自己名字的小塑料牌，接着是一对对夫妻，再后面是举家出行的人们，大件的行李堆得很高。乘客们走出来的速度取决于他们下飞机的快慢。我还是没看到妈妈的身影，她出门的时候向来推崇轻车简行，我甚至无法想象她把行李装进行李舱的情景。一位老人缓慢地从我面前走过，这应该是从斯德哥尔摩来的最后一名乘客了。我认真地考虑是否要打电话给爸爸，告诉他事情不对。这时，巨大的门忽然再次打开，妈妈孤独的身影出现了。

她的头耷拉着，目光低垂，仿佛追寻着面包屑的小鼠，一个破旧的皮革挎包背在肩膀上，塞得满满的，勒紧的包带磨损得很厉害。我从没见过这个包，这不是妈妈会买的东西。她的衣服和挎包一样，流露出种种破损的迹象，她的鞋子上满是擦痕，裤子的膝盖部位皱皱巴巴的，衬衫中间的一颗纽扣也不见了。曾经，妈妈对穿着打扮有着过分的苛求——适合去餐馆穿的，适合去剧院穿的，甚至去电影院也有专门的搭配。最滑稽的是，在工作的时候她也要穿着得体。

农场
The Farm

要知道，当时她和爸爸正在北伦敦经营一家园艺种植中心，它坐落在一块 T 形的土地上，周围是些白色的大屋。在 20 世纪 70 年代初期，伦敦的土地还很便宜。工作时我的父亲身穿破牛仔裤、笨重的长靴和松垮垮的毛衣，嘴里叼着卷烟，而我妈妈则总是穿着笔挺的白衬衫，冬天搭配羊毛裤子，夏季则是棉布长裤。客户们都会注意到她那身一尘不染的办公室装，不明白她是如何保持整洁的，要知道她和老爸可是干着同样多的体力活。遇到有人问起时，她总是笑着耸耸肩，好像在说：我也不知道！其实这并不难猜，后面的屋子里总是备着替换的衣服。她告诉我，做生意全靠脸面，保持外表的光鲜靓丽是很重要的。

我任由她从我身边走过，想知道她是否会看见我。她明显比我们在 4 月分别的时候更瘦了，健康状况也大不如从前。她的裤子松松垮垮，看着就像套在一个木偶身上。她的身体仿佛没有了人体自然的曲线，就像一个粗略勾勒出来的人物形象，而不是真正的人。她那头金色的短发湿漉漉地梳向脑后，看上去倒是平顺而光滑，但上面涂抹的不是发蜡或发胶，而是水。她一定是在下了飞机后去洗手间打扮了一下，努力使自己看起来不那么蓬头垢面。几个月不见，她曾经神采飞扬的面容苍老了许多，她的皮肤上也留下了遭受苦痛的印迹，她的脸颊上有一些黑色的斑点，眼袋也更为明显。对比之下，她那双淡蓝色的眼睛似乎比以往任何时候都更明亮了。绕过栏杆后，我下意识地没有去触碰她，我怕会弄疼她：

"妈妈。"

她惊恐地抬起头，当发现是我——她的儿子后，她的恐惧消失了。她得意地笑了：

"丹尼尔。"

她的语气非常熟悉，过去我让她感到骄傲时，她经常这么叫我——一种平静而热烈的幸福感。拥抱的时候，她把脸埋在我的胸口上，分开后，她握住我的手，我趁机用拇指边缘偷偷地检查了她的手指。她的皮肤很粗糙，她的指甲没有被修剪过，呈锯齿状。她低声说：

"终于结束了。"

尽管身体有着令人担忧的变化，但很快她就证明了自己的思维依然敏锐。她发现了我身边的行李：

"那是什么？"

"爸爸昨晚打电话给我，告诉我你住院了……"

她打断了我的话：

"别管它叫医院，那就是一家疯人院。他开车把我送到了疯人院，他说，那就是我应该待的地方。你知道吗，隔壁房间里的人像动物一样咆哮，然后他打电话给你，告诉你同样的事情，你妈妈疯了，是不是？"

我一时无言以对，发现自己对她尖刻的愤怒有些难以适从：

"你打电话的时候，我正打算飞往瑞典。"

农 场
The Farm

"这么说你是相信他了？"

"我也不知道为什么。"

"他就会这一套。"

"妈妈，告诉我到底发生了什么。"

"现在不行，不能在这里说，这里到处都是人。我们必须从头开始，稳妥地处理这件事情，不能有任何贻误。所以拜托，先别问问题，好吗？还不是时候。"

她在说话时带着一种强烈的意愿，她的语气非常刻意，把每个音节都咬得极其清楚，却对每一处标点一带而过，她在竭尽所能地使句子连贯起来。

我同意了：

"没问题。"

她感激地紧紧握住我的手，她的声音柔和起来：

"带我回家。"

她在英国已经没有了房产，她把它卖掉了，然后搬到瑞典的一个农场——那里本应成为她最终和最幸福的家园的。所以，我只能认为她想回的是我的公寓，或者是马克——那个她从未见过甚至从未听说过的人的公寓。

在等待飞机着陆时，我就已经跟马克通过电话了。在他看来，事态已经超出了掌握。开始的时候，事情虽然令人有些伤感，起码还是可控的，但现在不确定的因素太多了。我的妈妈将要出现在他家里，而她甚至不知道他的名字，这也让他有些不安，但这还不是最令人头痛的，他更关心的是，现在没有了医生的监护，我成了唯一可以判断事实真相的人。我告诉他，一有新消息我会随时打电话给他。我还答应给爸爸打电话，但始终没有机会，妈妈一直待在我身边。我不敢让她独处，又不愿意当着她的面打电话给爸爸，这会让她不信任我，或者更糟糕的是，她可能会再度逃跑——如果不是爸爸提到的话，我永远也不会产生这样一个想法。这个想法让我很害怕。我悄悄地把手伸进口袋，将手机调成了静音。

当我购买车票准备返回市中心的时候，妈妈紧挨在我的身旁。我发现自己会不自觉地观察她，并用微笑来遮掩这份审视的目光。候车的时候她一直牵着我的手，这还是我成年以来的第一次。我现在的想法就是尽可能地不偏不倚，也不做任何猜测，只是为她准备好一块空白的画布，等着听她的故事。对于这样的事，我没有任何经验，因为爸爸妈妈也从来没给过我机会，让我在冲突中判断孰是孰非。但我想，在这个天平上，我略略倾向于我的妈妈，因为她和我更加亲密，也更加熟悉，而爸爸从来都听从于妈妈的判断。

上了火车，妈妈选择坐在车厢的后部，倚靠在窗户边。我意识到这是整个车厢最佳的座位，没人能偷偷地靠近她。她把挎包放在膝盖上，紧紧地抱着，就像一位看守重要包裹的密使。我问：

"这就是你的全部行李吗？"

她庄重地拍了下挎包的顶部：

农 场
The Farm

"我需要的东西全在这里了。证明我不是疯子的全部证据，也是揭发那些罪行的全部证据。"

"罪行"和"揭发"——这样的字眼儿与我平凡的生活是如此格格不入，以至在我看来，它们听上去很荒谬。不过，她是认真的。

"我可以看一下吗？"

"在这儿不行。"

她竖起一根手指放在嘴唇上，示意我这不是一个可以在公众场合讨论的话题。这个手势非常奇怪，完全没有必要。我们已经相处了半个多小时，但我依然无法确定她的精神状态，我真想立刻知道。她变了，无论是身体上，还是性格方面都产生了微妙的变化。我无法确定，这变化是真实存在的，还是仅仅发生在她的脑子里。这很大程度上将取决于她会从挎包里拿出什么——那些她所谓的证据。

帕丁顿车站到了，我们准备下车。妈妈突然抓住我的手臂，带着明显的恐惧说：

"答应我，你会认真地听我说的每一个字，且不会有任何的成见，我就要求这么多。答应我，你会这样做，这就是我要来找你的原因。答应我！"

我把我的手放在她的手上。她在颤抖，似乎很害怕我会不答应。

"我答应。"

在局促的出租车后座上，我们的手紧握在一起，就像私奔的恋人，我闻到了她呼吸的气味。这是一种微妙的气味——金属的味道，我觉得像碎掉的钢铁，如果真有这种味道的话。我还注意到她唇边有一道细细的蓝线，就像因极度寒冷而冻的一样。妈妈察觉了我的想法，她张开嘴，伸出舌头来让我查看。她的舌尖是黑色的，墨鱼汁一样的颜色。

她说：

"恐惧的副作用。你能看见我的舌头，你闻到我的呼吸了吗？"

这不是一个明确的解释。我想知道，在瑞典，医生给她做了哪些检查，又得出了什么样的结论。

出租车停在我的公寓楼外，几百米外，就是我昨晚扔掉购物袋的地方。她从来没有到过这儿，这是因为我的反对。我对他们说，我在与别人合租，父母的到访会让人家感到尴尬。我不知道为什么他们会接受这样一个无力的借口，也不知道自己是怎么想出这个理由的。暂时，我打算继续沿用自己编造的这个理由，不希望转移妈妈的视线。但是在带她进入公寓的时候，我突然想到，任何人只要留心，就会注意到公寓里只有一间卧室，另一间卧室被我们布置成书房了。所以在打开大门后，我立刻向里走去。妈妈回家时总要先把鞋脱掉，这给了我足够的时间去关上卧室和书房的门。我转回身，说：

"我想看看是否还有人在家里，你来得正巧，家里没有其他人。"

妈妈也很高兴。不过，在走过那两扇紧闭的门时，她停顿了一下，她想自己检查一番。我尽量让自己的声音不带一丝紧张，用手臂搂住她，扶着她上楼，我说：

农 场
The Farm

"我保证，这里只有你和我。"

站在开放式厨房和客厅之间，也就是马克这套公寓的中心区域，妈妈对第一次参观我的家感到很着迷。她开始查看各种家具。马克以前总是称自己为极简主义者，一切由着性子来，所以当我搬过来的时候，这里几乎没有任何家具。毫无设计感的公寓，带给人一种空虚和忧伤的感觉。马克在这里睡觉，在这里吃饭，但这不是生活。我一点点地提出建议，清理他的私人物品，该打包的打包，该收拾的收拾，家具也逐渐多了起来。慢慢地，公寓对我们来说变得越来越重要。我看着妈妈逐一细细地查看着我的物品。她从架子上抽出一本书来，那是她送给我的礼物，她很高兴我把它放在显眼的位置上。

"这套公寓真的很棒，你一定混得不错。"

"这不是我买的。"

"那它的租金也一定很贵。"

我说了很多年的谎，这对我来说并不困难，但今天我感到非常痛苦，就像用扭伤的脚去跑步一样。

妈妈拉起我的手说：

"带我去看看花园吧。"

马克雇了我工作的那家公司来进行屋顶花园的设计和施工。他声称自己一直想做一个这样的花园，而且这对我有好处，属于另外一种形式的赞助。我的父母总是对我的职业选择感到很困惑，因为他们相信我理应做一些不同的事情。他们俩十六岁就离开了学校，而我上完了大学，却从事了和他们一样的工作，除了获得盖有橡胶印章的学位证书，以及两万英镑的债务。当然，我的园林设计图可比他们的专业多了——他们从来都是在脑子里制订计划，万不得已，才会画在餐巾纸的背面。我的整个童年都是在植物和花卉当中度过的，我继承了父母在种植方面的天赋，我精通它们的搭配，而且，在从事这份工作的过程中，我感到很快乐。向我妈妈展示这个花园应该是一个值得骄傲的时刻。她说：

"这里很美。"

坐在屋顶上，远眺伦敦的景色，身边绿意萦绕，蜜蜂飞舞，你很容易就忘记一切烦扰。我想永远这样，沐浴在阳光下，肩并着肩，谁也不说话。然而妈妈看了看她的手表，脸上浮现出很不耐烦的神色：

"我们没有太多的时间。"

在听她讲述事情的经过之前，我提出先吃点东西。妈妈礼貌地拒绝了，希望按照她的计划来：

"我有太多的话想要告诉你。"

我依然坚持。就算有很多的事情还不明确，但一个不可否认的事实是，她瘦了很多。我不知道她上次吃东西是在什么时候——妈妈回避了这个问题——当我把香蕉、草莓和蜂蜜混合在一起做成饮料的时候，她就站在我身边，仔细观察着整个过程：

"你相信我，对吧？"

农场
The Farm

她的内心非常谨慎，疑神疑鬼，只允许我使用她查验过的水果。为了证明这杯草莓和香蕉的混合液体是安全的，我在端给她之前自己先尝了一口。她尽可能小地喝了一口。当我们的视线相对时，她明白了我正在评测她的精神状态。于是她改变了态度，开始急促地大口吞咽。喝完饮料之后，她告诉我：

"我要上厕所。"

我担心她可能有些恶心，但我不能坚持陪她一起去。

"在楼下。"

她离开厨房，紧紧地抱着那个从不离身的挎包。

我拿出手机，发现上面有三十个或者更多的未接来电，都是爸爸打来的。我打电话给他，低声说：

"爸爸，她在这里，她很安全。我不能再多说了……"

他打断了我：

"等一下！我还有很多事情没有告诉你。"

对我来说，和他通话如同一次冒险，我害怕被妈妈发现。我转过身来，打算走到楼梯旁边，这样我就能够听到妈妈上楼的脚步声。但她已经在那里，就在房间的门口，看着我。她不可能这么快就从洗手间回来，她一定是撒谎了，她也在考验我，想看看我如何利用这段时间。如果这是测试的话，我失败了。她以一种我从未见过的方式凝视着我，仿佛我不再是她的儿子，而是一种威胁、一个敌人。

爸爸在电话里说：

第一章　出逃的母亲
Chapter 1

"丹尼尔？"

我进退维谷。

妈妈说：

"是他，对吧？"

形势急转直下——她变得咄咄逼人。那种嗤之以鼻的态度对我来说是如此陌生，让我有些喘不过气来。爸爸在电话里听到了她的声音：

"她在那儿吗？"

我一动也不能动，两难的境地让我濒临瘫痪，手机还放在耳边，但我的眼睛一直盯着妈妈。爸爸说：

"丹尼尔，她可能会变得很暴躁。"

听到他这样说，我摇了摇头，不，我不相信。一直以来，我的妈妈从未伤害过任何人。她不会那样的，是爸爸错了。妈妈走上前来，指着手机：

"挂掉电话，否则我就离开。"

我做出了决定：

"我得挂了。"

父亲的声音仍然在手机里响着，我挂断了电话。

就像缴械投降一样，我把手机交给妈妈。我用颤抖的声音为自己辩护道：

"我答应过爸爸，你一到这儿就给他打电话。只是为了让他知道你是安全的，就像我答应你的一样。"

我向前迈出一小步，抬起双手，像和平谈判时经常出现的姿态一样：

"拜托，妈妈，让我们坐下来。你不是要告诉我你的故事吗？我要听。"

"医生给我做了检查，这个他告诉你了吧？他们给我做了检查，又听了我的故事，然后就让我离开了。那些专业人士相信我，他们不相信他编的瞎话。"

她向我走来，把她的包——她的证据递向我。我走到屋子中间，接过那个破旧的皮包。妈妈松开了手，看得出她完全是用意志在克制。拎包的沉重出乎我的意料，我把它放在餐桌上，这时手机又响了，是爸爸，他的照片出现在屏幕上。妈妈看到他的脸，上前一步说：

"你可以选择接电话，或者打开这个包。"

我无视了手机，把一只手放在皮包的顶部，按下纽扣，皮革发出吱吱扭扭的声音，我掀开上盖，向里面看去。

妈妈把手伸进拎包，拿出一个小化妆镜，给我看我的样子，仿佛这就是她的第一份证据。镜子里的我看起来很疲惫，但是妈妈的观察却不一样。

"你在怕我，我看得出来。我知道你的脸色比我的好，我也知道这听起来感性得有点夸张了，但是你想想看，我曾经多少次擦掉你脸上的眼泪或者看着你的微笑。丹尼尔，这么多年以来，你从来没有像这样看着我……

"你自己看看!

"但我不能感到不安,因为这不是你的错。我被陷害了,不是作为一个罪犯,而是作为一个疯子。你的本能让你站在了你父亲那边。不用否认,我们必须彼此坦诚,有好几次我都发现你在紧张地盯着我。我的敌人说我很危险,无论是对自己还是对别人,甚至是对你,我的儿子。他们就是这样不择手段,为了破坏我生命中最珍视的亲情,他们准备做任何事来阻止我。

"我必须告诉你,指控一个女人精神上有问题是让她闭嘴的最有效方法,几百年来他们一直是这样做的,每当我们站起来争取权利、反抗虐待的时候,它就会被拿来当作诋毁我们的武器。

"我承认我现在看起来很吓人。我瘦得像鬼,衣衫褴褛,我没有修剪指甲,我还有口臭。我一辈子都在努力打扮自己,可是今天在机场,你上下打量我的时候,你一定以为——'她肯定是病了!'

"那不是真的,无论我看上去什么样,我的脑子从未像现在这样清楚。

"有时,你会发现我的声音听起来有些异样,就此你可能会认为我不太正常。但是假如你不相信我,你怎么能指望我轻轻松松地和你谈论如此严肃的话题呢?你怎么能指望我直奔主题,三言两语就告诉你到底发生了什么呢?如果我只是简单地说个大概,你会被吓坏的。你会摇头,会质疑,却得不出任何的结论。你只会听到像'谋

杀'和'阴谋'之类的字眼儿,你能接受吗?不能,我必须挨个地
给你讲述细节,你必须了解整件事情发生的前前后后,否则的话,
你也会认为我疯了。你也会把我送到那些维多利亚时代建造的收容
所里去,天知道它们在这座城市的哪个角落。你会告诉医生我的脑
子出了问题,然后他们把我当成罪犯一样关起来,直到渴求自由的
意愿压倒一切,直到我在药物的作用下变得麻木,直到我承认即将
告诉你的一切都是谎言。记住,你的力量比我大得多,我应该害怕你。
看着我,丹尼尔,看着我!我很害怕。"

这已经脱离了正常谈话的范畴,更像是一种情绪的宣泄。从
她大脑中迸射出来的那些句子在我周围轰然崩碎,令人猝不及防,
却又觉得似乎理所应当。她说得很对:她的声音确实和往常不一样
了——声调忽高忽低,带着一种令人印象深刻的奇怪感觉,时而听
起来像煞有介事,时而又像是在闲聊天。在机场和回来的火车上,
她的说话方式不是这样的。无论是力度、语速还是表达方式,都和
我之前熟悉的截然不同。它更像是一次表演,而不是对话。

她真的在怕我吗?

她哆哆嗦嗦地把镜子放在桌子上,而不是放回包里,这说明她
会把那里面的东西一件件地掏出来。如果说方才我没有害怕的话,
现在我多少有些恐慌了。某种程度上,我非常希望能够找出一种简
单的解决方案,就在这间屋子里,无须任何的医生或者侦探——只
要一个平静的结局、一次安稳的着陆,让我们可以回到原来的生活

第一章 出逃的母亲
Chapter 1

节奏当中。然而，妈妈的情绪是如此激动，如此不同寻常，所以要么是她病得很严重，要么就是在瑞典发生了某些真正可怕的事情，让他们俩都变得如此不安。

"我要的就是公正。我承认，在这件事上，利用我们之间的关系，利用你的感情，这会对我很有利。但是，我不会这样做的，因为我有自己的证据，有事实做依据，我不需要你的怜悯。所以，你不用把我当成你的母亲，而是指控者蒂尔德 *……

"不用难过！你只要客观就好。这是我今天对你的唯一要求。

"当然，你会问，克里斯，一个多么善良的人，你的好父亲，爱好在乡间隐居、钓鱼和闲逛，这样的人怎么会牵扯到如此严重的指控呢？很简单。他的性格中有一个弱点，任何人都可以利用的弱点。他是个软蛋。拿不起放不下，却又特别容易听信别人。他的内心和其他人一样贪婪。所以我相信他是被蛊惑了，他受到了别人的操纵——被一个恶棍。"

我的父亲是一个对植物和花卉了如指掌的人，一个总是慢声细语的人，一个喜欢在森林里徜徉的人——对他你很难做出如此严厉的指控。妈妈敏锐地察觉到了我的犹豫，并做出了回应：

"你不喜欢这个词吗？

"恶棍。

---

* 译者注：蒂尔德为小说中母亲的名字。

农 场
The Farm

"你认为这听起来不像真的?

"恶棍就是恶棍。他们就活在我们身边。在任何一座城市,任何一条街道,任何一个家庭——任何一个农场,你都能找到他们。

"什么是恶棍? 他们是永远追求自己欲望的人,一刻也不停止。在我心中,没有其他词语可以用来形容那个人。

"这个包里装的是我在夏天搜集的一些证据。本来还有更多的,但我来得太过匆忙,只能带出这些了。这些证据必须要按时间的顺序罗列出来才有意义……"

妈妈从挎包的前袋里拿出了一个黑色的皮面记事本,那种二十年前流行的款式。里面夹着一些文件、照片和剪报。

"原本打算用来随手写写感想的,结果它已经变成了我最重要的东西。看,你可以发现随着时间的推移,我记下的东西也越来越多。你看这几页,那是 4 月份的时候,我刚到农场,这上面只是偶尔写了几笔。你再对比一下 7 月,刚刚过了三个月,我必须压缩每行的字数才写得下。这个本子就是我了解身边发生过什么事的手段,它是我最忠诚的伙伴。不管别人怎么说,这上面白纸黑字记录了哪天发生了哪些事情,误差不超过几个小时。如果有可能分析墨水痕迹的话,法医会证明这一点的。

"有时候,为了避免任何错误,我还会停下来仔细参详这些笔记。我不能有任何夸张的地方,假如我遗漏了某个特殊的细节,我是不会凭想象把它加进去的。你要相信,这上面我写的每一个字都是真实可靠的，不存在任何差错，哪怕它是无关轻重的。比方说，我不会写鸟儿在树顶上歌唱，除非我真的听到了。如果你怀疑它的真实性，怀疑一切都是我杜撰的，那你就是在质疑我的信誉。

"最后，我必须要说，我真希望过去几个月里发生的事情都不存在，哪怕说我发疯了都没问题。上帝啊，和我马上要描述的那些罪行相比，被监禁起来的恐怖和被贴上癔症标签的羞辱都是小意思。"

我们一直站在桌子旁边，挎包就放在桌上，她示意我坐下来，告诉我想把事情说清楚还需要一段时间。我同意了，我们俩面对面地坐着，挎包横放在我们之间，就像玩扑克时下的赌注一样。她并没有再拿出其他证据，相反，她仔细地研究起自己的记事本来，专心地在字里行间探寻着什么。一瞬间，我仿佛回到了小时候她在床边给我读书的那段时光。从前的记忆和现实的焦虑交织在一起，这种强烈的对比更加令人神伤。或许是因为缺乏好奇心和勇气吧，我有种强烈的冲动，想恳求她千万不要读出来，保持这种沉默就好。

"我们上次见面还是在欢送会的那天。就是那一天，4 月 15 日，我们在那辆装满行李的白色旧货车旁边告的别。那天每个人都兴高采烈的，笑得那么开心——快乐的一天，打心眼里的快乐，也是我一直以来最高兴的一天。然而，这份快乐现在也成了攻击我的手段。克里斯声称，我一心想在瑞典追求完美的生活，正是现实与理想的差距使我心态失衡，而随着时间的推移，这种不平衡的感觉越发严重，甚至达到无法弥补的程度。这话听起来非常容易让人相信，但它是个谎言，一个狡猾的谎言，因为我比任何人都清楚我们即将面对的困境。

"说点你不知道的吧，丹尼尔，我们破产了，我们家没钱了，一分钱都没有了。你知道，经济萧条的时候大家都很难，但是我们更难，我和你爸爸的事业全垮了。我们没有告诉你，因为克里斯和我感到很对不起你，不想靠你的施舍活着。老实说吧——今天是个诚实的日子，大家都不说假话——我们感到丢脸，到现在还是感觉很丢脸。"

我的脸上升腾着一种复杂的、说不清道不明的神情——羞耻、自责、悲伤和震惊的混合体。这件事我确实不知道，我也完全想不到。今天是诚实的一天，如果是这样的话，那么我就不能光听她说羞愧的话，我也想说：妈妈，对不起，我也很惭愧。但她似乎感到了我就要打断她，她碰了碰我的手背，示意我等一下。

"让我说完。你先等一会儿。

"我一直在管账，这三十年来，我做得很好，我们家过得很不错。园艺中心从来没有赚过大钱，但我们不追求一夜暴富，过自给自足的日子就够了。我们也热爱自己的工作。每隔几年，我们要么去国外度假，要么就到海边散心。我们过得其实不赖。园艺中心的负债很少，平时的费用也不高，加上我们手艺精湛，客户也非常忠诚，所以，就算在镇上的同行用压价来竞争的时候，我们也生存了下来。

"但是有一天，我们收到了一封地产经纪公司寄来的信，那个时候你已经从家里搬出去住了。在信上，他们给我们解释了那个小小的园艺中心的真正价值，真是令人难以置信哪，我从来没有想到这样一笔财富会从天而降。我们把一辈子都耗在了这片土地上，没日没夜地工作，种植各种植物以赚取微薄的利润，却万万没想到真正值钱的就在我们脚下。那块土地已经大大地增值了，价钱高得我们一辈子也赚不到。这辈子头一次，克里斯和我为金钱而迷醉了，我们带你去豪华餐馆吃饭，快乐得像两个傻瓜。最后，我做出了决定，我们要用土地做抵押，去贷款几十万英镑，而不是简单地把它卖掉。当时每个人都赞同我的想法。攒钱有什么用？地产就像变魔术：它可以让你不劳而获。我们忽略了园艺中心，随便雇了几个人，让他们去做我们曾经热爱的事情，而我们则开始投资公寓。表面上，克里斯和我共同做出了这个决定，但你是了解他的，他对数字不感兴趣，他从不出面。我四处寻找着合适的公寓，我来做出决断。在六个月内，我们就买下了五套公寓，而且期待着要买够十套，一个我随便选出的数字，就因为十比九听着顺耳。我们的嘴边开始挂着'我们的资产组合'之类的词，现在想起来真让人脸红。我们讨论着这些公寓，好像我们亲自用双手盖起来的一样，我们惊讶于它们带来的每年百分之七的财富增长。

"我在心里为自己开脱，我们这么做完全不是贪婪，我在为我们的退休计划打算。经营园艺中心是项繁重的工作，我们不可能永远做下去，我们甚至不知道还能不能再干上一年。我们没有积蓄，也没有退休金，所以，投资才是我们的出路。

农场
The Farm

　　"他们说我现在是个疯子，其实五年前我才是真的疯了，或者说和疯了差不多。这是我能做出的唯一解释，我丧失了理智。我在一个一无所知的领域里冒险，却放弃了自己熟悉的生活。

　　"后来，经济衰退出现了，我们的银行处于崩溃的边缘。之前说服我们借钱投资的机构，现在把我们当成了丧门星。是他们把我们变成这样的！他们想把钱要回去，越快越好，甚至比当初兴高采烈地借钱时还快。没办法，我们卖掉了所有的东西，包括那五套公寓。这件事你是知道的，但是你不知道我们到底损失了多少。我们是用定金买下的每套新公寓，既然不能付清全款，那之前的钱也就算赔掉了，全部赔掉了！我们还不如把它烧了。我们山穷水尽，只好卖掉了自己的房子和园艺中心。我们向你撒谎了，向所有人都撒谎了，我们杜撰了一个宏伟的计划。我们以'身体不好，不想再继续经营'为借口，提出了退休，那就是一个谎言，可我们别无选择。

　　"我们在瑞典买下那个农场时，身上已经没有多少钱了，这就是为什么我们要跑到那么遥远和荒凉的地方去。我们跟你说，我们是向往田园诗般的乡村风情。没错，但更多的是因为它的价格，比在伦敦买一间车库还便宜。但就算这么低廉的价格，把搬迁的费用考虑在内，我们也只剩下九千英镑了。我们咨询了许多财务顾问，他们都明确地告诉我们，这是不可能的事，我们两个人，每人只有四千五百英镑，而我们刚刚六十岁——最起码还能再活三十年。但一切都无法重来，我们只能祈祷，在一个陌生的国度里，在一个遥远的农场里，在未来的四十年里，一切都能顺顺利利的。

"在伦敦，没有钱是很痛苦的。登上一辆公共汽车，他们会收你两英镑，在市场里买一块面包也要花掉四英镑。但是在我们的农场里，我们打算颠覆现代生活的规则，忘掉信用卡和现金。我们可以用自行车做交通工具。将汽油节约下来以备急用。假期？没有必要。你将生活在世界上最美丽的地方，为什么还要去度假呢？夏天有河流可以让你畅游其间，冬天有足够的雪供你驰骋滑行——这些一分钱都不用花。我们可以依靠自然的力量生活，去建造一个巨大的菜园，自己种菜吃，还可以采摘野生浆果和鸡油菌。这些东西如果去商店里买，估计得几千英镑吧。你父亲和我要重操旧业，去做那些我们曾经一直在做的、做得最好的、与生俱来就会的事情——栽种和培育。

"不管听上去怎么样，但制订这些计划还比较轻松。我没有感到过于沮丧，我们正在改变自己的人生，从某种意义上说，就像一种虔诚的哲学，可以净化我们的灵魂。想要继续生存下去，唯一的办法就是真正地独立起来。我们是朝圣者，正在寻找新的生活，去摆脱债务的压迫。在开往瑞典的船上，克里斯和我整晚坐在甲板上，膝盖上盖着毯子，喝着热茶，一边看着星空，一边在心里盘算着家庭经济，就像是在准备一场军事行动，因为我们已经发誓再也不借钱了，再也不会从银行收到一封催账的信了，再也不会面对一堆令人窒息的账单发愁了，永远也不，永远！"

我站了起来，强迫自己休息一下。对父母的情况，我一无所知，这让我近乎崩溃。我走到窗前，把头靠在玻璃上，望着窗外的伦敦。我曾经以为他们终于过上了舒适的退休生活，按我从前的猜测，他们的银行账户里应该有一大笔钱，他们卖掉了五套公寓，还有自己的房子和园艺中心。经济衰退让他们损失了很多钱，这是真的，但他们似乎没有遇到什么麻烦，他们总是笑着开玩笑。正是这样的行为迷惑了我。在他们的言语中，搬家这个决定只是某个宏伟计划的一部分，移居瑞典就是改变一下生活方式，并不是迫不得已做出的生存策略。在我看来，他们去农场生活是为了休闲，是自己的爱好，而不是出于绝望的必然选择。最令我惭愧的是，我还曾经动过向他们借钱的念头，因为我深信，区区两千英镑而已，即便是分几年慢慢去还，也不会给他们带来什么不便。我不敢想象这样的要求会给他们带来怎样的痛苦。

如果我很有钱，那我现在会把所有的钱都给妈妈，并乞求她的原谅，但是我无能为力，我一无所有，拿不出任何东西去弥补自己的忏悔。过去，我对金钱从来都是无所谓的，因为我曾经坚信身边的每个人——我的父母，还有马克——在经济上都是宽裕的，于是我对自己一塌糊涂的财务状况始终抱有放纵的态度。妈妈走过来，和我一起站在窗口，她误解了我的反应：

"现在，钱不是我们最担心的问题。"

这只是事实的一部分。我的家庭是陷入了财务危机，但这不是妈妈想谈论的危机，这也不是足以使她一大早就登上飞机的危机。

我越发难过了，除了他们的财务状况，还有什么是我不知道的呢？就在几分钟前，我还误解了妈妈对克里斯的描述，我不应该这么肯定的，我还没有回答是否相信妈妈的问题，但有一个问题是可以肯定的：毫无疑问，我的观察能力有很大的缺陷。

不过我没有权利去生气，毕竟，我也骗了他们很多年。我试图让自己的声音柔和下来，像是在哄她：

"你们原本打算什么时候告诉我这些事？"

"当你到农场去的时候，我们会告诉你一切。我们担心的是，如果在伦敦的时候就开始讨论自给自足的生活，你会质疑我们的计划，认为它不可能实现。但当你到了农场之后，你会看到菜园，你会吃到不需要钱去购买的食物。我们带你在果树林中散步，你可以在林子里摘一篮野生的蘑菇和浆果，你会看到一间装满自制果酱和腌菜的储藏室。你爸爸还可以从河里钓到一条鲑鱼，然后我们就像国王一样，吃着世界上最美味的食物，而且全都不要钱。有没有钱都无关紧要，我们会在其他方面富有起来。我们的钱不多，但是我们的健康有保障。事实比言语上的解释更有力。所以当你决定推迟过来看望我们时，我们甚至感到有些窃喜，这给了我们更多的时间去改造农场，做出更好的准备来让你相信，我们一切都好，你不必担心。"

我第一次到访农场将会是一场家庭的盛宴，食物与谎言的盛宴——既是我的，也是他们的。难怪当我用含糊的理由推迟去看望他们的时候，我的父母并没有质疑过。这也正遂了他们的心意，有了

农 场
The Farm

这段时间，我们三个人都可以充分地准备自己的谎言。妈妈曾经担心我，不想让我知道真相，这种善意刺痛了我，原来在他们眼中，我是如此无能。不过现在一切都发生了变化。在过去的二十多年里，她始终奉行一个信条，她要保护我。但是今天，不管我是否已经准备好，她都不会再让我置身事外了。她牵起我的手，带着我走回座位上。她有些不耐烦地告诉我，和她真正想要陈述的问题相比，之前的那些都是小儿科。她从挎包里拿出一张皱皱巴巴的瑞典地图，铺在了桌子上。

"你知道我们是怎么跑到那个地方的吗？一个完全陌生的地方，一个没有家人和朋友的地方，一个我从来没有到过的地方。

"我们的农场就在这儿……

"克里斯和我考虑过无数的地点，大多是在遥远的北方，远离斯德哥尔摩这样的大城市，因为那里的地价更便宜。在我们寻找的过程中，有一个叫塞西莉亚的老妇人找上了我们，她有一个农场，打算卖给我们。我在邮件里跟你说过吧，那次真是运气好。我们接到一个房产经纪人的电话，询问我们要不要去看一处位于哈兰省的农场。卖家还打算亲自会见我们。我们之前曾把自己的详细信息提供给了哈兰的经纪人，但瑞典的南部是个热门的地方，许多人都在那儿购买房产，那里的地价很贵。我们也坦率地告诉他们，我们预算有限，所以直到这个电话之前，我们没有收到过当地的任何报价。我们核对了农场的详细情况，一切看起来似乎都很完美。

"当我们参观农场的时候，我们真的蒙了。它完美得令人难以

第一章　出逃的母亲
Chapter 1

置信！你还记得我在邮件里向你描述时有多兴奋吗？农场就在大海边，骑车去海边用不了三十分钟，那儿有一片白色的沙滩，还有老式的冷饮店和夏季酒店。农场里有一个小果园，旁边就是阿特兰河，河里的鲑鱼很有名的，河上还架着一座浮桥。然而，价钱却非常便宜。原来的主人塞西莉亚是个没有子女的寡妇。她身体不好，迫切地想搬到养老院去，所以她急着把农场卖掉。在谈话的过程中，我们并没有过多地交流。我被这个农场迷住了，我认为这是一个迹象，上帝保佑我回到了瑞典，我们的命运终于改变了。

"你一定很奇怪，为什么到了瑞典之后，我都没有和我爸爸取得联系。我从没有跟你谈论起我的童年，你看起来也不想打听太多，家里有我们三个人就足够了。也许你也觉得三个人要比四个或者五个人的关系更加紧密吧。但不管怎样，我很抱歉，从来没有跟你谈过你外公这个人，也从来没有把他当成我们家庭中的一员。他还住在我小时候住的那个农场里。他的农场不在哈兰，而是在瓦姆兰省，在我们的北边，隔着瓦尔纳，在哥德堡和斯德哥尔摩之间……

"就在这儿……

"我们之间有六小时的车程。

"距离只是一方面。真正的原因是，我根本不想再去见他。时间过去太久了。我要回的是瑞典，不是他的家。他现在应该有八十多岁了。有人可能认为这样说有些残酷，但是我们之间的隔阂不是秘密。我十六岁的时候，曾向他寻求过帮助，可是他拒绝了。一切都不可能挽回了。

"你不用管那些手写批注。我们一会儿再来谈论它们。另外，你现在最应该关注的是罪行的参与者和波及范围。这个阴谋在整个地区蔓延，涉及许多人的生命，甚至包括地方政府和机构、政治家和警察。

"我有太多想和你说的，但是时间紧迫。也许就在咱们说话的时候，克里斯正在预订到伦敦的航班。很快他就会来到你的公寓，敲响你的大门，要求你……"

我举起手，打断了她，就像在上课：

"爸爸没有飞过来。他还在瑞典。"

"他是这么跟你说的吗？他是在误导你，他想让你觉得，这件事他不需要亲自出面，因为你不可能相信我说的任何事情。他确信你能得出的唯一结论就是——我疯了。

"够了，不要相信他，他肯定已经和那些同伙进行过疯狂的密谋。他们会打发他第一时间就飞到伦敦来，以确保有人看管着我。也许就在下一分钟，他就会打电话来，说他改变了主意，他买了一张票，正在机场等着起飞。他会用一些高尚的理由来掩饰这一点，比如假装担心你，怕你不知道如何应对什么的。等着瞧吧！他会证明我是对的，这就是为什么我说他在撒谎。我敢肯定他一定会食言的，因为很快你就会看到他欺骗的具体证据了……"

妈妈没有把话说完，她从椅子上站起来，匆匆忙忙地走到楼下。我跟着她走到了大门口，心里害怕自己做了什么错事，导致她正要离开。

"等等！"

她并没有打开大门，只是把防盗锁链扣上了，她转身面对我，神色沉默和坚定。我松了一口气，起码她并没有逃出公寓，我花了几分钟使自己的声音平静下来：

"妈妈，你在这儿是安全的。请把锁链打开吧。"

"为什么？"

我找不出理由反驳她，除非我承认，那条锁链使我感到不安。但这就相当于我默认了自己的父亲是一个威胁——这个理由我无法相信，也没法证明。最后，我打破了沉默，说：

"那就锁上吧，如果你愿意的话。"

妈妈满含深意地看了我一眼。她可以赢得这次小小的胜利，但这并不会给她带来什么好处。她抓起链子，任由它垂落下来。她似乎有些生气，跟在我后面上了楼。

"你正在犯和我一样的错误。我低估了克里斯。就像你一样，我信任他，一次又一次，直到一切都无法挽回。他可能已经上了飞机，只比我晚几个小时。他可不会给我们任何警告。"

第二章　奇怪的快速移动的天空

　　回到桌旁，她对我的不满依然挥之不去。妈妈把地图折好，又拿起了她的记事本，重新翻到之前打开的地方。我们站在那里，面对着打开的记事本，就像两个演员在研究剧本。我换了个座位坐下，这样可以离她更近些，我们俩也不用再隔桌相望了。她给我看了标记为 4 月 16 日的那页，那是他们第一次到达农场的日期。这页纸上只写了一个标题——"奇怪的快速移动的天空"。

　　"当时我坐在白色的货车里，行驶在去往瑞典的路上。多年以后重归故土，这让我很兴奋，也很恐惧，我不知道未来会怎样。但不管遇到什么困难，我只能自己去面对。克里斯一句瑞典语也不会说，对那个国家来说，他就像一个过客。我将成为两种文化之间的桥梁。不过，正因为他是外国人，很多问题对他来说都不存在，他的身份明明白白。可我又是什么？是外国人还是本地人？是英国人还是瑞典人？对这个国家来说，我同样是一个外来者——我该叫自己什么？

"Utlander!"

"他们会这样称呼我！这是一个粗俗的瑞典词，意思是外来的家伙。尽管我出生在瑞典，也在这里长大，人们依然认为我是个外国人，一个回到了家乡的外国人——就像在伦敦一样。

"在这儿，你是外国佬！

"在那儿，你依然是外国佬！

"不管在哪儿，你都是外国佬！

"我望着窗外，这片孤寂的景色触动了我的回忆。在瑞典，只要走出城市，荒野便统治了一切。人们只能胆怯地徘徊在城市边缘——那些被高耸入云的杉木及比土地面积还大的湖泊环绕着的地方。还记得小时候我给你讲过的巨魔吗？那些巨大而笨拙的食人怪物，它们那扭曲的鼻子上长满了疣，肚子像石头一样坚硬，关于它们的神话传说就发生在这样的森林里。它们粗壮的手臂可以把一个人撕成两半，还会折断骨头，用碎片剔除牙缝中残留的碎屑。它们就隐藏在如此浩瀚的森林中，用黄色的眼睛窥探着你。

"距离农场还有最后一段荒凉的路程，四周是一片空寂的棕色田野，冬天的雪已经融化了，但地面上依然残留着锯齿形的冰凌。没有生命的迹象，没有庄稼，没有拖拉机，也没有农民。与这片寂

农 场
The Farm

静形成鲜明对比的是，头顶的云层在飞快地移动着，太阳就仿佛是一个被打开的塞子，隐藏在地平线之下，而那些云彩跟随着残留的光线轨迹，被吸进了一个洞里。我无法把视线从这片快速移动的天空上移开。过了一会儿，我感到有些头晕，我的头也开始旋转起来。我让克里斯停下货车，因为我觉得恶心。他继续开着车，跟我说马上就要到了，为什么现在要停车。我再次让他停下来，态度开始强硬起来，可他依然在重复之前的理由。最后，我不得不把拳头砸在了仪表盘上，告诉他，立刻把车停下来！马上！

"他看着我，就像你现在做的一样。不过他还是照办了。我从车里跳了出来，走到旁边呕吐起来，但这只能带来片刻的轻松。很快，我便开始生起自己的气来，今天本该是个快乐的日子，我很可能会毁了这值得纪念的一天。可我太难受了，没办法继续乘车，我让克里斯把车开走，打算自己走完最后一段路。他拒绝了，他想和我一起到达目的地，他告诉我这具有重要的象征意义。于是，我们共同做出决定，他用最慢的速度驾驶，而我则在前面走路。

"就像在引导着参加葬礼的队伍，我开始了通往新家的短途步行，前方是我们的农场，后面跟着一辆货车——我承认，这个场景有些可笑，但除了如此，还有什么能够同时满足我要走路，他想开车，而我们又打算同时到达的愿望呢？

"在瑞典的精神病院里，我听到克里斯假惺惺地和医生提起过这件事，他把它当作我精神失常的一个证据。假如他现在再讲起这

第二章　奇怪的快速移动的天空
Chapter 2

个故事，肯定还是那个版本，根本不会提到那片奇怪的快速移动的天空。相反，他会说我经常莫名其妙地陷入不稳定和脆弱的情绪当中。他就是这么说的，他的声音低沉有力，由不得你不相信。可谁会想到他是这样的一个演员？别看他现在胡说八道，当时他可是对我表示了理解，他告诉我，四十年后重回家乡，该是一种多么不寻常的感觉啊，连老天都在欢迎我回家呢。

"我们一到农场，他就从车里跳了出来，全然不顾它就停在道路中间。他握着我的手，我们一起跨过农场的门槛，从此以后同心同德，相亲相爱，共同开创生活的新篇章，现在想想还真是有些激动呢。"

我还记得这些瑞典语词组——"像弹片一样锋利的牙齿"和"岩石般坚硬的肚皮"——阅读这本关于巨魔的故事集，曾经是我们俩共同的爱好之一。书的名字已经记不清了，能想起来的只有封面上的那头巨魔，以及隐藏在森林深处的一对危险而肮脏的黄色眼睛。关于巨魔的书籍有许多，讲述的无非是些皆大欢喜的故事，但是这本旧书不同，里面充满了恐怖的事件。它早已绝版，或许只能在二手书店里寻找到。这也是到目前为止，妈妈最喜欢的一本睡前读物，里面的故事我已经听过很多了。妈妈把它放在自己的卧室里，和其他收藏品放在一起，或许是因为它太破旧了，她担心我会把它弄碎。这是一个悖论。在现实中，她一直在保护我免受伤害，而在童话世界里，她又故意找些令人不安的故事读给我听。这就像是在补偿我，用小说来替代她努力避免我接触到的现实生活。

农 场
The Farm

　　妈妈从记事本里拿出了三张照片，一张张并排放在我面前的桌子上。它们连接起来，共同构成了一幅农场的全景画。

　　"很遗憾，你从来没去过那儿。如果你能亲自去那里一趟，我解释起来就更容易了。或许你认为对着照片来讲故事没有什么必要，这正是我的敌人们希望看到的，因为他们企图蒙蔽你，让你觉得这里和那些旅游小册子上描绘的瑞典乡村风情没什么两样。他们希望你得出这样的结论：在这里，任何消极的情绪都是如此奇怪，它的产生一定是源于疾病和偏执。但我必须警告你：人们总会犯下这样的错误，他们会认为美丽的就一定是清白的。

　　"站在拍这些照片的地方，你会沉浸在最令人难以置信的安静中。就像到了海底一样，只不过身边矗立的不是一艘生锈的沉船，而是一座古老的农舍。甚至我脑海中浮现出的念头听起来都是那么的响亮，有时我会发现自己的心脏跳动得非常剧烈，我找不出任何理由，只能归咎于这是对极度安静的一种反应。

　　"从照片上你可能看不出来，但茅草屋顶是鲜活的，真的，它是一个活生生的世界，长满了苔藓和小花，昆虫和鸟儿在上面安家——一个童话般的环境里的一个童话般的屋顶——但你要听好了，在童话世界里，不只有奇迹和光芒，还充满了黑暗与危险。

　　"两百年来，这栋老房子的外观就从来没有改变过。现代世界的唯一标志就是黑暗中一闪一闪的几个红点，我管它们叫'老鼠眼'。那是风力涡轮发电机的指示灯，它们矗立在屋顶上，在4月的天空下缓缓地转动着。

"现在该说重要的地方了。由于孤独逐渐占据了我们的心，我们都变了，这变化不是猛然发生的，而是缓慢地进行着，直到我们逐渐习以为常。我们就这样一天一天地过着，不再用身边的事开玩笑，不再提醒彼此的责任，这里没有陌生人经过，邻居们都住得很远，走在路上连个打招呼的人都没有。孤独改变了我们的想法、我们的言行举止，最为重要的是，它改变了我们的是非观念。"

妈妈言语中的忧伤并没有使我感到惊讶。瑞典这个国家总是会给她带来许多感触。她十六岁的时候离家出走，在德国、瑞士和荷兰，她曾经做过保姆和服务员，有时睡在床上，有时只能睡在地板上，直到她在英国遇到了爸爸。当然，这不是她第一次回去，我们以前经常去瑞典度假，在海岛上或者湖边租下一栋小屋。我们在城里待的时间从未超过一天，部分的原因是花销很高，更主要的是因为妈妈愿意待在森林和旷野中。住下没几天，空果酱瓶里就会插上盛开的野花，大碗里也会盛满黑莓和覆盆子。不过，我们从来没有拜访过任何亲戚。虽然我也很愿意和爸爸妈妈待在一起，但有时，即便是天真如我，也会因为孤单而感到有些伤感。

妈妈再次打开了记事本，只是在翻动页码的时候，她看上去似乎有些沮丧。

"我不太确定准确的日期，大概是我们到那儿后一周吧，那个时候我还不习惯做太多记录。当时我也没有预料到自己会被人怀疑，

农 场
The Farm

就像那个喊着'狼来了'的孩子一样。在接下来的几个月里，我经历过许多屈辱，甚至被绑住过手脚，但最糟糕的还是看到别人质疑的目光。我向他们述说，他们听到了，却不相信我。

"在我们到那儿的第一周，我倒是没什么，克里斯的精神状态却很令人担忧。他从来没有离开过城市，也从未面对过如此艰苦的环境。这里的 4 月比我们想象中的要冷得多。农夫们有句老话叫铁一般的夜晚，说的就是冬去春还未来的这个时候。土壤里结着冰。白天很短，夜晚凄苦而漫长。克里斯很沮丧。对我来说，这种沮丧的感觉就像是一种指责，是我把他带到了这个远离现代化便利的地方，他对这里一无所知，而我是瑞典人，这个农场又位于瑞典。在现实中，我们必须要做出决定，要解决这令人绝望的处境。我们要么待在这里，要么无家可归，没有别的选择。假如卖掉这个农场的话，我们的钱只够在英国租一个地方，两年或者三年，然后我们就什么都没有了。

"一天晚上，我终于受够了他的哀怨。农舍并不大——天花板很低，墙壁也很厚，这使得房间相对局促。由于外面恶劣的天气，我们只能整天窝在屋子里。房间里没有暖气，在厨房正中有一个可以烤面包、做饭和烧水的铸铁烤炉。除了睡觉，克里斯就是坐在它跟前，伸出双手，就像个乡下老农的雕像。我失去了控制，冲他大喊，告诉他别再做出这种沉闷的鬼样子，然后我匆匆跑出去，关上了大门……"

想到妈妈冲着爸爸怒吼的情景，我有些动容。

"丹尼尔，别这么惊讶。你父亲和我争吵了，这听起来不寻常，但跟这世界上其他夫妇一样，我们也有发脾气的时候，我们只是确保你听不到而已。你太敏感了，如果我们吵架的声音太高，你会感到不安的，你会睡不着觉，吃不下饭。有一次，在吃早餐的时候，我拍了一下桌子，然后你就开始学我！你用你的小拳头拍打自己的脑袋，我们不得不按住你的胳膊来阻止你。从那以后，我们很快学会了控制自己的脾气。把争吵积攒起来，控制住，当你出门的时候，我们再把它爆发出来。"

三言两语间，妈妈已经整个颠覆了我对家庭生活的印象，就像家长不小心碰倒了孩子堆起的积木一样。我记不起发生过这样的事——打自己的头，拒绝吃饭，不想睡觉，因为生气而焦躁不安。我一度认为，爸爸妈妈是自发地达成了维持家庭安宁的共识。现在我懂了，他们只是要保护我，因为我需要安宁，这种需要就如同食物和温度一样，是生存的需求。是我的软弱决定了家庭对我的庇护，以及父母的努力方向。

妈妈拉起我的手：

"也许我不该到你这儿来。"

即使是现在，她还在担心我应付不来。她对我的怀疑是有道理的，就在几分钟前，我还感到一种强烈的冲动，希望她不要说话，保持沉默就好。我换了下姿势，让自己握着她的手，而不是她抓着我的手：

"妈妈，我打算听，我已经准备好了。"

农场
The Farm

她并不相信，事实上，我自己也不确定。但为了掩饰自己的焦虑，我试着鼓励她：

"你对爸爸叫喊，然后，你走出了屋子，你砰的一声关上了门。接下来发生了什么？"

把她的注意力集中在这件事上是明智的。她想申述和指控的意愿是如此强烈，我能够看出她眼中对我的质疑消失了，她又回到了讲故事的状态。她在我旁边的椅子上坐下，我们膝盖相抵，她压低自己的声音，好像在讲述一个阴谋。

"我直接走到河边去，那里是这个农场最重要的组成部分之一。想要生存下来，我们也需要一点现金。我们不能自己发电，而且每年还要缴纳土地税。我们的答案是鲑鱼，我们夏天吃新鲜的鲑鱼，并把它们烟熏贮存起来留到冬天食用。我们还可以把鱼卖给鱼贩子，除此之外，我想到了更多的可能性。我们可以把农场的谷仓修缮一番——那里之前是用来蓄养牲畜的，不过可以很容易地装修成乡村小屋。这项工作基本是零成本的，因为克里斯和我都是干活的行家里手。一旦完成，我们就会把农场改造成度假村，吸引各路游客。别看我们这里不起眼，地处偏僻，但是这里有新鲜的食物，如画般的风景，还可以用更低的价格捕捉世界上最漂亮的鲑鱼，费用比在苏格兰或者加拿大便宜多了。

"尽管意识到这里的重要性，但在最开始的那段日子里，克里斯很讨厌到河边去，他说那儿太荒凉。他不看好我们的计划，没有人会花钱到我们的农场来旅游的，他就是这么说的。当然，我承认在我们到达的时候，这个地方可没有那么漂亮。河边丛生着齐膝高的杂草，到处都是棕色和黑色的蛞蝓，我从未见过这么大的虫子，差不多与我的拇指一般大。

"河边有一个木头搭建的小码头，掩映在杂乱的芦苇丛中。那天晚上，我站在码头上哭泣，我感到又累又孤独。月色昏沉。几分钟后，我重新振作起来，决定到河里去游一圈，以此宣告这条河正式开始营业了！我脱掉衣服，把它们扔在一边，然后跳进水里。河水冰冷刺骨。当我浮出水面，我大口地喘着气，我疯狂地游着，试图让身体暖和起来。突然，我停下了……

"在河的对岸，一丛树枝在晃动着。不可能是风的缘故，因为旁边的树叶一动不动，肯定是别的东西——有人在窥视着我，他在拨动树枝，希望看得更清楚些。我独自一人漂在水中，毫无抵抗能力。那里离农庄很远，即便是我发出尖叫，克里斯也听不见。接着，那丛树枝开始移动了，它从树上断落下来，贴着水面向我漂来。我竭力想避开，但是身体不听使唤了，我只能待在原地，双脚踩着水，看着黑乎乎的树枝靠近我。那不是树枝！那是一只巨大的麋鹿的鹿角。

"即便是小的时候，我也从未如此接近过一只麋鹿。我小心翼翼的，不想有一点水花或者声音惊吓到它。那只麋鹿径直从我面前游过，仿佛只要我伸出手，就可以搂住它的粗脖子，骑到它的背上去，就像我给你读过的童话一样，森林的公主骑在一只麋鹿的背上，长长的银色头发在月光下闪耀着光芒。我惊叹于眼前的奇迹，那只麋鹿突然转过身来，巨大的头面对着我，它用黑色的眼睛凝视着我，温暖的气息喷在我的脸上。我的大腿感受到一阵阵水的波动，那是它强有力的腿在划水。然后，它哼叫了一声，转身游到岸边，爬上田边的码头，它矫健的身影完全显露了出来，仿佛这片土地真正的国王。它把身上的水抖掉，蒸汽从它的皮肤上蒸腾起来，然后，它缓缓地往森林里走去。

"我在河中央踩着水，身上早已感觉不到寒冷，几分钟后，我确认搬到这里是非常正确的决定。我们出现在这个农场只有一个原因，那就是我们属于这里。我闭起眼睛，幻想着周围游动着成千上万条色彩艳丽的鲑鱼。"

妈妈把手伸进挎包，摸出了一把刀。我本能地向后缩了一下，跌坐在椅子上，这个反应刺激到了她：

"吓到你了？"

她的语气有些不满。我怀疑她是故意的。这个动作让我想到了从前，当我独处的时候，她总是会故意做出类似的事来戏弄我。我提高了警惕，提防着再有这样的事情发生。

她把刀调了个个儿，用刀把朝向我。

"拿着。"

这是一把用木头雕刻成的刀，包括刀刃也是，通体涂着银色的金属漆。它并不锋利，对人造不成任何伤害。刀柄上雕刻着繁复的形象。

第二章　奇怪的快速移动的天空
Chapter 2

一面刻着一个裸体的女人在湖畔的岩石边沐浴，乳房丰满，长发及腰，在阴部的位置有一道深深的刻痕。另一面则刻着一张巨魔的脸，它伸长舌头，像狗一样在喘息，它的鼻子被刻画成怪诞的阳具形状。

"这是一种幽默，你可能不太了解，在瑞典乡下很流行的。农夫们会雕刻一些粗俗的雕像，比如一个男人在撒尿，他们甚至会削出一条细而弯曲的木线来代表尿液。

"用你的手转动这把刀，就这样左右旋转。转得再快些，这样你就能同时看到两面的人物了，巨魔觊觎女人的美色，而女人却不知道自己正在被窥探——两个人物出现在一个画面里了。很明显，女人没有注意到危险的临近，这让巨魔更加兴奋。

"这把刀是一件礼物，很奇怪吧，我肯定你也是这么想的，这是邻居送给我的见面礼。虽然我们之间只相距十分钟的路程，但是我们第一次见面居然是在搬到那里两周之后——两周啊，在这段时间里，连一个来打招呼的人都没有。我们被无视了。附近的农场都不知道我们搬来了。在伦敦，同样有无数的人，可能连邻居的面都没见过，但这里是瑞典的乡下啊，你不可能籍籍无名地活着，不可能。我们需要邻里的支持，才能在这个地方定居下来，我们不能永远窝在偏远的角落里。此外，我还有一些现实方面的考虑。农场的前主人——勇敢的塞西莉亚告诉我，我们可以把土地租给当地的农夫耕种。当然，通常他们只会支付一笔很少的租金，不过我希望可以说服他们为我们提供一些我们无法生产的食品。

农 场
The Farm

　　"为此，我做了充分的准备，两周后的一天早上，我一醒过来就跟克里斯说，如果他们不来敲我们的门，我们就上门去拜访他们。那天，我精心梳洗了一番，特意挑选了一条棉布长裤，因为穿裙子去可能会让人觉得我不事劳作。我也不能穿得太寒酸，因为那就相当于承认自己的财务状况不佳，好像我们是来可怜兮兮地求援的。另外，邻居们也会觉得，我们是因为走投无路了才会搬到这个地方的，这又会伤及他们的自尊。还有，我们也不能给人留下摆阔的印象。出门前，我一时心血来潮，摘下挂在屋子旁边的一面小小的瑞典国旗，把它当作头巾绑在了头上。

　　"克里斯拒绝和我一起去。他不会说瑞典语，而站在我旁边等待翻译又显得很没面子。说实话，我很高兴。第一印象是非常重要的，我不知道那些人对一个几乎不会说瑞典语的英国人会做出什么反应。我想让那些农夫知道，我们可不是那些不懂规矩的外国佬。我迫不及待地想看到，当我用一口流利的瑞典语和他们交谈的时候，他们脸上发光的表情，我会自豪地宣布，我也是在一个偏远的农场里长大的，就像我们现在拥有的这个一样。

　　"离我们最近的农场属于本地区最大的地主，这个人曾经想买下塞西莉亚的土地。沿着小路，我来到了一个巨大的猪舍前。那里的环境糟透了，房子上没有窗户，狭细的黑烟囱耸立在生锈的铁皮屋顶上，周围弥漫着一股猪粪和有机堆肥混合的味道。毋庸置疑，当地人可是把集约型农业发挥到了极致。不过，考虑到克里斯曾明确表示过，他无法靠菜叶、萝卜活下去，而我们的菜单上只有非常少的蛋白质，银行里的钱也所剩无几，因此，如果这里是除了鲑鱼之外，我们唯一可能的肉食来源的话，那么我不会替食物抱不平的。站在道德的制高点只会使我显得优越、挑剔，甚至更糟，像个外国佬。

"他们的房子坐落在一条长长的碎石车道的尽头。正面的每扇窗户都面朝着那个巨大而破败的猪舍，这可真奇怪，其他方向却都可以看到田野和树木。和我们那有两百年历史的房子不同，他们拆掉了以前的房子，在原有的地基上重新盖了一栋现代化的建筑。我说的现代化不是指那种用玻璃、钢铁和混凝土盖成的方盒子，它还是传统的样子，上下两层，包着浅蓝色的木质外墙，有一个阳台，以及三角形的石板屋顶。他们想要的是传统的外观，又打算享用现代化的便利。这么说来，尽管有着许多缺点，但我们的农舍更有吸引力，它才是瑞典建筑遗产的真正代表，而不是个仿品。

"我敲了敲门，没有人回答，但他们崭新的银色萨博 * 车停在车道上——萨博甚至都不是一家瑞典公司了。他们在家，很有可能正在地里干活，我向河边走去，惊异于这里的规模。它简直是一个农业的王国，或许有我们那小农场的五十倍大。

"快到河边的时候，我发现了一个奇怪的建筑。从远处看来，它就像一个自然形成的山丘，平缓的山坡上覆盖着杂草，在一片平

---

* 译者注：萨博（Saab），瑞典著名的汽车品牌，后被美国通用汽车和荷兰汽车商收购。

原中很显眼。不过它是人造的，山坡就是屋顶，和战争期间伦敦的防空洞或者美国的龙卷风避难所很相似。它的大门是钢质的。我猜这里应该是一个储藏间，里面放的可能是肥料或者除草剂等危险的化学品。门没有上锁，锁就挂在门上。我敲了敲门，里面传来一阵动静。几秒钟后，门被打开了。那是我第一次见到哈坎·格雷格森。"

妈妈从记事本里拿出一份剪报。她拿起来，仔细地辨认着，用干裂的指甲指在哈坎·格雷格森的头上。我见过这个人，就在妈妈发给我的电子邮件里——他就是和爸爸交谈的那个高大的陌生人。

"这是从《哈兰新闻报》的头版上剪下来的。在那个地方，大多数的人家都会订这份报纸。最开始，考虑到费用的问题，我们没有订阅，立刻就有讨厌的闲话传出来，说我们看不上当地的东西。没办法，我们只好也订了一份。克里斯对此颇不以为然。我对他解释说，为了融入这个地方，这么做是值得的。

"我让你看这个，是因为你需要了解我的对手所具有的力量。中间站着的是哈坎。右边的这个人有望成为基督教民主党的领袖，玛丽·埃克劳德，一个严厉的女人，总有一天她会成为一个伟大的政治家，不过她不信任我。我去找过她，我打算亲自向她揭穿这些罪行，可是她的下属不让我进办公室。她甚至都不想听我说话。

"站在哈坎左边的是离农场最近的海边小镇法尔肯贝里的镇长，他叫克里斯托弗·达尔加德，他在人前总是客客气气的，但他友好得有些过分，总会让你感到心里不踏实。任何笑话都能让他乐得前仰后合。对于你提出的所有意见，他总会表示出浓厚的兴趣。和玛丽·埃克劳德不同，他没有那么大的野心，他只是想待在这个职位上，不过，维持现状和向上爬同样需要强大的动机。

"还有哈坎，我得承认，他人长得不错。当你见到他本人时，会留下更深刻的印象。他身材高大，肩膀宽阔，浑身上下活力十足。他的皮肤黝黑而粗糙，体格雄壮，找不出任何的弱点。他有足够的钱去雇用一大帮人干活，完全可以像个颓废的皇帝一样，只要坐在二楼的阳台上发号施令就好了。但那不是他的作风。他每天天不亮就起床，在田里一直劳作到晚上。站在他的面前，你很难想象什么叫衰弱。被他抓住的人根本就不可能挣脱。五十多岁的人了，还是那么精力充沛，年轻人的活力，再加上老年人的狡猾，这让他变得非常危险。第一次见到他的时候，我就体会到了他的恐怖。

"当时，他从地下室中走出来，我立刻上前开始自我介绍。我说了些诸如'你好，我的名字叫蒂尔德，见到你真好啊，我刚搬到路那头的农场'之类的话——没错，当时我很紧张。我说得太多了，也太快了。我一边恭敬地喋喋不休，一边想起了自己头上系的国旗。我心想：太丢人了！我的脸红得像个小女孩，嘴里结结巴巴地说着。可你知道他做了什么吗？残酷得你根本想不到。"

之前，妈妈已经问过我几个问题了。而这一次，很明显她在等待一个答复，看看我能否做出残酷的想象。我想了几种结果，不过都有些不靠谱，最后我决定回答她：

农场
The Farm

"我不知道。"

"哈坎用英语回答了我,我感到被冒犯了。就算我的瑞典语有些老套,但我们都是瑞典人,为什么要用外国话交谈?我试图继续用瑞典语和他说话,但他拒绝回应我。我有些不知所措,但又不想显得没礼貌。记住,在那个时候,我一度想和这个人交朋友。最后,我只好对他说起了英语。这时他笑了,仿佛赢得了什么胜利一样。他开始和我讲瑞典语,而且从那以后,他再也没有和我说过英语。

"接着,他像没事人似的带着我参观起来。这里其实是一个工作间,地面上到处都是木屑,墙边还放着锋利的工具。几乎每面墙上都挂着木刻的巨魔雕像,数量肯定有数百个之多。有些雕像已经上过油漆,其他的都是半成品——只是刻出一个鼻子的形状,连脸都没有雕刻出来。哈坎声称他从没有出售过任何雕像,它们只会被当作礼物送出去。他吹嘘说,周围二十英里范围内的每一户农家都至少有一个巨魔像,那些最亲近的朋友甚至能够凑齐一个巨魔家庭。你看他在干什么?他把这些木雕巨魔当作奖赏,授予自己信任的盟友。到附近农场去转转的话,你就会发现,家家窗口都摆放着巨魔雕像,一排一排的,一个、两个、三个、四个——父亲、母亲、女儿、儿子,整整一套,组成了一个完整的巨魔家庭,这就是哈坎为了表彰他们的忠诚,颁赐下的最高荣誉。

"我没有得到一个巨魔雕像。相反,他递给我这把刀,并对我搬到这个国家来表示了欢迎。我没太在意,只是觉得被人欢迎回到自己的国家有些怪怪的。我并不是一个客人。我被他的语气激怒了，压根儿没有注意到刀柄上的纹饰，也没有考虑为什么他要给我一把刀，而不是一个巨魔的木雕。现在看来一切都很明显——他不希望我的窗口也摆上一个巨魔的雕像，因为这样人们会误解，以为我们是朋友。

　　"他送我出来的时候，我发现了室内还有一道门，就在地下室的后部。门上挂着一把重型挂锁。门后的这个房间在后面的故事里非常重要。你一定要记住它，你先自己想一下，为什么在前门可以锁起来的时候，还需要第二道锁。

　　"哈坎带着我走回车道那里。他没有邀请我进入他的房子，也没有主动说请我喝杯咖啡什么的。他这是要直接送我离开。没办法，我只能一边走路，一边提出出租土地的想法，我打算用土地的耕种权来换取一些肉制品。他却提了个不同的想法。

　　"'我买下你的整个农场怎么样？'

　　"我笑不出来了，因为他看起来不是在开玩笑。他是认真的。可是这说不通啊。他为什么不直接向塞西莉亚购买农场？我把这个问题抛给他。他解释说，他曾经这么想过，他向塞西莉亚报出过两倍甚至三倍的价格，但都被她断然拒绝了。我问为什么。他说，对于他们之间的分歧我不会感兴趣。不过，他依然愿意出相同的报价给我，整整三倍的价钱买下我们的农场。这样，在短短的几个月之内，我们就能够赚上两倍的利润。我还没来得及回答，他又说，生活在一个农场里不是件容易的事，并不是每个人都能适应的，他让我回家跟我丈夫好好商量一下，就好像我只是一个使者一样。

"我有些糊涂了。

"在这次谈话之前，我们的生活中有艰辛，也有困苦，但从未有过迷惑不解。现在，这个疑问找上了我，它让我彻夜难眠。为什么塞西莉亚要把农场卖给一对外国夫妇——两个和这个地方没有任何瓜葛的人，却拒绝了本地最大的土地拥有者，社区的大佬，多年的老邻居，一个愿意付出更高价格的人？"

我看不出这个问题有什么不好解决的：

"那为什么不打电话给塞西莉亚，问问她呢？"

"这正是我所做的。我赶紧回到农场，打电话给护理之家——塞西莉亚离开之前，把那家哥德堡养老院的地址和电话号码留给了我。但是如果你认为随便问个问题就能解释这个疑问的话，那你就错了。

"塞西莉亚在等着我的电话。她直接问了我关于哈坎的事，我解释说，他愿意买下农场。她变得焦躁不安，她声称，之所以把农场卖给我们，是因为她想让它成为我们的家园，如果我为了快速获利而把它卖掉，那就辜负了她的信任。现在，我终于明白了！这就是为什么她要求经纪人从更远的地方寻找买家，这就是为什么她选的地产中介都是哥德堡的，那里距离农场有超过一个小时的车程——她不信任本地的任何人。她坚持要和我们面谈，以确保我们不是那种靠倒卖房子赚钱的人。我问她为什么不想把自己的农场卖给哈坎，她说了一句我至今依然记得的话：

"'那个人不能拥有一切。'

"谈话结束后，我打算按照哈坎留给我的号码打给他。等待电话接通的时候，我还在心里盘算着一会儿要冷静，要保持礼貌。但是当我听到他的声音时，我还是脱口而出：

"'我们的农场是不卖的！'

"我甚至到现在都没有和克里斯讨论过这件事。

"当克里斯走进厨房，他拿起了哈坎送的那把恶心的木刀。他看了看裸体女人，又看了看色眯眯的巨魔，他也笑了。我很高兴并没有把报价的事告诉他，我对他现在的心态没有信心。克里斯可能会卖掉农场的，他甚至会给哈坎打个折。

"三天后，水龙头里流出的水突然变成了棕色，还混杂着泥沙，像水坑里残留的脏水一样。农场这里太偏远了，我们没法连上市政供水。这里的人都是自己打井抽水。没有办法，我们只好请专业人士来再挖一口井，这要花掉我们九千英镑储备基金的一半。克里斯绝望地抱怨着我们的坏运气，但我不相信这是运气使然，时机太凑巧了。我什么也没说，我不想吓到他，我也没有任何证据。可是一个不能回避的事实出现了，我们的钱可能维持不到冬天了。如果想继续活下去，我们必须加快执行改造农场的计划。"

妈妈用双手从挎包里拽出一个生锈的铁盒子。它有一个饼干罐的大小，非常地陈旧，上面锈迹斑斑。这是目前为止从挎包里拿出的最大的家伙。

农场
The Farm

"这是承包商来挖井的时候，我在土里发现的，它被埋在地面以下几米深的地方。当时，克里斯和我站在一旁监工，就像是在参加葬礼一样，我们庄严地站在洞的边上，向我们半数的家产告别。他们越挖越深，突然，我看见下面有东西在闪光，我挥舞着手臂，叫他们停止工作。工人看见我的举动，赶紧关上了电钻，而我在克里斯抓住我之前，一下子跳到了洞里去。这么做实在是愚蠢，因为这可能会让我丧命，可我当时只想着保住下面那个东西。当我抱着这个盒子，从洞里爬出来的时候，克里斯涨红了脸对我大喊大叫。工人们也怒不可遏，大家都在朝我怒吼，没有人关心那个盒子。我能做的就是赶快道歉，然后溜到屋子里去，偷偷地检查自己的战利品。

"丹尼尔，打开那个盖子。

"当然，这里面并不都是我那天发现的东西。让我说得明白点吧，盒子里确实放了一些文件。现在这些文件是没问题的，但是上面的字迹不是原来的。就像你看到的那样，这个盒子有些地方已经锈得不成样子了。它没法起到密封防水的作用，所以纸面上原有的墨迹已经基本消失了。这上面只剩下寥寥几句话，还有一个残缺的签名，根本看不出来原本是什么。它们或许是法律文件吧。按理说，我应该把它们扔到火里烧掉，但是在我心里，它们也是农场历史的一部分，毁掉它们是不对的。于是我把它们又放回盒子里去，然后藏在水槽的下面。我下面说的话非常重要：后来，我完全忘记了它们的存在。

"我必须再强调一遍，你千万要记得……"

我赶紧配合地插嘴说：

"你完全忘记了它们的存在。"

她感激地点了点头。

"当我再回到外面的时候，发现哈坎就站在我原来站的地方。这是自从我们搬到这儿以后，他第一次出现在农场里……"

"他破坏了水井，你是打算这样说吧？"

妈妈严肃地承认了，并没有计较我吹毛求疵的较真。

"我并没有亲眼得见，所以这算是我第一次看到他来我们这儿。但是没错，你说的是对的，他要么是自己来搞的破坏，要么是雇用别人替他做的。

"不管怎么说，那天，他带着极强的所有者的姿态，仿佛这里已经是他的财产了。克里斯站在他身边，两个人从未见过彼此。当我走近时，却没有看出陌生人之间本应有的那种谨慎和不信任，这让我很失望。我对克里斯说，不要让这个人打扰我们。但是遇到一个会说英语的朋友让他太兴奋了，以至根本没听明白我的意思——这个人想让我们失败。我听着克里斯兴高采烈地把我们的计划对哈坎和盘托出。这家伙是个间谍啊！他们甚至没有注意到我就站在他们旁边。不，这不是真的，哈坎知道我来了——他只是装作没看见。而克里斯，他确实没看到我。

"最终，哈坎转过身来，假装刚刚看到我。为了表示友好，他邀请我们去他家附近的河边参加消夏烧烤派对，他打算把今年聚会的主题定为欢迎我们的到来。太荒谬了！在经过了几周的冷淡，完全无视我们的示好之后，现在我们又成了尊贵的客人了。克里斯信以为真地接受了他的邀请，他紧紧握住哈坎的手，摇了又摇，表明自己是多么期待这个派对。

"当哈坎离开农场的时候，他请求我跟他一道走走，以便商量一下参加派对的细节。他解释说，宴会的传统是每个客人要带一道菜。我知道这样的传统，也就同意了，我问他希望我带什么菜去。他支吾了半天，最后说新鲜的土豆沙拉总是很受欢迎。我同意了，又问他希望我们什么时候去，他说一般三点钟开始上菜。我再次感谢他的好意，然后他就动身上路了。他走了几步，然后回头看了一眼。

"可你知道他接下来做了什么吗？"

妈妈把一根手指竖在嘴唇上，就像一个图书管理员让吵闹的读者保持安静一样。她之前也做过这样的手势，现在，她是在模仿哈坎的动作。奇怪的巧合。我问道：

"他是在考验你吗？"

"他是在嘲笑我！之前的谈话都是在做戏。什么参加宴会的邀请啊，全是骗人的。这是一个陷阱。

第三章　糟糕的派对和新邻居

　　"咱们再来说说聚会的事。那天中午刚过，我们俩就沿着河向上游走去，这样比走大路要近很多，我希望成为第一个到达的客人。可是当我们走到那儿的时候，派对已经开得如火如荼了。那里至少有五十人，而且看样子已经到了老半天了。烧烤的篝火早已被点燃，食物也开始烹煮了。站在派对的大门口，怀里抱着一个盛满土豆沙拉的盆子——我们看起来就像傻瓜一样。没有人招呼我们，直到几分钟之后，我们才在哈坎的护送下穿过拥挤的人群，来到留给我们的桌子跟前。我不想给人留下迟到的印象，于是我问哈坎，是不是我记错了时间，其实我是在委婉地提示他，这是他的责任。他却说是我搞错了时间，派对在下午一点就已经开始了。然后他补充说，我们不用担心，他一点都不介意——可我确实记得他说过，三点钟才开始上菜。

"你或许会认为这只是一个微不足道的误会。你错了，他是故意的。我是那种为了面子斤斤计较的人吗？不，如果真的是我错了，我会道歉，然后事情就此结束。可我没有错，因为他就是这么告诉我的。哈坎就是想用迟到来让我们窘迫，他成功了。在整个派对期间，我被排斥了，我无法加入别人的谈话，只能坐在那里喝酒。酒精让我失去了冷静，我开始不断地对别人重复，我出生在瑞典，拿着瑞典护照。但我失败了，在人们眼中，我就是一个迟到了的、带着土豆沙拉的英国女人。

"当然，你也看出来这里面的花招了吧？哈坎让我做土豆沙拉，当时我并没有多想。但我真不应该听他的，土豆沙拉，多么平庸的一道菜啊——谁会奇怪得对土豆沙拉大加赞赏啊。我甚至没办法用自己种的土豆，因为我们的作物还没有成熟。哈坎的妻子赞扬了每个人带来的食物，生切鲑鱼片，大堆大堆的甜点，都是些足以令人自豪的美食。但是她对土豆沙拉只字不提，因为没什么好说的，它看起来和超市里卖的大路货没啥两样……"

我轻声说道：

"你第一次提到哈坎的妻子。"

"这是个明显的疏漏，我不是故意的，不过也没关系。为什么呢？她就是她丈夫的一个跟班，哈坎说什么就是什么。她的重要性

第三章　糟糕的派对和新邻居
Chapter 3

并不在于她做了什么，而是她什么都没做，换句话说，她无足轻重。这就是个盲从的女人，对于事实真相，对于所有的阴谋诡计，她一无所知。

"我在很多场合遇到过她。但如果想形容一下的话，我只能说很朴实——她单纯、稳重，不跳舞，不嬉闹，不开玩笑，也从不搞恶作剧。他们很富有，但她依然在无休止地工作着。她身体强壮，干起农活来不比任何男人差。这个女人身上充满了强烈的矛盾，她强壮却又温顺，无所不能却又处处受制于人。她叫伊丽丝。我们不是朋友，这是一定的。我不知道她对我的态度，因为所有的决定都不是她做的，她只是按照哈坎的吩咐行事。如果哈坎批准，她会邀请我去喝咖啡，带我进入她的朋友圈子。而假如第二天，哈坎又认为我不该受到邀请，那么咖啡就没有了，圈子的大门也关闭了。她的任何行为都建立在一种狂热的信仰之上，那就是哈坎所说的一切都是正确的。当我们在路上相遇时，她会彬彬有礼地跟我谈两句作物的长势，或者天气如何，最多在分手之前抱怨一下自己的繁忙。她总是很忙，从来没见过她在阳台上看书，或者在河里游泳什么的。即使是举办聚会也是她保持忙碌的另一种方式。她在聊天的时候也是一本正经的——小心翼翼地问些适当的问题，不带有一点真正的好奇。这是一个没有快乐的女人。有时我真为她感到难过。有些时候，我真想摇晃着她的肩膀告诉她：

"'真是瞎了你的狗眼！'"

069

农场
The Farm

妈妈很少说脏话，但也不是装模作样的人。当她打碎一个盘子，或是割到自己的手时，她也会口吐脏字，但那更多是一种感叹，而非咒骂。她对自己从图书馆里自学的英语很自豪。这次，从她的咒骂中，我似乎捕捉到了一丝愤怒，仿佛某种难以抑制的情绪瞬间突破了理智的防线。她也意识到了这一点，为了弥补，她迅速地冷静了下来，唯恐这会成为指控她发疯的证据。

"我不相信，也没有证据表明，伊丽丝直接参与了任何罪行，不过，我依然认为她知道一切。她只是借助劳作，使自己的身心都处于一种忙碌的状态，没有精力来关注这件事。就像在海里游泳的人，他们不敢把目光投向海平面以下，因为脚下是无底的深渊，冰冷的水流在他们的脚踝处旋转。她选择在自欺欺人中活着，故意对罪恶视而不见。但我不行，我不会像她一样——我会揭穿她无能为力的罪恶。

"在那次聚会上，我几乎没有和伊丽丝说过话。她不时向我这边瞥上一眼，却从没试图将我引荐给她的朋友。当聚会临近尾声时，我不得不承认，这次社交恐怕要以失败告终了，除非我能够绝地反击。

"我的计划是给大家讲一个引人入胜的故事，我和那只麋鹿的故事。这是一个精明的选择，因为这个故事就发生在当地，而我也可以把它解释为这是对我们来到农场的一种祝福，或许其他人也会这样理解的。我先在很小的范围内做了一次尝试，包括那个笑呵呵的镇长。他们说，这个故事棒极了。

第三章　糟糕的派对和新邻居
Chapter 3

　　"这让我很高兴，我开始考虑接下来该给哪些人讲这个故事。这个时候哈坎走了过来，请我把这个故事再讲一遍给大家听听。肯定是某些多嘴的人，或许就是那个两面派的镇长，把这个故事传到了他的耳朵里。哈坎示意大家安静下来，把我围在当中。我不善于在公开场合发言，在人群面前我总有些害羞。然而，风险与收益是并存的。假如我表现好的话，迟到的窘迫将会被人们遗忘。这个故事很有可能改变我在他们眼中的印象。

　　"我深深地吸了口气，开始描述起来。或许是有些兴奋过度吧，有些本该省略的细节都被我讲了出来，比如说我在游泳之前脱光了自己的衣服，以及我认为摇动的树枝是危险的——这可能会让别人觉得我有些疑神疑鬼。我的听众们被深深地吸引住了，没有人打哈欠或者低头看自己的手机。但是在故事的结尾，在大家准备鼓掌之前，哈坎突然宣称他在这个地方住了一辈子，从未在河里见过一只麋鹿，我一定是搞错了。我看着他的脸，突然明白了，他让我在大庭广众之下讲这个故事，就是为了在结束的时候否定我。我不知道在河里看到一只麋鹿的可能性有多大，或许每十年，甚至是每一百年才会发生一次，但我知道的是，它确确实实曾经发生在我的身上。

　　"哈坎的言论得到了所有人的认同。镇长大人，那个几分钟之前还对这故事赞不绝口的家伙，现在却坚称麋鹿不可能走出森林这么远。对于我的杜撰，大家有很多种解释，比如当时天色很暗，或者那只是一片阴影云云，甚至有人认为，这个游泳的女人只是把一

农场
The Farm

根漂过的浮木，臆想成一只巨大的麋鹿了。

"我不知道站在人群外面的克里斯能听懂多少，因为我们一直在说瑞典语。我向他寻求支持，他倒是没有管我叫骗子，他在嘘我：

"'闭嘴吧，别再提那只麋鹿了！'

"我一下子败下阵来。

"哈坎幸灾乐祸地看着我，他用手搂着我的肩膀，向我许诺说，他会带着我穿过森林，去看看真正的麋鹿是什么样的。我很想问问他为什么要这样做。这次他是赢了，但是如果他认为这样就可以让我放弃农场的话，他错了。这种见不得人的伎俩不会帮他赢得农场的。

"那天我很伤心，因为聚会并不成功，我没有得到任何新朋友的电话号码，也没有受到任何去家里喝咖啡的邀请。我只想回家。

"我正要告诉克里斯我打算离开的时候，一个年轻的女孩走了过来。她是从哈坎家的方向走来的，身上穿着休闲宽松的衣服。毫无疑问，她是我见过的最漂亮的女人之一，比那些杂志上光鲜靓丽的模特一点不差。看见她向我们走来，我立刻忽视了身边的哈坎。我突然想到，自己这样一直盯着女孩看，是很不礼貌的行为。但是当我环顾四周，发现每个人都在看她，每个男人和女人都把目光集中在她身上，她仿佛成了这个夜晚的中心。我感到不舒服，心中隐约有些不安，所有人的举止都很得当，但在人群中总有些说不清道不明的东西存在。

　　"女孩很年轻，大概刚刚成年吧——我后来才知道，她只有十六岁。参加派对的都是白人，这你应该能猜到，但这个女孩是个黑人。这让我很好奇，非常想看看她会和谁说话，但她没有搭理任何人，也没有去拿任何吃的喝的东西。她自顾自地走到了河边，在木头浮桥上开始脱衣服。她拉开连帽衫的拉链脱掉，把它扔在地上，然后是运动裤，最后踢掉拖鞋。在外衣的里面，她只穿着比基尼，这身装扮更适合在海边捞珍珠，而不是在有些冰冷的河水里游泳。她背朝我们，像鸽子般优雅地跳进河里，消失在溅起的水花里。她在几米外浮出水面，开始游泳，完全无视了岸上的观众。

　　"哈坎无法掩饰他的愤怒，他的反应让我很害怕。他的胳膊仍然搭在我的肩膀上，但我感到他的肌肉在绷紧。为了掩饰自己的情绪，他拿开了胳膊，把手插在口袋里。我问他这个年轻女人是谁，哈坎告诉我，她叫米娅。

　　"'这是我的女儿。'他说。

　　"米娅在踩水，她的指尖划开水面，她注视着我们，她的目光停留在哈坎和我的身上。在她的注视下，我感到最奇怪的欲望，一种想叫出来的欲望，我要向她解释，我跟他没关系，我不是他的朋友。我也是特立独行的——和她一样。

　　"在飞到伦敦的航班上，我就在想，听了我下面的话，你会不会觉得我对领养有偏见。相信我，那不是真的，我只是觉得哈坎和米娅不太对路。这种情绪与种族无关，真的，我不是那种满脑子龌

农场
The Farm

龊想法的人。但我的心告诉我，有些事情不正常。你很难把他们俩看成父女，很难想象他们住在同一个屋檐下，在同一张桌子上吃饭，遇到困难的时候他会安慰她，而她也会向他请教。我发现自己之前对哈坎的看法是片面的，我原本以为他只是有些单纯地排外，很显然，我错了，他的性格更为微妙。他对同胞的定义并非简单地建立在相貌的基础上，比如金发和蓝眼睛。这实际是一种归属的问题。对哈坎来说，我离开了这个国家，选择了一个英国的丈夫，那我就相当于放弃了自己的国籍。而米娅不同，因为他领养了她，所以她就属于这里。归属决定了一切问题。

"从见到她的第一面起，我就有种直觉，这个女孩处于危险当中，最严重的那种危险。"

初夏的晚上，一个年轻的女孩在河中游泳，这能有什么危险呢？我小心地问道：

"她怎么危险了？"

这个问题激怒了我的妈妈。

"你根本没有好好听我说话。我告诉你，米娅面对着的是赤裸裸的欲望。也许你从不赞同我的说法，但这就是事实，极度危险的欲望，尚未激发出来的欲望。没有什么比这更危险了。

"游完泳后，她大大方方地从水里爬出来，就好像不知道大家都在看着她一样。她穿好衣服，然后穿过人群，向远处走去，没有拿任何食物，也不说一句话，就这样回到了农舍。不要跟我说这没

第三章　糟糕的派对和新邻居
Chapter 3

什么了不起的，你做一下试试？一周后，我正在园子里侍弄蔬菜，我又见到了她。我不知道克里斯那天跑到哪儿去了，这个三天打鱼两天晒网的家伙，有时他会从早到晚地在地里干活，有时候一连几个小时你都看不见他的人影，反正那天，他没在我的身边。当时，我突然听到一阵异响，我抬起头，发现米娅骑着自行车正沿着大路驶来。她歪歪扭扭地坐在车上，似乎马上就要摔倒，速度却快得像是被人追杀一样。经过大门的时候，我看清了她的脸，她正在哭泣。我放下工具，跑到马路上，担心她会摔下来。上帝保佑，她依然好好地坐在自行车上。她艰难地蹬着车，很快就消失了。

　　"我不能装作什么也没看到的样子继续工作，于是我离开了菜园，匆匆忙忙地赶到牲口棚，推出了我的自行车追了上去。我猜她会沿着河边的小道，一直向下游骑去。这条路穿过树林，经过鲑鱼水道，最后到达法尔肯贝里。

　　"虽然你没去过法尔肯贝里，但是我现在没工夫给你形容那个漂亮的海滨小镇。我要说的重点是，米娅糟糕的精神状态，以及我试图找出她身边的危险，所以我们先把那些淡黄色的旧木房子还有老石桥放在一边好了。在河流的入海口，水面变得宽阔，河岸两边密布着这个城镇最豪华的酒店、餐馆和商店。米娅在这里下了自行车，徒步穿过干净的街心公园，边走边沉思着。我也下了车，跟着她来到岸边的商业街上，决定制造一场意外的偶遇。我相信当我突然出现时，那身满是菜园泥点子的脏衣服一定会给人留下深刻印象的，

农 场
The Farm

当然，我也没指望得到她热情的招呼。这都不要紧，只要我确认她一切都好，就可以回家了。我记得当时她穿着鲜艳的粉红色拖鞋，她看起来很开心，很漂亮，很难相信刚刚还流过泪。她居然认出了我，她知道我的名字，也知道我是从伦敦来的，哈坎肯定提到过我。有些孩子会受到父母观念的影响，好在米娅不是这样，她对我没有任何的故意。受此鼓舞，我提议请她去购物街上的丽思咖啡馆喝杯咖啡。这家店虽然名字响亮*，但好在价格合理，而且后面还有一个安静的房间，在那儿我们可以说说话。出乎意料的是，她同意了。

"这是一家自助的咖啡馆，我挑了一块公主蛋糕，薄薄的奶油上面撒了一层厚厚的绿色奶油杏仁糖，又拿了两把叉子，这样我们就可以分享这块蛋糕。我还要了一壶咖啡，又给米娅点了无糖可乐。这个时候我突然意识到，因为我是急急忙忙跑出来的，身上一分钱也没带。没办法，我只好询问站在柜台里的女人，可不可以下次再来付钱。咖啡馆老板的态度倒是不坏，她只是说因为不认识我是谁，所以必须由米娅替我担保。作为哈坎的女儿，她的话还是有些分量的，那个女人挥了挥手，就让我们拿走了蛋糕、咖啡和可乐。我抱歉地说，我会在当天晚上回到这儿来。我不想把账单拖得过久，尤其是我们来到瑞典，就是为了不再负债。

"在一起吃蛋糕的时候，我说了很多。米娅被我的生活经历吸

---

* 译者注：这家咖啡店名字取自著名的丽思大酒店，因此说名字很响亮。

引住了，不过在说到她自己时，她表现得很谨慎。这有些奇怪，我认为一般的青年人总是喜欢谈论自己的经历，我发现这个姑娘尽管非常漂亮，但是没有一丝的傲慢和自负。在谈话的最后，她问我愿不愿意认识一下周围的邻居们，尤其是乌尔夫，一位隐居者。我从来没有听说过这个人。米娅解释说，他曾经是个农民，但后来不再从事耕种了。现在，他整天待在自己的家里，把土地交给哈坎管理。哈坎每周给他送一次生活必需品。说完这件事她就向我告别了，她站起来，优雅地感谢我的蛋糕和可乐。

"米娅离开的时候，我注意到柜台里的女人一直在看着我们。她的手里拿着手机，我敢肯定她是在跟哈坎通电话，告诉他，我刚刚和他的女儿一起喝咖啡。我可以从一个人的眼睛里看出他们是否正在谈论你。"

我问道：

"真的吗？你真的能吗？"

妈妈的回答是斩钉截铁的：

"真的。"

就像在高速路上行驶时轧到石头的汽车，车轮弹起后一瞬间就又落下了。妈妈也是一样，她没有丝毫的停顿就又回到了自己的轨道当中。

"我一直在思考着米娅最后说的话，它给我留下了深刻的印象，用这种方式来结束一段对话，这太奇怪了。关于隐居者的说明就像

农场
The Farm

一道神秘的指令，促使我立刻去拜访这个人。我越想越确定，在我看来，这就是米娅的意图。我等不及了，我要马上去见见这个人。

"我没有回家，骑着车越过自己的农场，又经过了哈坎的农场。几分钟后，我看到了她描述过的那个农舍，它矗立在田野的正中，像一只无家可归的动物。你很难想象会有人住在那里面，因为它是如此破旧，似乎根本无人打理。与哈坎家门口那条精心保养的车道相比，这栋房子的门前只铺着松散的石块，齐腰高的野草在石头缝中疯长。道路两旁的田野逐渐向中间收拢，仿佛要把这条车道吞噬进去。废弃的耕种工具零散地堆放着，给人一种怪诞而凄凉的感觉，仿佛置身于某个古老的战场遗迹中。边上还有一座倒塌的谷仓，你可以看出它曾经的轮廓，以及残留的地基。

"我下了自行车，一边走着，一边在心里告诉自己，没有必要在意是否会被哈坎看到。就在我几乎走到房子跟前时，我的意志动摇了。我转过身，想让自己松口气。天哪，他真的在那儿，他的巨型拖拉机出现在远方灰色天空和黑色地平线交界的地方。虽然从这个距离我看不清他的脸，但是毫无疑问，那就是哈坎——这片土地上的国王，拖拉机就是他的王座，他正坐在驾驶室里行驶着。我几乎想逃跑了，离开这儿，再也不回来了。我恨他，他让我感到自己是如此懦弱。

"我敲了敲隐居者家的大门，完全不知道会看到些什么，也许是一幅满是蜘蛛网和死苍蝇的悲凉景象吧。出乎我的意料，开门的是一个温和的大个子，身后的走廊干净而整洁。他叫乌尔夫·伦德，一个身高和体形都很像哈坎的男人，只是有些忧伤。他的声音非常轻柔，我必须仔细听才能听清。我做了自我介绍，解释说我是新来的邻居，希望可以和他成为朋友。他对我的到来表示欢迎，带着我向后走到了厨房。我注意到，他似乎更喜欢用蜡烛来照明，这使得他的家里有一种教堂般的庄严感。他给我倒了杯咖啡，又从冰箱里拿出一个冷冻的肉桂面包，他把面包放进微波炉里，歉意地对我说可能需要一点时间才能解冻。他似乎很愿意安静地坐在我的对面，听着面包在微波炉里孤独地旋转。我鼓起了勇气，问他是否结婚了，因为很明显，这个房子里只有他一个人住。他告诉我他的妻子已经死了，他没有说为什么，他甚至没有告诉我她的名字。

　　"这大概是我喝过的最浓的咖啡了，它太苦了，我只能强迫自己吞掉它。罐子里的方糖已经变硬了，我用勺子敲击着糖块，意识到从来也没有人拜访过他。他殷勤地端给我一盘面包，我赶忙表示感谢，不过看上去面包并没有完全解冻。我咬了一口，然后微笑着吞下了那块冰凉的、又甜又辣的面包。

　　"临走的时候，我坐在走廊的地板上，一边慢慢地穿着鞋子，一边审视着周围的环境。我注意到，这里没有任何巨魔雕像，没有哈坎的作品。相反，墙壁上挂满了圣经题材的装饰画，画是绣出来的，用画框装裱起来。每一幅画上都描述了《圣经》中的故事，有法老和先知的形象，还用彩线勾勒出伊甸园、红海和燃烧的荆棘

农 场
The Farm

等场景。我问乌尔夫这是不是他做的，他摇了摇头说，这些都是他妻子的作品。从地板一直到顶棚，估计足有上百幅这样的绣品，比如这一幅……"

妈妈从挎包里拿出一幅手工织绣的画作，是用粗绳子捆住的一卷布。她把它铺展在我面前，使我能够看清那些用黑色丝线精心勾勒出的线条。布的边缘有烧焦的痕迹，一些线条已经损毁了。

"这些焦痕是因为几天前，克里斯把它扔进了火炉里。他对我尖叫，说这个东西没有任何意义……

"'看在上帝的分儿上，就让我把这该死的东西烧了吧。'

"我的第一反应就是抓起一把钳子，把它从火里抢出来，克里斯扑向我，把画又夺了回去。他把我推到客厅里，手里还挥动着带着余烬的布卷，好像我是一匹野狼，而他正打算把我吓走。那是他第一次当着我的面管我叫疯子，我敢肯定他以前在背后也这么称呼过我。但我没疯，我必须救下这幅画，因为它是一件证据，证明了那个地方曾发生过糟污事。所以，我决不能让他'把这该死的东西烧了'。"

妈妈竭力在把这次的冲突归罪于我父亲。我不由得再次想起，听到她激动地说"真是瞎了你的狗眼"时，自己那种吃惊的感觉。我的脑子里又浮现出她做的那些一丝不苟的记账本，一边的数字用黑色墨水书写，另一边则是红色的，就像比赛的比分牌。她在一点点地扳回比分。很明显，她讲述故事的方式正在改变我对故事本身

第三章　糟糕的派对和新邻居

的理解。我不得不提醒自己，要站在中立的立场上，公正地看待这件事。

"这幅画和走廊上挂着的其他作品都不一样，它没有任何的图案，这就是我被它吸引的原因。其他的画上面都点缀着有点滑稽的《圣经》插图，只有这幅画绣的全都是文字。乌尔夫告诉我，这是他妻子去世之前最后在做的东西。这上面有几句话不见了，它们被烧成了灰。我给你翻译一下：

"'因我是在与属血气的争战，乃是与那些执政的、掌权的，管辖这幽暗世界的，以及这尘世中的邪恶力量争战。'*

"下面还绣着文字的出处——你可以在《以弗所书》的第 6 章第 12 节找到这段话。小的时候，我每天都会读《圣经》。我的父母都是当地教会的杰出人物，尤其是我母亲。我经常参加周日的宗教研究班，那里有我最喜欢上的圣经课。我曾是个虔诚的信徒，挺奇怪吧，现在我只在圣诞节和复活节才到教堂去。确实，我好久不读《圣经》了，当时我甚至想不起来《以弗所书》里面的章节了，我只知道它出自《新约全书》。墙上的绝大多数画作都引自《旧约全书》里的著名场景，这让我很好奇，为什么他妻子在最后的日子里改变了信仰，去选择这样一个令人难以理解的段落呢？"

一个问题慢慢地浮现在我的脑海中，为什么这样一幅作品——

---

* 译者注：本处文字引自《新约·以弗所书》第 6 章第 12 节，但与原文略有出入。

农场
The Farm

曾经镶在画框里，挂在隐居者家的墙上——会落在妈妈的手里呢？那可是他妻子去世前的最后一幅画，我无法相信这位隐居者会放弃这么珍贵的东西：

"妈妈，这幅画是你偷出来的吗？"

"当然，但不是从乌尔夫那里偷的，而是有人先偷了他的，我再偷回来。那个人已经觊觎它很久了。不过我现在不想谈论这个，你得让我按时间顺序一件件地讲，否则我们就得从5月直接跳到8月去了。

"我回到自己的农场后，第一件事就是找出那本有半个世纪历史的瑞典语《圣经》，那是父亲送给我的礼物，上面还有他用钢笔写的赠言，那些老式的手写体文字真漂亮。我仔细查看了一下《以弗所书》的第6章第12节，现在我回忆起来了。

"来，先听一遍她的版本吧！

"'因我是在与属血气的争战，乃是与那些执政的、掌权的，管辖这幽暗世界的，以及这尘世中的邪恶力量争战。'

"现在，再听一下正确的版本，我会把不一样的部分重读出来。

"'因－我们－并非－与属血气的争战，乃是与那些执政的、掌权的，管辖这幽暗世界的，以及－不属－尘世的恶魔争战。'

"那个女人把这句话改掉了！她绣上了自己的版本，读起来的意思就是，我们在与世俗的力量抗争，那些邪恶的势力并非来自天上，而是在人间，就在我们身边！这说明了什么？她并没有写错，它隐

第三章　糟糕的派对和新邻居
Chapter 3

藏了一个很重要的信息。这个可怜的女人怎么才能确保这条信息在她死后不被销毁呢？她把它挂在墙上，隐藏在其他织绣作品的中间，只有真正注意到它的人才能获得这个信息。是的，一条信息，不是错误，是真正的线索！

"我很高兴，想和克里斯一起分享这个发现，于是我跑到外面，招呼他过来。没有回音，我不知道他在哪儿，但是我注意到碎石车道上有些红色的斑点，是血迹。血还没有干，是新鲜的，刚刚留下的。我猜克里斯一定受伤了，于是沿着血迹一路寻去。血滴在地窖门口消失了，我抓住把手，把门打开。里面挂着一只宰杀好的猪。它被劈成两半，仿佛一本翻开的书，在钩子上前后摇晃着——就像一个血淋淋的蝴蝶标本。

"我并没有尖叫。我是在乡下长大的，见过许多宰杀动物的场景。但我依然有些心惊，面色也变得苍白，因为我看到的不仅是动物的尸体，还有隐藏在那后面的含意，它令我不寒而栗。

"这是一种威胁！

"我承认，在某种程度上，这只是哈坎在履行我们之间的协议。我们让他耕种我们的土地，他以猪肉作为回报，这都没错，但我希望得到的是一些香肠和培根，而不是一整只猪。是的，这是一个很好的协议，因为有大量的肉。但是为什么非要在这个时候把猪的尸体送来，就在我刚刚和隐居者谈完话之后？你不觉得这很奇怪吗？让我们厘清一下事情发生的脉络，从头到尾。

农场
The Farm

"首先，哈坎接到咖啡馆老板打来的电话，告诉他，我在和他的女儿聊天。

"接着，他看见我去田野里拜访隐居者，这会使他联想到米娅。

"然后他该怎么做？

"然后，他挑选了一只宰好的猪，或者干脆自己现杀了一只，因为血液还没有凝固，说明猪刚死不久。他带着猪肉米到我们的农场，故意在车道上留下血迹，然后把它挂在地窖里。他不是在履行协议，而是要告诉我们赶紧滚蛋，不要胡乱打听，管好自己的事就得了。

"我要指出的是，克里斯一直声称，宰猪事件并非发生在我去看望田野隐居者之后，它发生在另外一天，我只是把这两件相互独立的事情联系在一起了，是我的记忆出现了错乱。他想让我把这一系列事件的顺序搞乱，因为它们会揭穿真相。

"哈坎的威胁起到了适得其反的作用，它帮助我下定了决心，要去探寻事情的真相。我确信，米娅想告诉我些事情。我不知道她想说什么，我甚至无法猜测，我需要和她再见一面，越早越好。我在寻找着机会，不过最后是米娅找到了我。"

在记事本的某一页上，用回形针别着一张谷仓舞会的宣传单，妈妈把它摘下来，递给我。

"这些舞会每个月举办一次，地点就在一座公共谷仓里，它坐落在大路的尽头，相当于当地的市政厅或是镇公所。邀请的对象一般是特定年龄的男人和女人，这些人往往对聚会的精彩与否比较在意。票价很贵，每人一百五十克朗，大约折合为十五英镑。因为我们距离谷仓很近，多少受到一些音乐的影响，所以他们送给我们一些免费的门票作为补偿。克里斯和我决定做一次尝试。经历了失败的烧烤派对之后，我们开始想念大城市的社交活动。在派对上，我没有建立起朋友圈，也没有受到任何后续的邀请，甚至连可以打电话聊天的人都找不到一个。

"当然，克里斯和我决定参加舞会还有另外一个原因。在去瑞典之前，我们已经有几年没有同床过了。"

虽然我尽力避免因为吃惊而张大嘴巴，但僵硬而不自然的表情还是出卖了我内心的不安。虽然，这只是妈妈一贯直白坦率的表现，可我依然不知道该怎么回应。妈妈看着我那张僵硬的扑克脸，很显然，她误解了我的尴尬，她以为这只是对长辈隐私的回避。

"我知道，这可能会让你感到尴尬，但是想了解在瑞典发生了什么，你必须知道每一处细节，哪怕是最难以启齿的细节。

"在破产后，我们失去了性趣。大多数的性关系与信心和心态息息相关，它不仅仅是两个人之间的某种关系，还受到生活中各个方面的影响。许多夫妻在漫长的婚姻生活中都会遇到各种关于性生活的难题。克里斯和我曾经是幸运的。曾经，他是一位无政府主义者，一位满头黑发、年轻帅气的英国男士，我是一个无法无天又年轻漂亮的金发瑞典妹子。我们很快就迷失在彼此的陪伴之中，我们用性爱营造出一个紧密的二人世界，没有人能够插进来，只要我们拥有

农场
The Farm

彼此就够了，外面的世界与我们无关。

"可是在我们买下那些公寓之后，一切都变了。克里斯相信我，他以为自己真的可以退休了——他一辈子都在努力地工作，终于能好好休息了。他欣然地接受了我的决定。他开始去钓鱼，计划到国外度假，查阅旅行方面的书籍，幻想着去游览那些从未到过的地方。他从来没有和银行或房地产经纪人打过交道。当市场崩溃时，他只能无助而沉默地坐在家里，不管我如何对他解释投资的问题，他都无动于衷。我们不再是一个整体了，我是我，他是他。我开始过上了早睡早起的生活，他则睡得很晚，醒来得也很晚。我们的生活一步一步地分离开来。到了瑞典以后，我们试图恢复自己的生活节奏，当然，还有我们之间的默契与激情。我们想重温四年前的性生活，就像在重新发现藏在尘土之中的宝藏。

"在开往瑞典的渡轮上，在漫天星光下，克里斯和我接吻了，不是问候时的亲吻面颊，也不是年轻人那种紧张到战栗的吻，而是两个已经熟得不能再熟的人，在重温昔日的激情。当然，我们不只是接吻，我们还做爱了，在夜空下，在甲板上的救生船后面，在英吉利海峡的中央，哪怕海风凛冽。我曾一度担心会被人看见，不过克里斯想要。我估计，这就像一次测试吧，因为我能看出，他其实期待我说不，这样就可以以此为借口。不过我没有退缩，随便吧，这是一个变化的信号，我要让他知道，事情和以往不一样了——我们还会变成密不可分的整体。

第三章　糟糕的派对和新邻居

Chapter 3

　　"后来，当我们站在船头，等待着太阳从陆地升起的那一刻，我就知道了，这个时刻终于到了——我们面对着这辈子最大的冒险，当然，也是最后的冒险。这种感觉棒极了，因为我们两个会一起面对所有问题。每个人都要幸福，这是发自内心的需要，幸福并不是上天赋予的权利，但它值得每个人去争取。

　　"接下来，农场的劳累、水井的污染，以及哈坎带来的麻烦，这些都对我们造成了一些困扰，不过并不严重。我和克里斯达成了一个协议，我们共同遵守的协议：我们定期做爱——这是雷打不动的约会。不允许有任何借口。我们会利用一些事情，比如那次的谷仓舞会，来迫使自己进入状态。

　　"那天晚上，我穿了一件褪色的粉红色裙子，这件衣服应该有三十年了，还是当初在伦敦俱乐部和克里斯跳舞时穿过的。他穿着一件明亮的丝绸衬衫，这件衣服不比我的裙子更新，但是对他来说，总比穿着干活时的牛仔裤和羊毛衫强多了。我没有香水，我们买不起，所以我自己用松针榨出一种气味强烈的油，把它涂在耳朵后面。

　　"我们手挽着手离开了农场，沿着大路，穿行在乡村的夜色中。一路走来，平时宁静的夜晚，今天却飘荡着音乐。我们到得很晚，因为没有窗子，所以也看不见谷仓里面的情况。大门上挂着一排朦朦胧胧的橙色灯笼，上面爬满了巨大的蛾子，巨大的推拉门是用沉重的木材制成。克里斯必须用双手才能把它推开，然后再拉回来。我们站在门口，就像古时的旅人，在暴风雨来临之前，终于到达了一家

农 场
The Farm

可以遮风挡雨的乡村旅馆。

　　"屋子里有一股古怪的气味：酒精和汗水混合的味道。有这么多人跳舞，踩得地板和桌子上的玻璃杯都在颤动。没有人停下来看我们，他们都在专心地跳着舞。乐队站在舞台上，五个身穿廉价黑西服的男人正在演奏着布鲁斯音乐，他们系着窄窄的黑领带，戴着雷朋墨镜。尽管看上去有些黑矗，不过他们演奏得还行，由此我确定，我们应该可以度过一段快乐的时光。还有些人不想跳舞，他们坐在后排的桌子边，享用自己带来的食物，大部分人都在喝酒。谷仓里不设吧台，因为舞会没有贩酒许可证，所以你必须自带酒水，这让克里斯和我有些始料不及，因为我们什么也没带，原本打算买一杯来着。不过没关系，几分钟后，我们就受到了其他人热情的招待，掺着浓咖啡的杜松子酒被从巨大的保温瓶里倒出来，一杯一杯地端给你，气氛异常热烈，仿佛又回到了过去禁酒的那个年代*。上帝啊，那酒太烈了，咖啡因、糖分和酒精的混合物很快就让我迷醉了。

　　"这个谷仓不属于哈坎，这次活动和他也没有任何关系，在几天前我就已经确认过这件事了。我去感谢他送来的猪肉，在他面前，我没有显露出一丝受到惊吓或者不适的迹象。我想问他是否喜欢跳舞，对此他嗤之以鼻，说不。我松了一口气，那天他不会出现了。

---

*译者注：20 世纪 20 年代，美国颁布禁酒令，人们买不到酒类，开始私酿，然后偷偷地聚会饮酒。

几杯混着野草莓和咖啡的烈酒下肚，我的笑声变得越来越大，我甚至一度不知道自己在笑什么。每个人似乎都在笑，笑得连话都说不出来，人们聚集在这里，目的只有一个——取乐。和那天的烧烤聚会不一样，这里不只有本地人，大家来自四面八方。这个谷仓对任何人都敞开大门，只要他们的目的一致，只要他们想跳舞，这里没有局外人。

"又喝了一杯之后，克里斯和我走进了舞池。我们跳了一支又一支舞，每当音乐停止的间歇，我都会休息一下，调整自己的呼吸。周围的每个人都在做着同样的事，停下来喘口气，然后拥抱站在他们身边的人，无论相识与否。在舞池里，每个人都有权亲吻其他人。这时，我看到米娅站在门口。我不知道她到这儿有多久了，她正站在谷仓的后面，穿着粗斜纹棉布短裤和一件白色衬衫。她是这里唯一的年轻女孩，唯一没到二十岁的女性。她独自一个人，我没看见哈坎，也没看到他的妻子或者朋友。尽管我们曾经畅谈过，但我依然不知道该不该和她打招呼。她向我们走来，拍了拍克里斯的肩膀，问她是否可以跳下一支舞。我以为她在邀请克里斯跳舞，于是笑着告诉他，当然没问题，并且准备向后排的桌子走去。但是米娅摇了摇头，说她想和我跳舞！克里斯也笑了，说这个主意真不错，他正好想到外面抽根烟。

"乐队开始演奏。这首乐曲的节奏很快，可能是当晚最欢快的曲子，米娅和我开始跳舞。我的头昏沉沉的，不知道她到这儿来，

农 场
The Farm

是不是想和我说点什么。为了验证自己的想法，我问她是否经常参加这种活动，她摇了摇头，说这是她第一次来。于是，我问她感觉怎么样，她的镇定和自信突然消失了，在那一瞬间，她显得如此脆弱和失落。我感到她的手指紧紧地按在我的背上——就像这样……"

妈妈把我从椅子上拉起来，带着我走到客厅的中央，让我做她的舞伴。她把我的手放在自己的背上，模仿起当时的情形。

"我们继续跳着舞，她没有再说话。当音乐结束，米娅放开了我，她转向乐队，用热烈的掌声和口哨表达自己的敬意，不时将散开的头发拢向耳后。

"大家都在看我们。

"我什么也没说，自顾自地回到了后排的桌子旁，留她一个人在那儿继续吹口哨和鼓掌。克里斯手里端着一杯酒，放在嘴边，杯口紧贴着他的下嘴唇，却没有喝。他看我的眼神有些奇怪，好像我做错了什么似的。我给自己倒了一杯酒，举起来敬了他一下，然后一口干掉。我转过身，米娅已经离开了。厚重的谷仓门敞开着，巨大的蛾子在夜空里飞舞。"

妈妈收起了跳舞的姿势，走向窗口，她似乎忘记了我还在那里。她第一次沉默了，直到我把手放在她的肩膀上，她才慢慢地回过神来。她接着说：

"克里斯和我又跳了几支舞，但对我来说，那种幸福的感觉没有了，我心不在焉。酒精没有给我带来快乐，它让我感到有些累了，不久，克里斯和我就回到了农场。至于性爱，我试过了，但感觉很不好，就像应付公事一样。克里斯建议我抽大麻，这样可以使自己放松下来，说完，他就开始卷起烟来。我已经很多年不吸这玩意儿了，但我没有反对，也许，这会有所帮助呢，不管怎么样，一切都是为了快乐。于是，等他卷完，我便拿起一根点着了。我站了起来，床单从我身上滑落，我赤裸裸地站在屋子里，喷吐着烟雾。克里斯躺在床的另一边，他看着我，告诉我把它全部吸完，看看会有什么感觉。我也想试试，想找回曾经的本能，可是，我突然想到了另外一个问题。克里斯只从伦敦带来了一丁点的大麻，现在肯定早就用光了——毕竟我们已经在这儿住了一个多月了，那么，他是从哪儿弄来的这些大麻，又是如何付账的呢？我并没有生气，也没有责怪他的意思，我只是好奇，就想问问他，大麻是哪儿来的。他从我手里接过那根卷烟吸着，他声音低沉，脸孔隐藏在浓厚的烟雾后面。我只能听到一个名字：

"'哈坎'。

"克里斯招呼我回到床上。但现在，一个问题已经变成了两个，大麻是哈坎给的，哈坎能够给他大麻，这就意味着他们一定在我不知道的情况下见过面。再往深处想想，两个问题又变成了四个。他们一定要足够亲密，才有可能探讨吸食大麻的事情。他们一定要足够熟悉，克里斯才会把我们的财政情况和盘托出，因为他必须告诉哈坎自己没有钱，并且也无法在我不知情的情况下拿到钱。此外，

农 场
The Farm

他一定已经向哈坎描述过我们的困境了，却根本不知道那个男人正在觊觎我们的农场。最后，我确信哈坎绝对不会向克里斯要钱的，这不是什么慷慨的礼物，而是对他知无不言的一种奖赏。这些令人不安的念头在我心中开始萌发，逐渐失去控制，越来越多，我的脑子里全是这些事情。我无法在屋子里待下去了，我不想再看到哈坎的大麻在我们的屋子里燃烧，在我们的农场里燃烧——它臭不可闻！

"我迅速穿上衣服，跑出了屋子。克里斯光着身子站在台阶上，向我大喊道：

"'快回来！'

"我没有停下来，我用尽全力地奔跑着，跑过刚刚跳过舞的废弃谷仓，跑过哈坎的农场，跑过隐居者的小屋，一直跑到远方的小山脚下。

"山坡上长满野草，山顶上则是茂密的树林。我一路跑到树林的边上，汗水浸透了衣服，我瘫倒在草地上，急速地喘息着，望着山下的景色。我躺在那里，一直到被冻得打哆嗦，这时，我看到大路上亮起了车灯，一辆汽车驶过，不，是两辆，接着，又来了第三辆、第四辆。起初，我以为是大麻使我眼花了，于是我又重数了一遍，是四辆汽车。它们一辆接一辆，慢慢地排着队穿过田野，穿过这死一般寂静的夜晚。它们蜿蜒行驶在狭窄的乡村小路上，仿佛被连成一体，就像一只正在寻找猎物的猛兽。它们拐进了哈坎家的车道，在那儿停了下来。四辆车都关掉了大灯，整个世界重新归于黑暗。

第三章　糟糕的派对和新邻居

过了一会儿，四束光线再次刺破了荒野的宁静，很快，第五束光从房子里射出，并越过整个车队，来到了最前头。我看不见任何人，只能通过车灯了解他们的动向。我看着他们鱼贯走向河边，然后在哈坎的地下室跟前停了下来。接着，五辆车的灯都熄灭了，他们消失在黑夜中，他们一定是进了那间木头顶棚的工作室，那里面有无数的巨魔雕像、刻刀，以及不知为何被锁上的门……"

第四章　"是你杀了她吗？"

有电话打进来了。虽然我已经调成了静音模式，但爸爸的照片出现在屏幕上，这是我挂断了他的电话之后，他第一次打过来。我把手机放在桌上，对妈妈说：

"如果你不愿意的话，我就不接了。"

"你接吧，接电话。我已经知道他想说什么，他改变主意了。他不打算再待在瑞典了，他已经打包好了行李，准备开车去机场了，他正在飞往伦敦的路上。你接吧，看看我说的是不是真的。"

可我觉得他打电话过来，无非是想知道我们在哪儿，我们现在怎么样了。在现在这种情况下，他需要表现出极大的耐心。他更应该留在瑞典，给我和妈妈留出足够的空间来交谈，飞到伦敦就意味着对妈妈的挑衅，这一点我和他都很清楚。他帮不了她，她不会让他接近自己，如果他到了这儿，她一定会逃走的。

最后，由于我用了很长时间来权衡利弊，电话挂断了。妈妈指着手机说：

"给他回电话，听我的，让他自己证明自己是个骗子。他会假惺惺地询问你，现在你妈妈怎么样了，不要听她胡言乱语，你们现在没事吧之类的。他还会安慰你，向你保证，那里没有犯罪，没有阴谋，没有受害者，也没有警察调查。现在需要做的就是让我吞下几颗药丸，然后把所有的指控都扼杀在我的脑子里。你现在就给他打电话！"

爸爸留下了一条语音留言，这在之前是从未有过的。为了表明自己的公正，我对妈妈说：

"他留了一条信息。"

"他在路上，丹尼尔，我向你保证。"

我听了爸爸的留言。

"丹尼尔，我是爸爸，我不知道发生了什么事情，但我不能待在这里什么也不做。我现在在兰德维特机场，我的航班会在三十分钟内起飞，不过不是直航，我要到哥本哈根中转。我大约会在下午四点的时候到达希思罗机场。

"不用来接我，也别告诉你妈妈我要去。我会去找你，你在家里等着就行。让她待在那里，别让她离开……

"有些事我早该告诉你了。她一直在说的那些东西——假如你已经听她讲了很久的话——听起来像是真的，其实都是谎言。

"给我回电话，但不要让她知道，千万不要告诉她我在路上，小心点，这会让她失去理智。我知道这听起来有点夸张，但她真的会非常暴力。

"我们会让她更好，我保证，我们会带她去看最好的医生，我们已经耽误了治疗的最好时机。在这儿，我无法有效地和瑞典医生交流，不过回到英国就好办了。她会没事的，但不要掉以轻心。我很快就会见到你，我爱你。"

我放下手机，爸爸的变卦让我很难接受。妈妈的预言应验了，他不仅要飞过来，他甚至已经买好了票，在机场等候登机了。假如真像他说的那样，等他走进公寓，妈妈会被吓坏的，到时候一场激烈的战斗势必不可避免，我妈妈会因此而恨上我们两个人的。

妈妈说：

"我们还有多长时间？"

爸爸仿佛设置了一个嘀嗒作响的闹钟，原本脆弱的平静马上就要被打破了。我不想遵从他的指示，为了维系自己公正的地位，也为了保证她对我的信任，我把手机递给她。

"你自己听吧。"

她用双手捧过手机，仿佛收到了一件珍贵的礼物。她没有立刻把它放到耳边，她对我说：

"你的信任让我看到了希望。我知道我们已经很多年没有如此亲近了，不过我们可以从头再来。"

　　我仔细回味了一下妈妈的话，我发现她说的是对的。我们不像从前那样经常见面了，我们在电话里聊天的时候也变少了。出于我的私人原因，我不得不疏远她，我想通过这种方式来减少自己对她撒谎的次数。每一次的交流都会带来隐私暴露的风险，突然，我感到了一阵巨大的悲伤袭来，我们不再像原来那样亲近了，这是怎么回事啊？没有亲情的断裂，也没有猛烈的争吵，就这样一点一点地，在不知不觉中逐渐疏远。现在，她就在我身旁不远的地方，可我感觉我们之间的距离很远很远。

　　她听的时候我尽力控制着自己的情绪，同时又有些期待妈妈的反应。她脸上的表情没有任何变化，听完留言后，她把手机递给我，我无法感知她的想法，但她看上去有些心烦意乱了。她深吸了一口气，拿起那把刻着巨魔的小刀，把它塞进自己的口袋，仿佛在为爸爸的突袭做着准备。

　　"他是个怪物，他打算用妻子的生命来换取自己的自由——这是一个人能做出来的事情吗，不，他是怪物。为什么要提醒我？为什么不干脆偷偷地溜过来？我来告诉你为什么。他就想让我失去理智，让我大嚷大叫，这就是为什么他要给你留条信息。别听他说什么要保密啊之类的话，那就是个谎言。他成心想让我听到，他想让我知道，他要来了！"

　　尽管知道那把刀是木头做的，但我依然不想她把它放在口袋里。

农 场
The Farm

"妈妈，请把刀给我。"

"你还是把他当作你的父亲，可对我来说，他是个威胁。他伤害了我，他把我关起来，他还会继续伤害我的。我有权利保护自己。"

"妈妈，如果你不把刀放在桌子上的话，我不会继续听你讲了。"

她慢慢地把那把刀从牛仔裤里拿出来，递给我说：

"到现在，你还没有看清他。"

她从挎包里拿出一支钢笔，在记事本的背面写下了一串数字。

"在他到这儿之前，我们最多还有三个小时。根据我的估计，其实他坐的是直航的航班。他声称自己会到哥本哈根中转，其实他是在撒谎，这样他到这儿的时间会比我们预计的要早，他想让我们放松警惕。时间不够了！我们不能再浪费哪怕一秒钟，他的行动比我想象的要快得多。另外，还有一件事他也在说谎。那些瑞典医生个个都可以说一口流利的英语，他们不可能听不懂克里斯说话——他们听得一清二楚，每一个字眼儿都明明白白。关键是他们不相信他。你现在就可以给那些医生打电话，看看他们是不是会说英语，你还可以考他们几个复杂的句子，看看他们有没有听不懂的地方，我跟你说，基本上一个都没有。不管什么时候，也不管发生什么情况，只要你对我的信任出现了动摇，打电话给他们，那些人会坚定你的立场。专业的医生认为我是健康的，同意我出院，并且帮助我瞒着克里斯，使我赢得了短暂的时间，可以逃到机场。

"你再听听这条语音，有那么一段话，克里斯的声音不是很连贯——那不是什么真情的流露，也不是他在哽咽，是因为这个男人马上就要崩溃了，他在努力掩盖自己的罪行。他知道我们在质疑他，他在自我保护和内疚之间左右为难，他没有退路。这样的人是最危险的。我们每个人的内心都有阴暗的一面。克里斯已经堕落了，居然下作到用我的童年旧事来攻击我，那些出于信任才会告诉他的秘密、夜半时分欢愉过后的呢喃、只能和知心好友交换的私房话——连这些都成了他对付我的工具。"

我不相信她对爸爸的描述。他不是个不检点的人，他很少读那些小报，特别讨厌恶意的评论，他从不说别人的坏话，更不要说把妈妈的隐私泄露给外人了，对付她的事就更不可能了。我说：

"可爸爸不是那样的人。"

妈妈点点头：

"没错，这就是当初我为什么会完全信任他。就像你说的，他不是那样的人，除非他绝望的时候。当人们感到绝望时，他们会变成另外一个人。"

我不是很赞成她的观点，这种论调并不具有普遍性。我感到有些不舒服，我问她：

"还有什么秘密？"

妈妈从挎包里拿出一份马尼拉纸*质的正式文件。封面上贴着一

---

*译者注：马尼拉纸是一种淡黄色纸张，以马尼拉麻为原料制成。

个白色标签，上面写着妈妈的名字、日期和一家瑞典医院的地址。

　　"为了使一个正直的医生相信，某个人确实精神失常了，你必须首先提供这个患者的家族病史，但是我的家族并没有精神健康问题的遗传史。然而，我的敌人们不会就此承认失败的，他们又有了一个新主意，他们把目光投向了我的童年，提出我曾经受到过难以愈合的心灵创伤，这就为我现在的精神失常埋下了伏笔。他们需要一个恶棍靠近我，要了解我最私密的信息，比如我的丈夫。对克里斯来说，为了保证自己的自由，他必须背叛我。现在你明白他所面对的压力了吧？对他来说，这不是一个容易的决定，可是他在这条路上已经走得太远了，回不了头了，他别无选择。

　　"在被关进瑞典的精神病院期间，我接受了医生的全面检查。两个人坐在我的对面，隔着一张被固定在地板上的桌子，他们手里拿着克里斯的证明文件——更具体地说，那上面记录了一件发生在1963 年夏天的事情。我承认它并不是虚构的，但在字里行间，我看到了更险恶的东西，是从无到有一点点地构建起来的阴谋，是让你没有办法一下子否定的东西。医生向我介绍了这份精心制作的证明，并要求我提出反诉。由于害怕被关在那里，我意识到自己的回答非常重要，我向他们要了一支铅笔和一沓纸。你要明白，当时我发现自己被关了起来，正处于一种震惊的状态，我周围的人都是疯子，真正的疯子，我很害怕，不知道自己能否离开那里。而那些医生就像法官和陪审团，将会决定我今后的生活，所以我对自己的表达能

第四章 "是你杀了她吗？"
Chapter 4

力没有信心，唯恐在英语和瑞典语之间缠夹不清。为了更加清晰地表述，我提出了一个替代方案。我会写下发生在 1963 年的事情真相，不是口述，而是写出来，这样他们就可以更加准确地判断，看看这件发生在童年的事情能否证明我真的疯了。

"你手上拿着的就是那天晚上我给他们写的证词。当我离开精神病院时，医生在我的要求下返还了它，我相信他们还有一份复印件，或许就是这一份。

"是的，我之前没注意到，这份是复印件，他们保留了原件。

"你不了解我的童年时光。我之前提到过在瑞典成长的点点滴滴，但你从未见过你的外公，你的外婆已经去世了，从某种意义上说，她和你的生活没有关联。或许你会说，我的童年并不幸福。嗯，倒也不能这么说，幸福的时光还是有的，而且还不少。我是一个乡下孩子，思想单纯，热爱户外运动，那是一段美好的生活。

"在 1963 年的夏天，一件事情改变了我的一切，它打破了生活的平静，使我和自己的家庭反目。而现在，这件事情又成了我的敌人扭曲和攻击我的武器。为了保护自己，我别无选择，必须把过去的事情和你讲清楚。我的敌人们已经捏造出一个恶意的版本，它会引起你的不安，如果你听信他们的说法，你就会改变对我的看法。当你有了自己的孩子，你永远都不会让我和他们单独在一起的。"

我简直无法想象真的会有什么可怕的事件，会改变我对妈妈的看法。不过，我不得不承认，我对妈妈的过去确实知之甚少。我不

农场
The Farm

记得她什么时候提到过 1963 年的夏天。我急忙打开了文件。在正文之前，妈妈写了一封信，我问：

"你想让我现在看这封信吗？"

妈妈点点头：

"现在。"

亲爱的医生：

你也许对我为什么用英语写信而不是瑞典语感到好奇，在我的生活经历中，我的英语书面表达能力变得越来越好，而瑞典语却被忽视了，我在十六岁时就离开了瑞典的学校，在伦敦的时候几乎从没用过它。相反，我一直在借助图书馆和经典文学作品的帮助，努力提高自己的英文水平，因此，使用英语而不是瑞典语来写这封信，绝非对自己祖国的不敬。

在这里，我想陈述一下我一直不想提起的童年，因为有人把这件事当作一种真实发生的罪行。虽然过去和现在之间没有必然的联系，但我承认，我的否认会使你有所怀疑。

我的敌人已经描述了发生在 1963 年夏天的那件事情，他们希望把我关在这个精神病院里，一直到我主动放弃自己的控诉，或者我名誉扫地，没人会再相信我的指控。我承认，他们的故事中大部分内容是真实的，我不能说那些都是谎言。如果你对他们所说的进行调查的话，你会发现大量的细节都是真的，比如地点、名字和日期等。

然而，就像不能因为在拥挤的火车上和别人撞了一下肩膀，就打算和人家交朋友一样，他们的故事也不是无懈可击的，因为他们没有深入地了解这件事情。

接下来，你将读到的就是这件事情的真相。然而，毕竟已经过去了四十多年，我无法记清当时所有的细节，因此，你或许会得出这样的结论：这里面的对话都是编造的，进而你会怀疑我声明的全部内容。我要说的是，这里面的对话只代表了大概的意思，因为那些语句已经永远地过去了，那些说话的人也都不在了。

你真诚的

蒂尔德

关于我家的农场

我们的农场和瑞典成百上千的农场没有什么区别。它位置偏僻，风景如画，距离最近的城镇有二十千米远。小的时候，哪怕只是经过一辆汽车，都会吸引我跑到屋子外面去观望一番。我们没有电视，也从未出去旅行过，在我的记忆中，森林、湖泊和田野构成了唯一的风景。

关 于 我

我的母亲在生下我时差点死去。手术的并发症使她无法再拥有其他的孩子，出于这个原因，我没有兄弟姐妹，我的朋友们也都住得很远，所以从小我就习惯了孤独的感觉。

农场
The Farm

关于我的父母

我的父亲很严厉，但他从来没有打过我的母亲，也没有打过我，他是个好男人。他为当地的政府工作过。我父亲是当地土生土长的人，他二十五岁的时候用自己的双手建造了这个农场，从那以后就再也没有离开过。他的爱好是养蜂，他在原野上搭建蜂房，并且用独特的花卉组合酿出了与众不同的白色蜂蜜，这也为他赢得了许多的奖项。我家客厅的墙壁上挂满了全国性的养蜂奖状和报道我家蜂蜜的剪报，这些都被装裱在镜框里。这一切都有妈妈的功劳，但是她的名字没有出现在蜂蜜的标签上。我的父母都是社区的重要成员，母亲为教堂做了大量的工作。

总之，我的童年是舒适而传统的，不愁吃不愁穿，没有什么可以抱怨的。

接下来，让我们回溯到 1963 年的夏天。

关于 1963 的夏天

那一年我十五岁。学校放假了，迎接我的是漫长的暑假。我没有什么特别的计划，只是和平常一样，在农场里帮帮忙，或者骑自行车到湖边去，游泳，采摘水果，四处探险。有一天，我的父亲告诉我，一户新的邻居搬到了这里，他们买下了附近的一个农场。从那天起，一切都改变了。这个家庭有些与众不同，家里只有父亲和女儿，没有女主人。他们从斯德哥尔摩来，打算在乡下开始一段新的生活。那个女孩和我年纪差不多。听到这个消息，我兴奋得睡不着觉，想着自己终于可以有一个住在附近的朋友了，我又有些紧张，害怕她不想和我交朋友。

关于弗莱娅

为了和她交朋友，我每天都会花上很多时间在她家农场附近游荡，但我太害羞了，根本不敢去敲门。于是，我想出了一个间接的方法，虽然听起来有些奇怪，不过考虑到我从未出过家门，缺乏必要的社交经验，也就见怪不怪了。在我们两家的农场之间，长着一些不高的树木，因为面积太小，所以只能称之为树丛。这是块无主之地，地面上堆着几块大石头，所以无法耕种，更谈不上有什么收成了。我每天都到那里去。我会爬到某棵树的顶端，面朝着女孩家农场的方向坐在树干上，每一天我都在树上待好几个小时。大约一周之后，我开始怀疑这个新来的女孩并不想做我的朋友，我的心情越发沉重起来。

一天，我看见那位父亲走过田野，他停在我脚下的树旁，朝我叫道：

"你好啊，上面的人。"

我回答说：

"你好，下面的人。"

那是我们的第一次对话。

农场
The Farm

"你为什么不下来，去见见弗莱娅呢？"

那是我第一次听到她的名字。

我爬下树，和他一起走进了他们家的农场。弗莱娅正在等着我，她父亲帮我们彼此介绍，他解释说，他非常希望我们能成为朋友，因为弗莱娅刚到这个地方。虽然弗莱娅的年纪和我一样大，但她长得更漂亮，她的乳房已经发育了，发型也经过精心的梳理，她是那种每个男孩子都会为之倾倒的姑娘。和她的成熟相比，我就是个没长大的孩子。我跟她提议，在树丛间建立一个营地，但我不确定她是否会喜欢这个建议，因为她是城里来的，而我没有和城里姑娘打交道的经验。说不定她们对建造树棚一点兴趣也没有。没想到，她同意了，于是我们就跑到树丛那儿去了。我教她怎样把嫩树枝弯曲起来，并且捆扎在一起，做成一个屋顶的形状。或许这听起来不像是两个十五岁的小姑娘应该做的事，不过那又怎么样呢，体力活对我来说简直就是轻车熟路。当时，我对男女之情还懵懵懂懂，弗莱娅知道的稍微多些，她居然知道性。

到了仲夏时分，弗莱娅已经成了我一直渴望的朋友。我幻想着在假期结束时对她说，她就是我从未谋面的亲姐妹，我们将是彼此一生中最好的朋友。

关 于 巨 魔

有一天早上，我来到树丛边，发现弗莱娅坐在地上，她的双臂

抱在膝盖上。她抬头看了看我说:

"我看到一个怪物。"

我不确定她说的是真的还是假的,我们经常会给对方讲一些可怕的故事,我曾经给她讲过巨魔的故事。于是我问她:

"你在森林里看见了巨魔?"

她说:

"我是在我家的农场里看到的。"

看来她说的是真的了,我有义务去相信自己的朋友。我握住她的手,她在颤抖。

"你什么时候看见的?"

"昨天,就在我们从田地里回来之后。我回家了,但是我身上太脏,没法进屋,所以我就在屋子外面用水管冲洗腿上的泥。这个时候,我看见了它,就在花园的后面,长满红醋栗的灌木丛里。"

"它长什么样?"

"它有像皮革一样粗糙的皮肤。它的头很大,上面只有一只巨大的黑眼睛,一眨不眨地看着我。它就那样直勾勾地盯着我。我想喊爸爸出来,但是我怕他不相信我,于是我把水管一扔就跑进屋了。"

那天,弗莱娅没有和我一起玩耍。我们坐在一起,手牵着手,直到她不再颤抖。傍晚的时候,我拥抱了弗莱娅,向她说再见,然后看着她穿过田野跑回家去。

第二天,弗莱娅很高兴,她对着我又亲又抱,告诉我巨魔不见了,她很抱歉吓到了我，那一定是她的胡思乱想。

巨魔确实再也没有回来过，但弗莱娅也变得和从前不一样了。她经常会莫名地恐惧，没有一丝一毫的安全感。她成了另外一个人，悲伤而安静。她不再愉快地玩耍了，每天晚上，她都害怕回家，她害怕回到自己家的农场。

关于镜子

巨魔事件过去几周后，有一天，我发现弗莱娅坐在树丛里，手里还拿着一面镜子。她声称那头独眼巨魔在用镜子来监视她，所以那天早晨，在醒来之后，她把家里所有的镜子都转了过去，面朝着墙壁，只剩下一面放在卧室里的镜子。她提议我们应该把它打碎埋在土里，我同意了，她用一根沉重的棍子击打它，当它被打碎后，她哭了起来。但是当天晚上，当弗莱娅回到家时，她发现所有的镜子又被转了回来，她的父亲不会容忍她这种古怪的行为。

关于湖

我的计划很简单。弗莱娅说只在自家农场里见过那头巨魔。假如我们俩远远地跑到森林里去呢？如果我们带上足够的食物，就可以很轻松地待上好几天。如果在树林里我们都没有见到那头巨魔的话，那就说明只要离开农场，她就是安全的。弗莱娅同意了我的计划，我们商定第二天早上六点在大路边集合，一起骑自行车出发。我们

不能在附近的树丛中停留，因为这很容易就会被家里人发现。我们
要到大湖边上的森林里去。那里树高林密，我们可以消失得无影无
踪，根本不必担心被人找到。我的父母早就习惯了我整天在外面疯。
只有当我没回去吃晚饭的时候，他们才会开始担心。

中午的时候，下起了暴雨。雨很大。你必须要大声叫喊才能让
对方听到。很快弗莱娅就精疲力竭了，无法前进一步。我们全身都
湿透了，只好拖着自行车到路边的树林里避雨。走进树林后，我们
用树枝和树叶把车子盖了起来。我利用一棵倒下的大树搭建起一个
窝棚。我们坐在里面享用着糖霜肉桂面包和红醋栗汁。我们几乎吃
光了原本预计吃三天的食物。过了几分钟，我问弗莱娅：

"你看见巨魔了吗？"

她四下看看，然后摇了摇头。虽然我们全身都湿透了，而且筋
疲力尽，但是我们都很高兴。我们裹着雨衣准备睡觉，我一直等到
弗莱娅睡着之后，才合上了自己的眼睛。

我醒来的时候，弗莱娅已经不见了。

我一骨碌从窝棚里滚了出来。森林里黑漆漆的。我喊着她的名
字。没有回应。弗莱娅一定是被巨魔抓走了。我开始哭了起来。接
着我感到一阵恐惧，因为巨魔也会来抓我的。我竭尽所能地奔跑起来，
一直跑到大湖边上，没有路了。我被湖水挡住了去路，而巨魔有可
能就在我身后几米远的地方。于是我脱下外套，跳进水里开始游泳。
原因很简单，我从没听说过故事里的巨魔会游泳。它们身体笨拙而

农场
The Farm

沉重，而我则是同龄孩子中的游泳高手。

　　那天晚上我游得太远了。最终停下来的时候，我发现自己距离湖岸从未那样远过。岸边那些巨大的松树现在看起来仿佛微小的斑点。不过，至少没有人追着我。起初，这个想法给了我安慰。巨魔抓不到我了，我是安全的。但是接下来，一阵哀伤的感觉迅速袭来。我失去了自己的朋友。弗莱娅不见了，就算是回到岸边也找不到她了。我感到双腿非常沉重。我太累了。我的下巴沉进水里，接着是我的鼻子、我的眼睛，最后整个头部都沉到了水下面。我快要淹死了。我还没有准备好面对死亡，但我真的没有力气继续游泳了。

　　我沉到了湖面以下。那天晚上，我本无幸免的可能，不过我很幸运。当时我虽然距离岸边有几百米远，好在那片水域非常浅。我站在水下的淤泥里休息了片刻，然后再次浮出水面。我喘息着，深吸一口气，又一次潜入水中。就这样，在水下休息一会儿，浮上水面，深吸一口气，再潜水。我一遍一遍地重复这个过程，逐渐靠近岸边。通过这种奇怪的方法，我终于回到干燥的土地上。我在岸边躺了好一会儿，仰望着星空。

　　体力恢复后，我步行穿过森林。最终我找到了大路，但是找不到之前藏起来的自行车，我只好冒着雨走路回家。前方出现了汽车的明亮灯光。那是一个当地的农民，他在找我。我的父母都在找我。每个人都在找我，包括警察。

谎　言

回到农场后，我始终在重复着同样的话：

"弗莱娅死了！"

我解释了关于巨魔的故事。不管他们怎么想，就算认为是幻想我也不在乎。她不见了，这就是证据。除非他们开车送我到弗莱娅家的农场，否则我就不断地说着这个故事。最后，我父亲被说服了。他不知道怎样才能让我平静下来，只好带我去他们家的农场。弗莱娅在家里。她穿着睡衣，头发梳得整整齐齐。她整个人又干净又漂亮，好像从来没有跑出去过一样。我对弗莱娅说：

"告诉他们关于巨魔的事。"

弗莱娅跟他们说：

"没有什么巨魔。我从来没有出去过，我不是这个女孩的朋友。"

亲爱的医生：

我已经写了一整夜，这还真不是个轻松的事，我感到很疲惫。我们应该很快又会见面了。现在时候已经不早了，我只想去睡觉，所以我打算把接下来发生的事简略地叙述一下。

听了弗莱娅的谎言之后，我病了好几周。我在病床上度过了剩下的夏天。恢复健康以后，父母不再允许我离开自家的农场。妈妈每天晚上都会为我祈祷，她跪在我的床边，有时甚至会念叨整整一个小时。而在学校里，其他的孩子都开始疏远我。

农场
The Farm

第二年夏天，在最热的一天里，弗莱娅在湖里淹死了，就在离当初我们坐在树下避雨的地方不远处。事实上，当时我也在湖里游泳，这使得一些关于我的传闻泛滥起来。学校里的孩子们声称是我杀死了她。他们认为我非常可疑，因为我有憎恨她的理由。这样的流言在一个农场和另一个农场之间传播着。

直到今天，我依然不知道我的父母是否相信我是无辜的。他们什么也不知道，或许在那个炎热的夏日，我只是偶然发现弗莱娅正在湖里游泳，或许我们发生了争吵，或许在争吵中她管我叫怪胎，或许这让我太生气了，我把她的头按到水下，拽着她，抱住她，一直把她拖到水底，这样她就无法张嘴，也就不能再对我撒谎了。

接下来的日子是我一生中最糟糕的时光。我坐在高高的树顶上，盯着弗莱娅家的农场，心里始终纠结着要不要跳下去。我数着面前所有的树枝，想象自己掉到树下摔个稀巴烂。我盯着地面，不停地在说：

你好，下面的人。

你好，下面的人。

你好，下面的人。

但是假如我真的杀死了自己，每个人都会相信是我杀了弗莱娅。

当我十六岁的时候，就在生日那天的凌晨五点钟，我离开了农场。我离开了自己的父母。我永远地离开了那个地方。我不能生活在一个没有人相信我的地方，我不能生活在每个人都认为我有罪的地方。

第四章 "是你杀了她吗？"
Chapter 4

我带着自己攒下的一点钱，尽可能快地骑车到了巴士站。我把自行车扔到田野里，登上一辆开往城里的汽车，从此再也没有回去过。

你真挚的

蒂尔德

　　信的内容读完了，但我依然把它捧在手上，假装自己还在看着，这样我就可以为自己赢得一些时间来整理思绪。在我的生活中，从没有想象过妈妈会经历这样的事情。我仿佛看到一个孤独而悲伤的小姑娘，绝望地乞求着唯一朋友的友情。我还看到了其他的东西，她对那些关心的人的奉献，她面对悲伤时的勇敢。我从没有真正地认清过她。她的外表下隐藏着怎样的伤痕？她又受到过怎样的伤害？我的好奇心在这一刻全面爆发出来，我需要问自己一个问题。我真的了解自己的父母吗？曾经，他们对我的爱遮盖了一切。或许我可以找借口说，是因为爸爸妈妈从未让我接触到他们的无奈和艰辛，他们想忘掉过去，只留给我快乐的印象。或许我还可以为自己辩护，我没有资格去重提父母的痛苦回忆。但这也仅仅是借口而已，我是他们的儿子，是他们唯一的孩子——是那个唯一可以去问，也应该去问这些事情的人。他们的故事就是我的故事，他们的过去就是我的过去。在这个问题上，我犯了错误——我误以为熟悉就代表着了解。可是，即便是生活在一起，也并不意味着你对别人的了解有多深。更糟糕的是，我沉湎于家庭的喜乐祥和，却从没有认真想过，为什

农场
The Farm

么我的父母会致力于营造这样一个家庭氛围，他们真实的想法又是什么？

妈妈看穿了我的小把戏，她知道我已经读完了信。她把手放在我的下巴上，慢慢地托起我的头，和我四目相对。我看到她眼中的决心和严肃。这不是我在信里认识的那个迷茫的小女孩。

"我知道你有问题要问我，一个对你来说很难问出口的问题，或许是你曾经问过的最艰难的问题。但是你无法回避这个问题，想知道答案的话，你必须问。你必须亲口把它说出来。你必须鼓起勇气，看着我的眼睛，问我是不是杀了弗莱娅。"

妈妈的动作很轻柔。但是我知道，一旦我试图把脸转开，或者回避这个问题，她的手一定会立刻收紧，锁住我的下巴，让我一动也不能动。她是对的。我的确想问这个问题，或者说，我想知道真相，无论答案是什么。我想知道那天在湖里发生的事情。其实，想象当天的情形并不是困难的事——妈妈从小在农场里劳作，身体强壮，弗莱娅是城里姑娘，美丽而柔弱。那天，她们在湖里偶遇。过去几个月的孤独和痛苦让妈妈很生气，她摇晃着自己从前的朋友，把她的头按到水下，希望一雪前耻。情绪稳定之后，妈妈为自己的行为感到羞愧，这时她已经游到了岸边，她回头瞥了一眼，发现弗莱娅并没有浮出水面——她应该没有意识了。妈妈疯了一样地游了回去，试图去救她，但没有用。最后，她惊慌失措地逃离现场，只留下她朋友的尸体漂浮在湖面上。

第四章 "是你杀了她吗？"
Chapter 4

我不自信地低声说道：

"你和弗莱娅的死亡有关吗？"

妈妈把手从我的下巴上拿开，摇着头说：

"不对。你应该这么问。我有没有杀死弗莱娅？跟我说！"

她开始一遍又一遍地重复这个问题：

"我有没有杀死弗莱娅？我有没有杀死弗莱娅？我有没有杀死弗莱娅？"

她是在刺激我，每次她提到那个名字都会用手指在桌子上敲一下。这令人很不安。我再也承受不住了。在她再次敲打桌子之前，我抓住了她的手，我感受着她的力量，问道：

"是你杀了她吗？"

"不，我没有。"

农 场
The Farm

第五章 泪 滴 岛

"你相信吗，不管在世界上的任何地方，随便找一所学校，你都能发现一个不快乐的孩子。在这个孩子身边，总会流传着恶意的闲话。这种闲话主要由谎言组成。虽然你知道他们在说谎，可是你依然无能为力，因为所有的人都相信那些谎言，都在重复那些谎言，久而久之，谎言变成了现实——无论是你，还是别人，都会相信那些谎言。你摆脱不开它们，因为你没有办法自证清白，这些污秽和肮脏的言语不需要任何证据。逃避的唯一办法就是把自己封闭起来，只活在自己的幻想国之中。可是这样做的代价又太大了，你不可能永远对这个世界关上大门。一旦它被突破，你将无处可去，只能从现实中逃走——打包好你的行李，然后赶快离开。

"现在想想，弗莱娅也够惨的。她母亲死得早，她的生活乱七八糟的。在她背叛我们的友谊之后，她和一个年轻男人搞在了一起，一个在旁边农场干活的雇工。有传闻说她怀孕了，有那么一段时间她没来学校。又是一桩丑闻。不要问我到底是不是真的，我不知道。我不在乎别人怎么说她。听说弗莱娅死的时候，我哭了。我真的哭了，就算她背叛了我，就算她不拿我当朋友，我还是会为她流泪。即使是今天，我也会哭的，因为我非常爱她。

"现在你已经听过1963年夏天的真相，你必须明白，这些事和今年夏天发生的罪行无关，没有任何联系。我们谈论的是不同的人，在不同的时间、不同的地方。"

我实在搞不明白她一直在说的"罪行"到底是什么，我鼓足勇气，直截了当地说出了自己的猜测：

"是米娅死了吗？"

妈妈吓了一跳。到目前为止，一直是她在控制叙述的进度。我只能乖乖地听着。不过，在继续讲故事之前，我需要对我们讨论过的问题做一个总结。我让她躲躲闪闪逃避得太久了。妈妈说：

"你为什么这么想？"

"我不知道，妈妈。你一直在谈论罪行和阴谋，但你并没说清那到底是什么。"

"一切都会水落石出的。"

她说，好像在说着一个众所周知并被广泛接受的常识。

农场
The Farm

"这是什么意思？"

"如果你说什么事都颠三倒四的话，人们就会开始质疑你的神志。他们就是这样对我的！最稳妥的方法就是从头开始，一步一步地直到最后。按照时间的顺序，所有事情一目了然。"

这就是妈妈的原则，就像有经验的警察鉴别醉鬼，他们会要求嫌疑人在一条直线上行走。

"我明白，妈妈。你可以按你的方式告诉我发生了什么，但首先我需要知道我们在谈论什么。能不能先告诉我一个结果，然后我们再来谈论细节？"

"你不会相信我的。"

我在冒险。我不知道要是我对她逼迫得太紧的话，她会不会从我身边逃走。带着一丝畏惧，我说：

"如果你现在告诉我，我保证在听完整个故事之前，都不会做出任何的判断。"

"很明显，你仍然认为在瑞典什么也没有发生。所有的证据，这些笔记，我所搜集的一切，对你来说都没有意义。

"一开始我就告诉过你，这是一项罪行。已经有一个受害者了，甚至不止一个。你想知道更多的事？没错，米娅已经死了。那个我喜欢的姑娘死了，她死了。

"你自己想想看，我是那种疑神疑鬼的人吗？我热衷于追踪什么小道消息吗？我曾经冤枉过什么人吗？

"我的时间不多了，我今天必须到警察局去。如果是我自己去的话，警官一定会联系克里斯的。他会告诉他们我发疯的事，他一定会这样说的。那些警察应该都是男的，像克里斯一样的男人，他们会相信他。这我早就预料到了。我需要一个盟友，最好是我的家人，他要站在我这边，支持我，这个人只能是你。很抱歉我必须把这份责任放在你的肩膀上。

"你直截了当地把问题抛给我，我做出了回答。现在轮到我问你了，你真的听不下去了吗？假如你在拖延时间，如果你的策略就是让我一直说个不停，而你一个字也听不进去，只是想把我困住，直到你爸爸赶到这里，然后你们两个就可以把我送到精神病院去的话，那么我警告你，如果你背叛了我的话，我们的关系就完了，永远也不可能恢复。你将不再是我的儿子。"

她的话很重，如果我不相信她，我们的关系就会受到影响。不管她说了什么，作为她的儿子，我必须相信她。我并不觉得她是在危言耸听，妈妈从来没有说过这样的话。这些字眼儿听起来陌生而又真实，它们表述了一个我从未想过的概念——妈妈不爱我了。我的脑海里浮现出当年她离家出走时的样子。一个孩子就这样离开了自己的父母，没有留下一封信，一个电话号码，甚至一个线索。她切断了自己所有的亲密关系。现在，她也可以再做一遍。之前，她一直在声称，不要让感情影响我的判断，可是现在，我们的亲情都成了砝码。不，我不能为了安慰她，就做出相信她的保证。

农 场
The Farm

"是你让我保持客观的。"

我急忙补充说道,

"我可以重复之前做过的承诺:保持开放的心态。现在,坐在这里,我不知道哪些才是真实的。妈妈,我只知道,不管接下来的几小时会发生什么,不管你告诉我什么,我永远都是你的儿子。我永远爱你。"

妈妈的敌意减弱了,我不知道她是被我的话感动,还是意识到自己犯了错误。带着失望的口吻,她重复了一遍我说的话:

"开放的心态,这就是我要求的全部。"

这还不够,我对自己说。不过她的目光已经回到记事本上了。

"早些时候,我们谈到了农场的上一任主人,那个老太太塞西莉亚,还说到了她为什么要把农场卖给我们的秘密。其实还有些事情我没说。她给我们留下了一条船,就停泊在木质的浮桥边上,那是一条带有电动引擎的豪华小船,一条崭新的船。你知道为什么病弱的塞西莉亚一边打算卖掉农场,搬进城市去养老,一边又花了这么多钱去买一条船吗?

"我想不通的事情很多。直到最近——当时我还在瑞典,当我再度想起这台电动引擎时,我突然意识到这是一个重要的线索。我早该想到的,这条船本身并没有配备任何的推动装置——引擎是需要额外购买的。更为重要的是,塞西莉亚选择的这款'劲速'牌的电动引擎并不是最便宜的,它的售价是四百欧元。而根据我的调查发现，其他牌子的引擎只要二百欧元就能买到。而且这些更便宜的引擎同样可以用在这条船上。那么问题来了，为什么她要留给我们这台特别的引擎呢？

"我想给你看一下引擎的参数清单。答案就隐藏在这个清单中——她选择这台引擎，并把它留下来的原因。看看你能否找到它。"

妈妈从她的记事本里抽出了一张从网上打印的纸，把它递给我。

"劲速"牌五十五磅电动引擎

第一次来到欧洲！

基于卓越的美国设计和技术，本款引擎拥有超凡的动力和性能，经久耐用。

- 峰值推力：五十五磅

- 电源输入：十二伏（未含电池）

- 七项功能液晶显示屏

- 三百六十度转向

- 不锈钢材质

- 长：一百三十三厘米 / 五十二英寸

- 宽：十二厘米 / 四点七英寸

- 高：四十四厘米 / 十七点三英寸

- 重量：九点七公斤 / 二十一磅

- 速度控制：五 / 二（正向 / 反向）

农 场
The Farm

- 螺旋桨：三叶螺旋桨
- 指导手册：有。语言种类：英语/德语/法语
- 推荐船体大小：最大三千八百五十磅/一千七百五十公斤
- 欧盟统一标准：符合

我把那张纸递给她，承认说：

"我看不出来。"

"其实很简单，你只是没注意罢了——看第三项：七项功能液晶显示屏。

"我来给你解释一下。

"我们搬到农场都快两个月了，可克里斯还从来没有到河边去过，一分钟都没去过。为了推广度假农场，我们需要向人们证明，麋鹿河是个钓鱼的好地方。但是克里斯任由自己的渔具在谷仓里落灰。我没有勉强他的意思。可他喜欢钓鱼，他可以在河边帮我们的农场打出名头。我经常对他说：到河边去钓钓鱼吧。他耸耸肩，卷上一根烟说：明天再说吧。

"在对我的要求置若罔闻几周后，有一天，克里斯突然宣布，他要和哈坎一起到河边去钓鱼。那个时候，这两个人已经成了朋友，他们经常一起出去玩。对此，我没有什么异议，朋友的陪伴对他有好处。克里斯的情绪已经好多了，黑暗寒冷的4月早晨早已过去，他也不会再赖在床上不起来或是整天蹲在火炉前。但私下里，我还

第五章　泪　滴　岛
Chapter 5

是有些嫉妒，不是对哈坎，尽管我一直在怀疑和憎恶他，而是因为克里斯已经成功地结交了一批朋友，其中包括整天笑呵呵的两面派镇长、杰出的商人，还有镇议会的议员。克里斯迅速地被邻居们接纳。我不知道这是不是因为哈坎，或许他打算通过拉拢我丈夫来折磨我。但我不是小心眼的人，更不会为此而报复。我很务实。我们需要与邻里之间保持良好的关系，就算这些关系是建立在克里斯身上，而不是我，那也没有什么问题。当然，对我三番五次的请求置之不理，却乐颠颠地接受了哈坎的邀请，这多少让我有些不高兴，不过即便如此，我什么也没有说。相反，对于他终于能弄来一条鲑鱼让我照相这件事，我甚至表达了自己的感谢。

"早餐后，克里斯从谷仓里拿出了电动引擎。我真切地记得那个早晨。我用烤箱烤了面包，给克里斯做了三明治。我还准备了一壶茶。我亲吻他，祝他好运。站在码头上，我向他挥手告别，心里充满了对他的信心和对未来的期待。我大喊着告诉他给我带一条大鱼回来。你猜怎么着，他还真做到了。"

妈妈从她的记事本中抽出一张照片，到目前为止的第四张。

"这是克里斯和哈坎钓鱼归来不久后拍摄的，注意照片角上标注的时间和日期。在这件事上，他做得无可挑剔。我让他给我带回一条巨大的鲑鱼，他做到了。这张照片可以作为我们向客人推销农场度假的完美宣传品——两个男人骄傲地举着自己的战利品。但是，这张照片上有些地方不对劲。

123

农场
The Farm

"你仔细看。瞧瞧克里斯的表情，从他脸上你看不到任何骄傲或者兴奋。他的嘴唇绷紧，像是用尽全力才能勉强保持微笑。再看看哈坎。注意他眼睛看的方向——他一直望着克里斯。这里面有问题，这张照片不是在庆祝。为什么呢？因为我看不到任何快乐的情绪。还记得吗，我们的存款到年底就要用完了，而这条鱼可以为我们带来很多的钱，这难道不值得高兴吗？

"如果你认为我会因为一丁点的疑问就胡乱猜忌，进而破坏整个晚上的和谐气氛的话——你想错了。没有，我什么也没说，只是热烈地祝贺他们。我甚至向哈坎发出了邀请，为了感谢他，希望他和我们一起分享这条鱼。他们俩都没有说话，只是抓着那条鱼，一声也不吭。我有些不解。我走上前去，打算从克里斯手上接过鲑鱼，他却下意识地向后退了一步。我解释说，我们需要把它包起来放在冰箱里，然后他才把鱼递给我。我双手托着这条大鱼，手指不经意划过鱼鳃，你猜我发现了什么？

"是冰！

"我感到自己的指尖碰到了它，一颗冰冷的冰晶，接着它就消失了，被我的体温融化了。我甚至来不及看清楚，证据就不见了，但我真真切切地感觉到了它。我确信，这条鱼不是来自河里，而是买的。

"我冲进屋里，把鱼放在厨房的桌子上。我检查了鱼鳃，没有冰，但鱼肉是冰冷的。我没把鱼放进冰箱。相反，我走回客厅，藏在窗帘后面。透过窗户，我看到克里斯在和哈坎说着话。我听不清他们在说什么，但是我能告诉你的是，他们根本不像两个凯旋的渔夫。哈坎把一只手放在克里斯的肩膀上，克里斯缓缓地点头。他转身走向屋子，我赶快从窗帘后走了出来。

"克里斯进来的时候，我正在厨房里假装快活地忙碌着。他甚至看都没看鲑鱼一眼，仿佛他的大奖根本不存在。他洗了澡，往床上一躺说，他累了。

"那天晚上，我翻来覆去也睡不着。克里斯也一样，即使他好像筋疲力尽了。他只是躺在我身边，假装已经睡着了。我真想钻进他的脑子里，看看是什么让他夜不能寐。他们为什么要买这么贵的一条鱼来糊弄我？没错，我说的就是糊弄——鲑鱼只是一个借口，是他们用来搪塞我的借口。买鱼的钱应该是哈坎付的，因为它一定很贵。这么一条鱼怎么也要花掉五百克朗或者五十英镑。我们的财务状况太紧张了，克里斯不可能瞒着我拿出这么多钱。一定是哈坎买下的，他送给了克里斯。

"看来只有等到克里斯真的睡着以后，我才能去寻找真相。一直等到半夜两点，他的呼吸终于平稳了，克里斯睡着了。他低估了我的疑心，不知道我发现了那颗冰粒，他被我表现出来的热情蒙骗了。我从床上爬起来，披上一件厚外套，蹑手蹑脚地向存放电动引擎的谷仓走去。

"我到了谷仓，当时已经是半夜两点。我盯着那台引擎，第一个念头就是，或许他们只向上游开了几百米，就在哈坎家的码头下了船。然后两个人偷偷地开上车，不知道跑到哪儿去了。我开始检查引擎，仔细地端详，用手按下每一个开关，直到我看见显示屏亮起了柔和的蓝光。电脑会把剩余的电量以百分比的形式显示在屏幕上。引擎是在克里斯和哈坎出发之前充满电的，可现在居然只剩下了百分之六！换句话说，他们居然用掉了百分之九十四的电。看来我的第一个猜想是错误的。他们开着船走了很远的距离，几乎把电耗光了。他们一直在河上行驶，但他们没有钓鱼。

　　"我又想起了塞西莉亚的慷慨馈赠。她为什么要给我留下这条船？她是想让我去探索那条河！塞西莉亚之所以挑中这款引擎，就是看中了它的这个特点。液晶显示屏会告诉我他们用掉的电量，通过对比，我就能知道他们到底走了多远。我决定不再等待。就在今晚，趁着天还没亮，克里斯还在睡觉，我要把引擎带到船上去，我要看看他们到底去了哪里——就是现在！"

　　我举起手，希望确认一下自己并没有听错：

　　"你大半夜就把船给开出去了？"

　　"是的，第二天可能会下大雨，证据会被冲走的——我必须当天晚上就去，而且不能让克里斯和哈坎知道。

　　"给引擎充电需要一个多小时的时间。我坐在谷仓里，看着数字慢慢地变化。电池充满后，我开始把它运送到河边。我推着独轮车穿过院子，尽量不发出一点声音，又害怕它会倒下。如果克里斯

第五章 泪 滴 岛
Chapter 5

醒来，我没法向他解释。上帝保佑，我安全地到了码头。我发现把
引擎安装到船上很容易，这也一定是塞西莉亚选择它的原因之一。
我看了一下自己的手表，估计克里斯不会在八点之前醒来。出于安
全的考虑，我给自己留了五个小时的时间。

"我把电机的速度调整到中挡，离开了码头。我知道他们一定
没有到下游去。那里建造了一座水电站，为了蓄水发电，搭起了一
个像老式水车一样的东西，船只没法从那里通过，他们只能向上游走。
我需要知道的是他们到底走了多远。

"我将家里那个廉价的塑料手电筒绑在船头的钓梁上，因为怕
被别人看到，我把灯头向下压。光线照在水面上，引来一群昆虫萦
绕飞舞。我要保持冷静。小船航行在河里，四周黑漆漆的，整个世
界都睡着了，我是唯一清醒的人，唯一在寻找真相的人。

"我不知道克里斯他们会在哪儿停下来。河水在原野之间平缓
地流淌着。四周一片寂静，甚至有些沉闷。我继续溯流而上，直到
森林的边缘。从这里开始，河流穿行在森林之中。显示屏引导我继
续前进——因为他们走得更远，甚至进了森林，所以我必须跟上。

"我好像进入了一个完全不同的世界。四周的声音都发生了变
化。原野上一片静寂，森林里却充满了生机，仿佛因为我的闯入而
活了过来。灌木丛在沙沙作响，有东西在看着我。

"最后，只剩下百分之四十电量的时候，我停下了引擎，就让
船在河面漂着。从逻辑上说，我已经大致到了他们最终的目的地，

因为再远就没有足够的电量返程了。我之所以没有在百分之五十电量的时候停下，是因为返程是顺流，只需要更少的能源。

"我拿着手电筒，仔细审视着这个地方，船在水面轻轻地摇动着。借助手电筒的光线，我看见有什么动物的眼睛一闪而过。夜晚的空气很清爽，没有一丝雾霭。我抬头向上望去，夜空中有数不清的星星。我对自己说，他们可能去的地方就像这星星一样难以计数。克里斯和哈坎可以把船拴在随便哪棵树上，然后穿过森林到达他们的目的地。我根本找不到。我坐下来，感觉非常沮丧，恐怕我只能无功而返了。

"在我把手电筒重新固定到船头的时候，突然发现前方的水面上伸出一根树枝，就在河的正中央。出于好奇，我顺着树枝向前搜寻。透过黑暗，我看见前方出现了一个小岛。岛的前端狭窄，后部却很宽阔，仿佛泪滴的形状。树枝来自长在小岛前端的一棵树。我重新发动了引擎，向前驶去。在岛的边缘，我抓住树枝，把船系在那棵树上。

"树干上到处都是擦痕，那是船舶停靠留下的印迹，多得难以计数，日久年深，树干的一部分都被磨光了。泥泞的岸边到处都是脚印，有些是陈旧的，有些则比较新鲜——数量和样式告诉我，有更多的人到过这个岛上，绝不仅仅是克里斯和哈坎。即使当时已是深夜，岛上也许还有人在。我心里清楚，解开船，继续在水上探索，这样会更加安全，但我需要到岛上看看，而不是在远处张望。我朝岛后部的一片树丛走去，就在泪滴岛较宽的那端。

"在两棵树中间，模模糊糊地能看到一片三角形的黑影，那是

一个人工搭建的窝棚。这里远离人迹，就像遗世的避难所。窝棚并
非用树枝搭就，而是用木板和钉子固定而成，屋顶还做了防水处理。
这超出了小孩子的能力范围，应该是成年男子所为。我走近查看，
窝棚上面没门，敞开的入口处挂了一条破旧的门帘。我拉开布帘，
地上铺着毯子，上面放着一条没有拉链的睡袋，还有一盏煤油灯，
灯罩已经被熏得漆黑。里面的空间低矮，成年人站在里面很难直起
腰来，但好在宽度不错，足以让人躺下来。空气里弥漫着性爱的气味。
泥泞的地上到处扔着烟头，各种牌子的都有，有些还是自制的卷烟。我
捡起一个闻了闻，是大麻的味道。我用一根树枝扒拉着燃尽的火堆，发
现了一个已经熔化的避孕套——就像一条有着淫靡条纹的塑料鼻涕虫。"

　　这是一个令人不安的指控，我能感觉到妈妈内心的波动，她在
暗示着什么。但不管她心里想的到底是什么，我不能被她误导，不
能胡乱地猜测。我说：

　　"你觉得在那个岛上发生了什么？"

　　妈妈站起身，打开厨房的橱柜，翻找了一会儿，拿出一罐糖来。
她把手伸进罐子，抓了一把糖，小心地撒在桌子上，均匀地摊在我
的面前。她用手指尖把这些细小的白色颗粒归拢成一滴眼泪的形状。

　　"说到性爱，你知道在人们心里最重要的是什么吗？不是上床
的对象，而是一个隐秘的空间。在那里，他们可以和任何人去做任
何事，而不为其他人所知。没有评判，也不用害臊，更不会有人影
响到你。如果你很富有，这个地方就会是海上的一艘游艇，如果你

农 场
The Farm

没有钱，你收藏色情杂志的地下室也不错。但假如你恰好住在乡下，那就会是森林里的某个小岛。记着，我说的是交媾，是做爱。没有人愿意把这样的事暴露在大庭广众之下。"

就像受到了什么强烈的刺激一样，我猛地伸出手，把小岛形状的糖粒都扫到了桌子下。当我意识到自己的反应有多愚蠢时，一切都已经发生了。这个突如其来的动作把妈妈吓了一跳。她向后靠在椅背上，盯着我，眼睛里流露出询问的神情。她想当然地认为，我的动作是对她的理论的不屑一顾。但事实上，我不得不悲伤地承认，她是对的，因为我也创造了一个属于自己的岛。妈妈现在就坐在这个岛上——马克的公寓里。我曾经多次想过，不知道自己能否在维系着和马克的关系的同时，还可以在父母面前保守住自己的秘密。他永远也无法理解，为什么我们的关系不能公之于众。或许有那么一天，我也会在这样一个孤岛上度过余生，与那两个我曾经深爱的人越来越疏远。

看着指尖残留的糖粒，我抱歉地说：

"对不起，这让我很难接受。我是说，关于爸爸的事。"

妈妈没有安慰我，她只是有些疑惑，仿佛有什么地方不对。我不知道她还会说些什么，只能忐忑地问道：

"你觉得克里斯和哈坎去了那个岛？"

"我知道他们去了。"

我犹豫了一下，字斟句酌地说：

第五章 泪 滴 岛
Chapter 5

"他们到那儿干吗去了？"

"问题不是去做了什么，而是还有谁——还有谁被带到了那里？我确信他们没有到那儿去钓鱼。我搜查了岛的每一个部分，但是找不到任何线索。没有找到任何答案，我不想稀里糊涂地离开，但是在看了手表之后，我意识到自己有麻烦了。太阳马上就要升起来了。

"顺流而下要快得多，但即使是这样，天还是亮了，阳光越来越强。哈坎和伊丽丝可能已经醒了，他们总是起得很早。我只希望他们现在没有待在河岸上。我经过哈坎家的码头，如释重负地没有看到他们的身影。就在这个时候，引擎突然停了，电用完了。我漂荡在河的中间。

"我知道你想说，这就证明引擎的电量不足以支撑哈坎和克里斯到达泪滴岛，先不要着急下结论，你得考虑一下我的行驶方式。我经常在河里之字形行驶，看看岸边有什么地方他们可以下船。所以，当我到达泪滴岛的时候，基本上相当于做了一次往返的航程。反正不管怎么说，克里斯马上就要醒了，剩下的这段路我不得不划着回去。我已经很多年没划过船了，我越想走得快点，船就越不受控制。到达码头后，我的手臂酸痛得不得了，我很想休息一会儿，让自己喘口气，但时间不多了，差不多已经是早上八点了。

"我把引擎拆下来，用手推车推着上了斜坡，朝自家农场走去。突然，我的心沉了下去。克里斯醒了！他正站在屋子外面抽烟。他看见了我，朝我挥了挥手。我沉默地站在原地，也向他挥手，强迫

农场
The Farm

自己微笑。发现引擎还在手推车上，我把大衣脱下盖在上面，不过或许他已经看到了。我需要一个借口，一个合理的、能够充分说明我需要使用手推车的借口，这样我才能够在把它推进谷仓之前，不被人发现大衣下面隐藏的引擎。它藏得并不好，只要稍稍多看一眼就能够被发现，所以我决定抄近路，穿过田地，把手推车先放在谷仓的后面。

"然后，我走到克里斯的身边，强迫自己给了他一个吻，对他说早上好。我开始查看着菜园，编造了一些关于在河边干活和清理芦苇的故事。他并没有说话，抽完了手上的烟，就进屋准备吃早饭了。趁着这个机会，我跑到谷仓后面，把手推车推进谷仓，给引擎充上电。当我转过身时，发现克里斯就站在门口。他并没有吃早餐。我不知道他看到了什么，我只能跟他说，他忘了插充电器，他没有回答我。我拿起地上的一堆脏衣服，朝家里走去。当我回头张望时，发现克里斯还站在那里，盯着引擎在看。"

我父母的行为像一对陌生的夫妇。我很想知道，在这个夏天他们的关系到底发生了怎样的变化，于是我问道：

"既然他抓到了你，为什么没有质问你？他为什么不问你在干吗？我不明白他的沉默意味着什么。"

"他能说什么？他看到了我在谷仓里，在引擎旁边，他最好假装没有注意到这一点。"

我试图把话题扯得远点：

第五章　泪　滴　岛
Chapter 5

"听起来好想你们两个人在冷战。"

我还想继续问下去，但妈妈举起手来，制止了我，她说：

"你在问我们之间的关系？"

"你们曾经很亲密。"

"你说得对，曾经。"

"四十年的感情，总不会在几个月内就消失吧。"

"或许比那还要快。你总是希望一切太平，丹尼尔，你得到了，但我来告诉你，那都是虚幻。只要一个晚上，伟大的友谊就可以被抛弃；一个简单的借口，爱人就可能成为敌人；用不了一周，欢乐就会变成无尽的痛苦。"

从某种意义上说，这是她的一个警告，如果我不相信她的话，下面的事情不言而喻。她补充说道：

"没有什么是永恒的。"

我对她说，

"我相信你。"

妈妈点头表示了赞许：

"你爸爸和我都在做戏。我假装不知道泪滴岛的存在，他假装没注意到我正在调查他。"

妈妈拿起自己的记事本，寻找着某个特定的日期。

"让我给你看一个例子。"

我扫了一眼，发现记事本上的笔记变得更加详细了。

农场
The Farm

"6月10日，我醒得很早，没有吃早饭就骑车去车站，我要赶第一班到哥德堡的火车。此刻，我正在路上，我不打算告诉克里斯。通常，遇到事情我们会一起讨论，但这次我决定保守秘密，因为我的计划是去拜访塞西莉亚，问问她关于泪滴岛的事。这是我个人的意愿，我不能给她打电话，因为我怕克里斯会听到，我会直截了当地问她，为什么给我们留下这条船，她在怀疑什么，她还有什么没告诉我的事。

"塞西莉亚已经搬进了哥德堡市里的一家养老院，这座城市于我有太多艰辛的记忆。我十几岁的时候，曾在那里住了几个月，希望能攒到足够的钱去买一张到德国的船票。在那几个月里，我一直在国王门大道*的一家咖啡馆里当女侍——那是哥德堡最有名的一条街。我想象着警察会找到我，指控我实施了对弗莱娅的谋杀。我真的把自己当成了一个逃犯，剪短了头发，乔装打扮，又给自己起了一个假名字。我记得有一次，我正在给客人端咖啡，突然看到两个警察走过来，我的胳膊抖得厉害，咖啡洒了顾客一身。我被经理狠狠地训斥了一顿。好在我长得漂亮，男人们都喜欢和我逗趣，并且塞上大把的小费，那个经理可以借机中饱私囊，否则我就麻烦了。

"到达哥德堡的那天上午，我决定步行去养老院。这一方面可以帮我省下一些路费，另一方面，我想在阳光的照射下，从国王门大道上的那家咖啡馆门口大大方方地走过，因为我不再是当年那个

---

* 译者注：Kungsportsavenyen，哥德堡著名的商业街和观光景点。

第五章 泪 滴 岛
Chapter 5

害怕警察的小女孩了。养老院在郊外，距离市中心很远，还需要过一座大桥。我一路走来，心里想着塞西莉亚可能会说的话。那是一栋很漂亮的建筑，院子里有一个经过精心维护的花园，人工湖边摆放着长椅，人们可以坐在上面聊天。养老院里干净整洁，接待处的女人也很友好。我介绍了自己，然后问她塞西莉亚是否有许多访客。她跟我说，没有，一个人也没有，从来就没人看望过她。这个消息让我很生气。那个地方不是一直在标榜和谐的邻里关系吗，农场里的人不是经常欢聚一堂吗？怎么会这样，怎么会没有人拜访这个女人呢？这简直就是一次残酷的流放。这一定是哈坎的手段，就因为她没有把农场卖给他，他下令不给她哪怕一丁点的仁慈。

"塞西莉亚坐在自己的房间里，膝盖冲着暖气，眼睛望着窗外的花园。她没有在读书，也没有看电视，她只是坐在那里，可能已经好几个小时了。一个人在屋子里凝视着阳光灿烂的花园，这是多么令人悲伤的场景。房间的布置很简陋，用不了两个小时的拾掇，就可以换一个新主人了。这不是一个家，这只是一个中转的地方，一个等待生命与死亡轮转的空间。这不是个说话的地方，我必须把她带到外面去。我们会在花园里交谈。我蹲在她身旁，注意到她身体的变化。当我们在她的农场见面时，她的身体虽然虚弱，但精神矍铄。她的眼睛是明亮的，她的思维也很敏锐。但是现在，当她看着我的时候，她的眼神茫然，仿佛一潭死水，她变得麻木。好在她认出了我，这让我松了一口气。她同意和我到池塘边去坐坐。

135

农场
The Farm

"在法庭上，塞西莉亚的证词可能不会被采信，因为她的思维有些混乱。有时，她可以明确地回答你的问题，不过更多的时候，她会顾左右而言他。这就需要你耐心地询问。我循循善诱，试图引导她说出自己为什么要把那个农场卖给我。毫无预兆地，她突然问起我，是否知道了安妮·玛丽的故事。她是隐居者的妻子。这是一个我根本没有提到的话题！我说出了自己知道的一切——她的宗教信仰，她绣的那些《圣经》警句，她去世了，她的丈夫似乎因此而一蹶不振。塞西莉亚对我的无知表现出极大的愤怒，好像我是在敷衍她。她告诉我，安妮·玛丽是自杀的。

"趁着头脑还清楚，塞西莉亚给我讲了她的故事。安妮·玛丽活到了四十九岁，从来没有身体上的毛病。塞西莉亚很喜欢她，把她当成好朋友，她们已经相识很多年了。有一天，这个好朋友清晨醒来，洗了个澡，换上了干活穿的衣服，走出屋子来到谷仓里，在房梁上系上了一根绳子。在天亮之前，当她的丈夫还在睡觉的时候，她上吊了。乌尔夫下楼吃早饭的时候，发现谷仓的大门打开着。他害怕里面的猪会跑出来，于是他冲出房间，穿过院子，进入谷仓，试图把猪赶回去，却发现所有的动物都挤在远处的角落里，害怕得一动也不敢动。据说，当时他转过身，就看到自己的妻子吊在房梁上。没有说明，没有解释，没有警告，也没有财务上的问题。

"根据塞西莉亚的说法，邻居们对这件事的反应很平淡。不好的消息总会平息的，就像大海吞掉沉没的船只。他们宰了所有的猪，就像是把证人灭口，他们还把房梁拆得一根不剩。在安妮·玛丽的葬礼上，塞西莉亚碰了碰哈坎的胳膊，问他这是为什么，这不是质问，只是在问一个明知道没有答案的问题。哈坎却愤怒地甩开了她，说他怎么会知道。或许他真的不知道，但这并不妨碍他从中获利。哈坎毫不犹豫地接管了乌尔夫的农场，进一步扩大自己的王国，他把这视作一种慈善行为，仿佛是在帮助这个悲伤的人。

"塞西莉亚的嘴唇有些干裂。我很担心她，让她留在长椅上，我去拿些点心来。这是一个令我无比后悔的决定。我不该打断她的话。当我回来的时候，她已经离开了，长椅上空荡荡的。我看见人工湖边围了一群人，我朝他们走去。塞西莉亚站在水中央，水刚没到她的腰部。她看上去很平静，双臂交叉在胸前。她那白色的家居服已经湿透了。这个姿势让我想起了在河水中洗礼的教徒，等待牧师把她浸在水下。一个男护士冲了过来，一把抱起塞西莉亚，她的体重很轻。我跟着他们进了养老院，他们急匆匆地带她去做身体检查。

"我定了定神，回到她的房间，里里外外地翻了一遍。屋子里的东西少得令人吃惊，在搬进来之前，她应该把大部分物品都卖掉了。抽屉里只有几本书和一些文件。书都是些童话，没有《圣经》，也没有小说。在她的衣橱里，我发现了这个皮革挎包，塞西莉亚曾经是一名教师，我想她是用它来装课本。我把它偷了出来，因为我需要一个包，不是那种华而不实的手袋，而是一个尺寸正好的挎包，可以装下我的记事本，还有其他证据……"

农 场
The Farm

妈妈和我突然同时站了起来。有人正在进入公寓，前门被打开了。我们听到了防盗锁链被拉动的声音，先是很大的一声响动，然后是轻微的试探声。我亲眼看到妈妈在我的要求下打开了锁链，她一定是在我转过身后，又把它锁上了，她害怕爸爸真的突然出现在她面前。我们听到有人在楼下摸索着，试图打开锁链。妈妈哭喊着：

"他来了！"

她开始争分夺秒地收拾起证据。每个证据在挎包里都有专门的位置，她整理的速度奇快。较小的东西放在前面的夹层中，更大一点的，包括生锈的铁盒子，都放在后面的大袋子里，高低有序，没有浪费分毫的空间。很明显，她之前也这样做过，把所有的证据分门别类，一有风吹草动就随时准备离开。妈妈瞥了一眼通向屋顶花园的大门，说：

"我们需要另找一个出口！"

爸爸欺骗了我们。他对我们撒谎，然后坐上直达航班，打算打我们一个措手不及。就像妈妈说的那样，他马上就要上来抓我们了——这是看到妈妈激烈的反应后，我最初的想法。不过，很快我就打消了这个念头。爸爸并没有大门的钥匙，唯一的可能是马克回来了。

妈妈已经收拾好了挎包，打算把它背在肩膀上。我把自己的手放在上面，阻止了她逃跑的想法。

"不是爸爸。"

"是他！"

"妈妈，不是他，真的不是他。请稍等一会儿。"

第五章 泪 滴 岛
Chapter 5

我对她厉声说道，心里焦躁不安——这两个我一直尽力分开的人，终于要在这个令人抓狂的时刻见面了。我叫妈妈待在原地，也不管她是否会听我的话，就匆匆地下楼，来到走廊里。马克不再尝试打开锁链，只是用脚别住大门，他拿着自己的手机，看样子是打算打电话给我。我完全陷入了妈妈的故事当中，没时间通知他，也忘了自己要给他打电话的承诺。我早该猜到他的反应了——他对我很担心。我故作平静地说：

"对不起，我没有打电话，但事情的确有些棘手。"

我不想说得危言耸听，这会把马克吓到的。但我的确有些惊慌失措，经过多年精心构建的谎言，马上就要被拆穿了，我甚至连挽救的机会都没有。我挥手示意他后退，然后把大门推上，拿下锁链，再把它重新打开。马克刚要说话，突然他停住了，目光投向了我的身后。

妈妈正背着挎包，站在走廊的尽头。在她牛仔裤的前袋里，我能看见一把木刀的轮廓。我们三个人就这样站着，一动不动，也没有人说话。最后，妈妈向前走了一小步，端详着马克身上昂贵的衣服和鞋子，问道：

"你是医生吗？"

马克摇了摇头说：

"不是。"

作为一个教养良好且健谈的人，马克很少用单个词回答别人的问话，他只是不知道该怎么介绍自己。

农场
The Farm

"是克里斯派你来的吗？"

"我住在这里。"

我赶紧补充说：

"他是马克，这是他的公寓。"

我突然意识到，这是多么冷漠的介绍啊，可话已出口，为时已晚。在经过了多年的等待后，当终于见到我的家人时，我的介绍让他听起来更像一个房东，而不是爱人。妈妈重复了他的名字：

"马克。"

她轻轻地把头歪向一边，好像在纠正自己对世界的看法。很快，妈妈就把注意力从衣服上移到了他的脸上。她说：

"我是蒂尔德，丹尼尔的妈妈。"

马克微笑着想迎上前去，但立刻停了下来，他似乎有些不知所措。

"很高兴认识你，蒂尔德。"

他指着这个挎包，随意地说：

"你手里拿了东西，所以不能和你握手了。"

这是句玩笑，但是妈妈并不喜欢拿她的挎包开玩笑，这让她起了疑心。她向后退了一小步，谨慎地说：

"谢谢你让我们待在你的家里。"

"没关系。"

"你介意我们待在这个地方吗？"

"只要你愿意，想待多久都可以。"

第五章　泪　滴　岛

"你要进来吗？"

马克摇了摇头：

"不，给我一分钟，我马上就走。"

妈妈盯着他，在任何情况下，这都是不礼貌的。马克平静地微笑着和她对视，所有人又一次陷入了沉默。终于，妈妈垂下目光，说道：

"我上楼去等一会儿。"

离开走廊前，她最后又看了马克一眼，好像在审视什么。

我们静静地等着妈妈走上楼梯，听着她沉重而缓慢的脚步声。现在就剩我们两个人了，我转过身面对着马克。令我一直惴惴不安的事情终于还是发生了，而且是以一种我从未想过的方式出现——我的妈妈遇见了我的爱人，这一切都是真的，他们互相交换了名字，记住了彼此的相貌。我说了更多的谎言，就是无法说出这句话——这是和我住在一起的男人，相反，从我嘴里说出的是——这是住在这里的男人。严格意义上说，我没有说谎，但它比谎言更恶毒。马克的情绪有些低落，这荒谬的言论使他受到了伤害，他本来一直期待着这样的场合，希望得到更多的机会。但他很快抛开自己的情绪，低声说道：

"她怎么样了？"

我感到有点头晕，心不在焉地说：

"我也想知道……"

我马上更正道：

"我不太确定。"

农 场
The Farm

迄今为止，我都无法从彼此的对话中抓住任何重点。他说：

"丹，我需要知道你一切都好。"

他用一种冷静的语气问道：

"你真想知道真相吗？"

"真相？"

一种歇斯底里的情绪袭上心头，我想嘲笑这个词。

"我到这儿来，就是想看看你能否应付这个局面。"

他补充道，语调更加温柔，

"这对任何人来说都是一个大麻烦。"

他的确不是为了看热闹才来的，更不是因为感觉受到了冷落。他到这里来是必要的，他在这里可以避免冲突的发生，降低我丧失理智的可能性。他和妈妈都会认为，我不应该冒险。我点点头：

"你是对的。不过我还好，我能够控制自己。"

马克有些不确定。

"你有什么计划？"

"我要听完她的故事，然后再决定她是否需要治疗，或者我们是否需要报警。"

"报警，你确定？"

"不好说。"

我补充道，

"我爸正在飞往这里的航班上，他改变了主意。飞机马上就要

第五章 泪 滴 岛

Chapter 5

着陆了。"

"他会来这儿吗？"

"会。"

"那就难办了。"

"是啊……"

"你确定要我离开吗？"

"你在这里，她不会开口的，起码不会像方才一样畅所欲言。"

马克斟酌着说：

"好吧，我先离开。但你记着，我就在街角的咖啡店里，我可以看看书，处理一些工作的事。一旦事情有变，你立刻给我打电话，两分钟我就会过来。"

马克打开门，我期望他会说他爱我，可我听到的是：

"加油。"

农场
The Farm

第六章　一个衣冠楚楚的陌生人

　　我本以为妈妈会偷听我们的对话，但是走廊里没有人。我回到楼上，发现她站在窗口。她打开了窗子，望着对面老皮革厂的屋顶。尽管公寓是高高的落地窗，从地板一直延伸到天花板，但今天非常闷热，没有一丝风。我走到她身边，她握着我的手，念着马克的名字，就像第一次听到一样：

　　"马克。"

　　我点点头：

　　"是的。"

　　然后，就像突然意识到什么似的，她说：

　　"为什么没听你说过？"

　　我知道，一旦我张口说话，我的声音一定会垮下来，我会哭出来。所以我只是握着她的手，迅速地摇动三下，就像在发摩尔斯电码。她听懂了，因为她缓缓地点了一下头：

　　"还记得我们在南海岸度过的那个假期吗？当时你还很小，只有六岁。假期的头一天很热，天空湛蓝。我们开车去海边的小汉普顿，心里确信这将是一个完美的开始。当我们到达时，我们发现海边的风很强，但我们没有放弃，而是在沙丘的后面挖了一个浅浅的窝。我们三个人躺在里面，完全感觉不到风的吹动。头顶的太阳暖暖地晒着，身子底下的沙子也是热乎乎的。我们在沙窝里躺了很久，打瞌睡，晒日光浴。最后我说，我们不能永远待在这儿，你看着我，问道：为什么不呢？"

　　在妈妈讲这个故事的时候，我一直在尽量控制自己的情绪。我说：

　　"妈妈，我想听听你在拜访了塞西莉亚之后发生了什么事，那才是重要的。我们可以以后再聊度假的日子。"

　　妈妈说：

　　"我讲完以后，如果我们要去报警的话，我希望你来说，就像我现在告诉你的一样。这就是我的愿望，我想听你去说。"

　　"我会的。"

　　"我们曾经无话不谈。"

　　"我们以后也会这样的。"

　　妈妈问我：

　　"你准备好了吗？"

农场
The Farm

"我准备好了。"

"我们都犯过错误，有些可以原谅，有些却不能。在那个夏天，我就犯了一个不可原谅的判断失误的错。

"当时，我每周都会骑车去一次海滩——不是游客常去的那种，而是再往北一些。那是一片未经开发的、人烟稀少的海滩，到处都是沙丘和丛生的蕨类植物，后面掩映着一片树林，没有游客会到这里来度假。我会沿着沙滩跑步。有一天晚上，我跑了大约三十分钟，正打算转身往回跑，这时，我看到树林里面有东西在动。它是亮白色的，就像一片小小的船帆航行在松树林中。一般来说，这片海滩和树林少有人来。我停下来，是米娅。她从树林里出来，走在沙滩上，穿着白色的仲夏节礼服，像个新娘一样，头上戴着花，手里也捧着一束花。我感到新奇而恐惧，于是躲在草丛后面，打算看她下一步要做什么。她就那样一直走着，最后停在一座废弃的灯塔前。她把花挂在门上，然后走了进去。

"我好像目睹了一个鬼故事，只不过那个女孩是真实的，沙滩上的脚印也清晰可见。米娅正在等什么人，花就是一个信号，告诉正在观望的某人，她在灯塔里。白色的花朵很显眼，即使从我藏身的地方都可以看见。我决定看看到底是谁要到灯塔来密会米娅，但是没有人来。我等的时间越长，就越糊涂，我心里想，或许那个人看到了我。可能他就躲在树林里的某个地方，在我离开之前是不会露面的。等了差不多一个小时后，我开始怀疑自己。很显然，米娅当时一切正常，她走向灯塔的时候是自在而从容的，没有任何受迫的迹象。虽然还是感到好奇，但我也很冷，我害怕自己会在仲夏节之前病倒，于是我跑回自行车那里，决定离开。

"我永远也不会原谅自己的这次过失，我相信，后来到那里去的人就是杀死米娅的凶手。"

我下意识地觉得应该打断她。我有些疑惑，我发现妈妈描述的所有细节，都是在为营造一个故事做准备，也就是米娅的被杀。不过我什么也没有说。她一直站在那里，没有任何打算坐下来的迹象。挎包仍然在她的肩上挂着。她打开包，拿出记事本，翻到仲夏节期间的那部分，拽出一张请柬。

"镇上每年都会举办两个各自独立的仲夏节庆典，一个是为了应付到这儿旅游的游客，另一个历史更悠久的则只对本地的居民开放。这是头一种庆典的公开邀请函，在海滩上和酒店里贩卖。这上面画着儿童围着五月花柱跳舞的图案，孩子们金色的头发上点缀着花朵。看上去好像在标榜着一个纯净的心灵节日，但那其实就是一笔生意。

"今年举办庆典的地点设在哈坎家的田地里，就在小镇外。庆典活动的筹备和执行都以花小钱办大事为准则。你问我是怎么知道的，我就在那里干活。米娅到我家的农场来，把这个工作的机会告诉了我。她一定是知道我们很缺钱，于是打算帮助我们。我联系了组织者，他们让我负责提供啤酒和果酒的帐篷。

"在庆典的那天，我早早地来到了田地里，满心以为可以和大

农场
The Farm

家一起来操办一场宏大的盛会。我们的责任重大，因为这是个关于土地的节日，可以上溯到过去人们欢庆丰收的年代，表达了我们对瑞典这个国家的深厚感情。但我那天看到的非常令人沮丧。派发食物的白色帆布帐篷湿漉漉的，地面也泥泞不堪，到处都摆放着巨大的垃圾桶。手绘的标志牌对人们的行为进行指导，你要这样做，你不能那样做。一大长排的塑料流动性卫生间比五月花柱更引人注目。门票里包含了食品和非酒精饮料的费用。考虑到它只要二百克朗，也就是二十英镑，看起来还挺合适的。不过，提供的食物都具有同一个特点，含有大量的淀粉和盐。你还记得哈坎让我带土豆沙拉去参加他的派对吗？在那里我终于明白了，土豆沙拉在餐桌上的地位是何等低下。它们被盛放在水桶里，用巨大的长柄勺舀出，提供给游客们食用。这就是为什么哈坎要我带这种东西去参加聚会，因为它是提供给游客的食物，而我在他的眼里，就是一个跑到瑞典来的外国佬。主菜是浇了四种不同酱汁的鲱鱼，盛放在像学校食堂里使用的那种钢质餐盘里。一大勺甜腻腻的酱汁浇在孤零零的鱼块上，点缀上红的黄的白的各种配菜，再佐以煎过了头的土豆和切成厚块的法棍面包。得益于里面的化学添加剂，面包永远也不会变硬，只是嚼不烂。

"我们的帐篷主要负责提供啤酒和饮料，这里的工作人员比派发其他食品的帐篷里的都多，那边排队的人都延伸出好几百米长了。这是一种老练的策略，就是怕人们反复地领取食物。效果很明显，看到一眼望不到头的长队，游客们，特别是那些男人马上就转向啤酒。

第六章　一个衣冠楚楚的陌生人
Chapter 6

我们这里打一开始就挤满了人。不管我怎么想，反正来的人都非常快乐。天气很暖和，客人们很开心。

"午餐休息时，我跑到五月花柱那里去看仲夏节演出。身着传统服装的学生们正在跳舞。正看着，有人拍了拍我的肩膀，我转过身，是米娅。她的手里没有拿着白色的花，而是一个塑料垃圾袋，她在负责捡拾垃圾。我觉得有些奇怪，镇上最漂亮的女孩却干着捡垃圾的活。她说这是她自己要求的，因为她不想被别人盯着看。但在那个时候，听到米娅这么说，我心里却感到一阵的不安。为什么这个年轻女孩这么害怕被人监视呢？米娅告诉我，去年的圣露西亚节*，为了庆祝一年中最黑暗的一天，教会决定不仅要进行烛光游行，还专门排演了一幕戏剧，并且挑选合适的女孩来扮演圣露西亚——一位头戴蜡烛花冠的圣徒。在选角的时候，有一个顽固的唱诗班指挥，他坚持要选瑞典女孩来扮演这个角色。他挑的那个女孩有些盛气凌人，但的确是个美丽的金发女郎。因为是黑人，米娅只能扮演一个可以忽略不计的小角色，负责站在主角旁边放烟火。纯净的心灵败给了金发碧眼的外貌。游行的时候，站在队伍前列的主演突然绊了一下，头发被烟火点着了——她用了太多的发胶。米娅也烧到了自己的手。这应该是我听到过的最离奇的故事了。更古怪的是，演出

---

*译者注：瑞典传统节日，12 月 13 日被认为是一年中最长和最黑暗的夜晚。而这一天过后，夜晚时间开始缩短，白昼时间渐渐增加，象征着光明，所以瑞典人以节日的方式庆祝这一天，并把这一天称为"迎光节"。

农场
The Farm

结束后，人们开始传说那个女孩是假的圣露西亚，他们要进行真正的圣露西亚游行，由米娅带头。不过对米娅来说，这次游行很痛苦。鉴于这种尴尬，她发誓再也不在观众面前表演了。

"正在说着，米娅突然紧张地看向我的身后，我转过身，发现哈坎正走进派发食品的帐篷。米娅突然向他追去，我赶紧跟了上去，不知道会发生什么事。帐篷里一阵骚动，我走了进去，看见哈坎正抓着一个年轻人的脖子，那是个二十几岁的英俊男孩，蓄着金色的长发，还戴着耳钉。虽然年轻人同样高大健壮，但是在哈坎面前全无优势，哈坎把他压在帐篷壁上，愤怒地警告他离自己的女儿远点。我跑上前，抓住哈坎的手臂，告诉他米娅甚至不认识这个人。哈坎不相信我，他要那个年轻人回答，年轻人看了一眼米娅，大笑着说，如果哈坎说的女儿就是指米娅的话，那他一定是疯了，因为自己根本不会喜欢上一个黑妞。这种言论是不可原谅的，当时帐篷里的每个人都对他报以鄙视的目光，除了一个人，那就是哈坎。听了这话，他马上安静下来，他意识到这个年轻人是一名种族主义者。不管是谁向哈坎告的密，他的消息都是错误的，哈坎明显地放松下来。就像我对你说过的，对这个人来说，没有什么比占有更重要的了。他并没有指责年轻人的恶劣言论，相反，哈坎为自己的冲动向他道了歉。

"米娅很尴尬，她扔掉手里的垃圾袋，从帐篷里跑出去。我走到哈坎的面前，建议他追过去看看。这个家伙仇视地盯着我，他的眼睛

第六章　一个衣冠楚楚的陌生人
Chapter 6

里满是血丝，一定是没少喝酒。他告诉我，别多管闲事。当他从我身边挤过的时候，他把手臂绷紧，挨着我的那只手握成拳头，紧贴住我的下身，坚硬的指节隔着棉衣挤压着我，我差点透不过气来。他把一切伪装成一场事故，这样如果我尖叫的话，他是不会承认的。他会说我在撒谎，或许他还会说因为帐篷里很拥挤，他只是不小心碰到了我。

"回到酒水帐篷里，我仍然能够感觉到他手指的力度，仿佛已经在我身上留下了难以磨灭的印迹。"

我不知道妈妈为什么要强调"下身"这个词，或许是想让我对她当时的感受理解得深刻点。如果是这样的话，她成功了，因为我从来没有听她提起过这件事。她还有其他的目的吗？或许她觉得我现在过得太舒服了。在经过了最初的友善和亲密之后，她打算警告我，接下来的真相很残酷，她会把暴力和黑暗展现在我的面前。

她从记事本的下一页里拿出了另一张请柬，明显比方才那张制作精美。她把两张请柬并排放在桌上，让我仔细查看。

"这是当地人聚会的请柬。不用我说，你已经看出来质量的差异了。看看那上面我们的名字，多漂亮的书法。他们甚至还写上了我的中名＊——艾琳，但是没有你爸爸的。奇怪吧，他们是怎么知道这些的，又为什么会犯这样的错误呢？我从来没有与任何人说过自己

＊译者注：英语姓名的一般结构为：名＋中名＋姓。但在很多场合，中名往往略去不写。

的中名。这不是什么秘密，但也需要细心地查访。它只能被理解为一种警告，这些人能接触到我的私人信息。这是哈坎的惯用伎俩，他要告诉我：别再调查了，如果我继续和他作对的话，就要小心自己的小命了。"

我不明白为什么她会这么说：

"妈妈，他们有什么可以威胁你的？"

"他们知道弗莱娅的事！如果他们真把它传出去的话，我就完了。那些谣言曾经迫使我离开自己的家。在我父母的眼里，我杀死了自己最好的朋友。就算那不是真的也不行。哈坎会在吃晚饭时把这个秘密告诉他的妻子，然后那个女人又会在喝咖啡的时候悄悄告诉她的朋友。一传十，十传百，很快这里的人就都会知道了。我不想再看到人们诡异的眼神，我也不想再次生活在谎言当中。就算我会努力地变得坚强，也会费尽心力去忽略它们，但最后我还是会被谎言打败。到那个时候，我将别无选择，只能卖掉我们的农场，再次背井离乡。只要哈坎知道了弗莱娅的事，他就得逞了。

"但是，在弗莱娅的事被发现之前，我还要继续我的调查。我不会活在恐惧之中，这次的仲夏节庆典给我提供了一个机会，可以观察社区邻居之间的互动，我决心利用好它。尽管庆祝活动没有我预想的那么热烈，但是随着大家酒劲上涌，防范心就会下降。这个时候我会开始探寻，看看接下来会发生什么。上一次当我跌跌撞撞地出现在哈坎的夏季烧烤派对上时，大家都在看着我，但是这一次，角色发生了变化，我是观察者。我不会把精力浪费在自己的名誉或是形象上，我不在乎他们喜不喜欢我。我的目的就是要看看是哪个男人搭上了米娅。

"刚才我向你保证过，不会浪费时间描述细节，除非它是必要的。但我要告诉你，那天，天空阴云密布，一场风暴即将到来，那是我一生中度过的最令人不安的仲夏节。我希望天气能好转，因为这样的日子总给人一种风雨欲来的压迫感。之前一天，游客们享受着醉人的夏日，灿烂的阳光和明亮的蓝天。他们彻夜狂欢，畅饮啤酒直到醉倒在草地上。而今天，迎接我们的只有刺骨的寒风。组织者能够保证派对的每一个因素都优于前一天，除了天气。

"尽管雨下得很大，我还是想步行去参加聚会。我决定穿上瑞典传统服饰，把头发扎成辫子，手里再拿上一束鲜花。我的中名问题一度使我焦虑不安，这套衣服是为了使我看上去像个无害的傻瓜。如果有任何人怀疑我已经接近了真相，这套衣服足以打消他们的疑虑，他们会嘲笑这个穿着蓝衣服和黄裙子的蠢女人。克里斯抗议说，我是在丑化自己，他看不出来，这对让我们更好地融入社区有什么帮助。他并不知道，其实我早就放弃了，对这个地方来说，我们就是可有可无的，我们永远也无法成为他们中的一员。我也不再奢望得到那些人的友谊，我就是一个陌生人。当然，这些话都不能对克里斯说，我只好装傻充愣，完全无视他的抗议。我跟他说，我之所以打扮成这样，是因为这是离开瑞典这么久之后的第一个仲夏节，

农 场
The Farm

我就是想让它与众不同。他非常沮丧，没有和我一起出发，而是去搭了哈坎的便车。他说，假如我坚持想表现得如此幼稚的话，他可不想和我一起犯傻。我是看着他离开的，我曾希望我俩可以一起调查，因为我们是彼此生命中最重要的伙伴，但他失去了我的信任。所以我只能独立作战，穿着民族服饰，肩膀上背着破旧的皮革挎包。

"到了庆典现场，每个人都在看我，几位农妇甚至对我表达了怜悯。他们温和地跟我说话，赞扬我的勇气，就好像我是个小丑。和我预计的一样，邻居们把注意力都集中在我的身上，却放松了心中的警惕。

"不可否认的是，这个地方的确风景如画。聚会在麋鹿河边上一块长条地带，鲑鱼水道的下游，不远处就是露天剧场，去年夏天的游行闹剧就发生在那个地方。土地已经经过精心的平整。厕所装修豪华，大帐篷里提供着精美的食物。到处摆放着大捧大捧的夏季时令鲜花。最引人注目的是五月花柱，和之前一天的样式完全一样，但是装饰用的鲜花多了何止一倍。它是如此美丽，差点使我忽略了它所代表的不公平。那些人其实可以给两次庆典用上同样的花柱，这并不困难。这个庆祝生命和光明的庆典被猥琐和卑鄙的人心给玷污了。

"伊丽丝在那里，上下打量着我。虽然我之前告诉你，我不会和她一样对罪行视而不见，但是有些时候，当我情绪低落之时，我能理解她的选择，甚至愿意像她一样。那样我就解脱了，不用再去疑神疑鬼，转而开始尊崇这个社区的规则。我将不会再失眠，也不会再忧心忡忡，树林深处的小岛上到底发生过什么也和我一毛钱关系都没有了。如果我真的变成这样，我敢肯定哈坎一定会为此欢欣不已的，他会因为我的臣服而对我大加赞赏，他的友谊也随之降临。但这种选择并不容易，它需要承诺和奉献，代价太高了，我从此将变成另外一个人。我会成为跟伊丽丝一样的家庭主妇，或许她之前也是另一个人的模板，或许这种漠然是世代相传的。妇女们被迫放弃思考和批判的权利，乖乖地扮演着忠诚的奉献者的角色——一个传统的、会给我带来认同甚至是幸福的角色。可是，当我一个人的时候，我可能会恨自己。只有在独处的时候，我们才会真正地认清自己，才能做出最明智的选择。

　　"像我一样，米娅也是一个人来的。更令人惊讶的是，她居然也和我一样盛装出席。她穿着新娘一样的白色纱裙，头上缀着花，手里也捧着花束，和她在海滩上穿的一模一样，只是没有当时光鲜靓丽。她的衣服上到处是污迹，还有一些撕裂的痕迹。花瓣也脱落得差不多了。她没有任何避讳的意思，就像是在告诉大家，她从灯塔走回来时，在树林里受到了攻击。

　　"起初，米娅没有看见我，她旁若无人地站在河边，背朝着派对，只是盯着水看。我也没有打扰她，让她自己独处。后来，我发现她走动的方式有点不对，她的脚步生硬，似乎在刻意地维持平衡。当我走到她面前时，我发现自己的直觉是对的，米娅的双眼通红。

农 场
The Farm

她喝醉了！她一定是自己带的酒，因为人们在派对上并没有给她任何饮料。当然，青年人偶尔喝醉，这没有什么大不了的，但是在这样一个午后，身处喧闹的人群当中，却一个人沉默地喝得大醉，这只能说明一个问题：她在借酒消愁。

"等我们围着五月花柱跳舞的时候，所有人都发现了米娅的醉态，或许她根本就不打算隐藏起来吧。即便是最迟钝的人都看得出来，她有些不对劲。我能够看出，哈坎一直准备带她回家。但如果这期间发生什么激烈的行为，那一定会引起轰动的。他一定在琢磨着什么计划，好干净利落地把她带走，绝不能让她在这里大吵大闹。我不能让他把她带走，因为我需要她继续留在这里。我有一种明显的感觉，她是故意喝醉的，酒精可以给她勇气去对付某个人。我必须给她争取足够的时间，以便她能完成自己的计划。

"我走过去，轻轻地扶着米娅的手臂，带着她来到中央舞台上，然后招呼大家都围拢过来。我开始即兴发挥，谈论起仲夏节的历史。当所有的人都聚集过来之后，包括哈坎，我对大家解释说，今天晚上是一年中许愿最灵的时刻，我们的祖先们会用跳舞来赞颂大地孕育和收获的神力。我把头上戴着的花朵分发给现场每一个孩子，告诉他们，根据传统，如果他们把这朵花压在枕头底下，他们就会在睡梦中见到自己未来恋人的模样，甚至是他们未来的丈夫或者妻子。孩子们都欢笑着接过了花。在他们眼里，我就像是一个善良的女巫，但其实我这么做有自己的目的。我走到米娅身旁，把剩下的花冠递给他。我想看看，在说到爱人和丈夫的时候，她会有怎样的反应。米娅高高地举起花冠。我猜对了！她快控制不住了，已经准备好要控诉这个社区，把它的秘密通通说出来。每个人都在紧张地盯着她，不知道她下一步会做些什么。她把花抛到空中，就像新娘在婚礼上做的一样。我们的目光随着花冠飞上了半空，捆扎在一起的枝条散开了，一时间落英缤纷，片片的花瓣仿佛夏夜的彗星般飘落到我们的头上。

　　"哈坎推开人群，抓起米娅的手臂，向所有人道歉。他很小心，不想让别人看出他正在拖拽着米娅。她没有反抗，跟着他走向那辆闪闪发光的银色萨博汽车。他把她扶到前排座位上。她按下车窗，回头看了看我们。我希望她能够哭出来，但汽车加速带起的风吹拂着她乌黑漂亮的长发，完全盖住了她的脸。

　　"那是我最后一次见到米娅。"

　　听到这儿，我不得不检验一下妈妈的话是否可信。方法很简单，只要在我的手机上键入"米娅·格雷格森"，搜索引擎会帮我找出事情的真相。如果这个姑娘真的被谋杀的话，报纸一定会报道的，甚至会引起公众的广泛关注，但如果搜索不出来，那就不是谋杀。在过去的几个小时里，我的思路一片混乱，可是现在，真相即将展现在我的面前。

　　我在心里权衡了一下。如果妈妈知道网上有这方面的报道，她一定会打印一份放在记事本里的。但我不能当着她的面搜索，因为这就代表着我不相信她。同样，不管有没有找到任何信息，我都不能告诉她，因为这也会让她感到恐慌，甚至会觉得我在怀疑她。她会再度逃离。在现在的情况下，坦率和诚实并不是最好的选择，反而会带来风险。于是，我说：

"我想看看爸爸的飞机降落没有。"

因为马克的突然出现，使妈妈变得有些神经质，对她来说，这所公寓已经不再是一个安全的地方了。她不肯坐下来，或者把她的挎包放下。她说话时，我注意到她的语速在明显地加快。为了不让她感到紧张，我慢慢地拿起手机，看了一下屏幕，然后向她展示说：

"他没有打电话。"

上面也没有留言或未接来电。但妈妈并不领情：

"在来到这栋大楼之前，他是不会打电话的，或者他根本就不会打电话通知你。"

她把自己的记事本放回挎包，说：

"他的飞机现在已经降落了。"

"我可以到机场的网站上看看吗？"

妈妈挥挥手，同意了我的请求。

我打开了一个单独的网页，登录到希思罗机场的网站，这样如果妈妈突然要求看我的手机，她不会发现任何问题。在另一个网页上，我小心翼翼地输入那个女孩的名字。手指在键盘上敲击着，我并没有成功地掩饰自己的紧张。妈妈敏锐地觉察到什么，她向我走过我，说：

"上面怎么说？"

"我还在输入信息。"

我在后面又输入了谋杀可能发生的地点，然后点击"搜索"按钮。屏幕上一片空白，数据正在连接中，网络很慢。我瞥了一眼妈妈，她离我只有几米远了。

"已经着陆了吗？"

"还没查到。"

她举起手，向我要手机：

"让我看看。"

我隐蔽地用拇指轻轻地把浏览器切换到机场的网站上，把手机递给了她。她专注地盯着屏幕。

飞机在二十分钟前已经降落了。

我只希望她不会注意到页面底下的图标，还有另外一个浏览窗口在打开着。她没有智能手机，但她现在是如此警惕，任何形式的欺骗都可能被她发现。我甚至害怕她哪一下不小心，也许就把那个网页点开了。她伸出一根手指，触摸着屏幕。从我的角度上，看不清楚她是否正在研究从瑞典飞来的入境航班列表。我很想走过去，把手机要回来，但是又担心这会暴露我的紧张，我只好捺着性子等待。

妈妈终于把手机还给了我。现在，关于米娅的搜索应该差不多完成了，信息就显示在手机的屏幕上。但我还不能看，因为妈妈正在和我说话：

"克里斯不会带行李的。他一下飞机就会冲出机场，打车直奔这里，他会横穿整座城市，让我们措手不及。只要他到了这里，不经过一场战斗，我们是没法离开的。我说的战斗可不是口头争吵。上次，我被他捆住手脚，但现在不一样了，我不会再安静地任他为所欲为。这次，我会让他领教一下我的拳脚。丹尼尔，你准备好了吗？我们现在必须离开。"

我根本无法想象妈妈和爸爸大打出手的场景。但是我相信妈妈，她说会打起来，就一定会，只要他们相遇。她说得对，我们必须离开，必须避免这种战斗的发生。我差点忘了手机就在我身边，我还要争取几分钟的时间来检验搜索结果。

"妈妈，我们现在就走。"

妈妈仔细检查了一番，看看自己有没有遗落任何证据。我太想看看手机了，但她的一举一动实在难以捉摸，我担心会被她发现。我跟在她的后面走下楼梯，我不能再拖延了，我快速地看了一眼屏幕。

手机屏幕上显示出可能的搜索结果列表，所有结果都来自瑞典报纸。我感到很震惊，因为我一度以为会看到一个空白页，没有任何的结果。我错了。虽然我答应过妈妈要客观，要保持开放的心态，但在内心深处，我其实相信并没有什么事情发生，米娅也没死。我点击了上面的链接，网页开始加载，一幅照片一点点地出现在屏幕上。我的时间不多了，妈妈已经走下了楼梯，马上就要转过身来，我赶紧放下手机，把它放进自己的口袋里。我伸出手去抚摸她的肩膀，我问她：

第六章　一个衣冠楚楚的陌生人

Chapter 6

"妈妈，我们要去哪儿？在公共场合，你会觉得不自在的。"

"我们可以过一会儿再决定去哪里，现在只要离开就好。"

"难道我们要站在街上商量吗？"

妈妈突然打断了我的话：

"你是在拖住我吗？你是这么打算的吗？你想拖延时间，好让你爸爸来抓住我吗？"

"没有。"

"你在说谎！"

这是尖锐的指控。她正在变得越来越激动，我必须把她带出公寓。

"我不想看到你和爸爸打架，我想听你把故事讲完。我说的是真的。"

妈妈打开前门。

我赶快抓起钱包和钥匙，跟了上去。我们走出屋子，来到外面的走廊里。妈妈好像非常着急，她反复地按着电梯的呼叫按钮，好像有人在后面追赶她一样。当她看到电梯从一楼上来的时候，她又走了回来。

"他可能是在电梯里！"

"那是不可能的。"

"我们走楼梯吧。"

我没有争辩，跟着她走进了楼梯间，她快速地下着楼梯，几乎就是在跑。我冲她大喊，声音在空旷的混凝土空间内回荡：

农场
The Farm

"妈妈，我可以给马克打电话。他有一间办公室，或许他还知道其他地方可以让我们继续聊聊。我们需要一个私密点的地方。"

妈妈回答说：

"那你快点！"

我拿出手机，仔细地看着屏幕。那是当地报纸关于米娅的一篇报道，还有一张她的照片，长得和妈妈描述的差不多。根据报道所说，她失踪了。我向下滚动屏幕，还有一份关于提供信息的悬赏。这时，妈妈的声音从下面传来：

"丹尼尔！"

在报道里并没有下结论，没有明确地说明她是否已经死了，但根据日常经验，失踪往往就意味着谋杀。文章里没有可以用来反驳妈妈的东西。妈妈又考验了我一次。我拨了马克的电话，他立即就接了。我说道：

"爸爸正在赶来的路上，他的航班已经降落了。妈妈不想待在公寓里。我们需要另找一个地方来说话，要私密一点的，一个爸爸找不到的地方。我不知道该去哪儿。"

"你确定不用等他过来吗？"

"那将是一场灾难。"

马克立刻就想出了解决方案。

"我给你订一间客房，你出去叫辆车，我会打电话告诉你酒店的信息。你还好吗？你妈妈呢？"

第六章　一个衣冠楚楚的陌生人

Chapter 6

"我们都很好。"

"酒店的事就交给我吧，我会打电话给你的。"

说完，他就挂断了。

妈妈几乎已经走到了楼梯间的出口。我向楼下大喊：

"妈妈，等等我！"

和她一阵风般的速度相比，我下楼梯的速度慢得像个醉鬼。我不知道自己是否做出了正确的决定，或许我应该拖延时间，让爸爸赶上我们？在通话结束后，我对自己的处事能力又有了新的怀疑。我没有想到去酒店订房间的主意，这应该是一个显而易见的解决方案。不过就算我想到了，我也没有钱去支付房费。或许，我应该等等父亲，如果妈妈真的病了，他对病情的了解比任何人都多。我可以站在他身后，提供帮助。不过话说回来，那篇报道并没有提供确凿的证据，证明妈妈是在妄想。而且，我也想不明白，为什么爸爸到了机场之后，却不打电话告诉我们一声。几分钟之前，妈妈还在叫嚷着要对他拳脚相加。让克里斯赶上我们，这是一种背叛的行为，是对我之前听到的一切的否决。不管我是否打算承担这个责任，它都落在了我的身上，谁也无法替代我。没有任何证据表明，她的控诉是虚假的，所以我决定暂时相信她，就像从前她说过的那样，我们有义务去相信自己所爱的人。现在，她想要找一个时间和空间来继续我们的谈话，我无法拒绝她。

在楼梯间的最底层，我追上了她：

农 场
The Farm

"等一下。"

她停了下来。我打电话给当地的出租车公司，因为还不知道酒店的名字，我告诉他们我们打算去市中心。他们立刻派了一辆车。与此同时，妈妈踮起脚，透过门上的小玻璃窗观察着大厅的情形。发现那里空无一人后，她说：

"我们就在这儿等出租车，我不想到街上去。"

过了几分钟，出租车司机打来电话说已经到了，我们谨慎而缓慢地走过大厅，鬼鬼祟祟地溜出了大楼。从公寓楼到院子大门之间还有一块空地，这里无遮无挡，我们的行踪一览无余。短短的一段路，我感到妈妈背负着巨大的压力。坐进车里之后，我们俩都松了一口气，但就在我说出目的地之前，妈妈向前探出身子，对司机说：

"在这条街的尽头停下。"

司机看着我，虽然我对妈妈的要求感到惊讶，但我还是点点头。妈妈对我耳语道：

"你知道他为什么要向你确认吗？他肯定不知道我被怀疑神志有问题，他不可能知道的。那又是为什么呢？我来告诉你原因吧，因为我是女人。"

司机把车停在公寓楼和大路之间的十字路口。我对妈妈说，司机看我是因为他觉得她的指令很奇怪。妈妈不这样认为：

"这有什么奇怪的，我只是想让你看着他找上门来。"

"谁？"

"你的父亲。"

"你想在这里等爸爸来？"

"重要的是你要亲自见到他。你对克里斯的记忆还停留在过去，时过境迁，他早就不是原来的那个他了。你在这里就能看到的。可惜我们不能再靠近一点了。只要你见到他，你就会明白的。"

我字斟句酌地向那个不安的司机解释了我们奇怪的要求，并且表示可以为等候付钱，而且我们就在这儿等一会儿，很快就会离开。最后，妈妈补充说：

"你听我们的就行。"

司机仔细地端详着我们，毫无疑问，他见过各种各样的"奇葩"乘客。他打电话给出租车公司，确认了价钱之后，他开始看报纸了。

在公寓外的开阔空间里，妈妈的心态发生了根本性的变化。她变得沉默寡言，除了发号施令以外一言不发。她很紧张，一刻也不放松，拧着身体从后车窗向外张望，看看是否有一辆出租车会停在大门旁边。我无法和她交谈，我们就这样在一片静默中监视我的公寓楼。

我的手机响了，是马克。他把地址告诉了我，是在金丝雀码头旁边的一家豪华酒店。他已经预先支付了房费和其他费用，我只要去登记入住就可以了。他说自己也会待在那儿，在大厅或是餐厅等候着，随叫随到。我说：

"听起来是个好主意。"

我挂断了电话，把计划告诉妈妈。我们可以现在就出发到酒店去，

农 场
The Farm

在那里她可以继续讲完她的故事，而不用担心被爸爸发现。金丝雀码头离这里足够远，克里斯不会想到我们在那里。这是一个出乎意料的选择，一个绝佳的藏身之所，没有人去过那里。妈妈一直在呆呆地看着院子大门。最后，我不得不又问了一遍，她才点点头表示同意。

突然，她抓住我的胳膊，把我的身体按下去。一辆出租车从我们旁边驶过。我的脸贴着妈妈，我们蜷缩在座位的角落里。妈妈屏住呼吸。直到听到那辆车渐渐地开远了，我们才慢慢地直起身，从后车窗向外望去。一辆黑色的出租车停在大门外，爸爸从出租车里面钻了出来。

这是四个月以来我第一次见到他。他变了很多，瘦得很厉害。他神情疲惫、衣衫不整，和妈妈的状态没什么两样。他站在大街上，点燃了一根香烟，深深地吸了一口，就像一个急切的瘾君子。他仔细端详着面前的建筑。见到他真好。我爱他，那种感情是如此强烈，让人不由自主地信任他，我很想离开自己的藏身之处，向他打个招呼。假如他是一个人来的话，我可能真的已经这样做了。

另外一个男人下了车。妈妈叫道：

"不！"

那人把一只手放在爸爸的肩膀上。我吃惊地坐直了身体，打算看个仔细，妈妈急忙又按着我俯下身子，她低声地对我说：

"他们会看见你的！"

那男人和我父亲的年龄相仿，但衣着更为得体。我从未见过这个男人，妈妈的记事本里没有他的照片或者剪报。爸爸之前没有提到有人会陪他一起来，一时间我甚至怀疑自己是不是没有仔细地听他的语音留言。这个不明身份的人付了车钱，然后把时髦的皮钱包放进自己的口袋里。我感到妈妈的手指在我的手臂上越箍越紧，她在害怕。

"他是谁，妈妈？"

她转过身来，拍着司机的肩膀，哀求他：

"快开车！快！快！"

或许是前后反差太大的缘故吧，那个司机不紧不慢地折好自己的报纸，有些错愕地看着恨不得自己扑上去开车的妈妈。我回头看了一下爸爸和那个身份不明的旅伴，他们正站在门口商量着什么。当司机发动引擎的时候，爸爸朝我们这边看了看，妈妈赶紧再一次俯低了身体。

"他看见我们了！"

妈妈就那样趴在座位上，不肯直起身来，直到我向她保证，车子已经开了好几分钟了，没有人追上来才罢休。我轻轻地扶着她起来，我问她：

"那个人到底是谁？"

她摇了摇头，没有回答，只是把手指放在嘴唇上，就像她在从希思罗机场回来的火车上那样，当时她正在说着哈坎过来拜访的情形。我很想模仿她的动作，仿佛这个手势里面藏着什么秘密，不亲身实践一下我永远都不会明白似的。

农场
The Farm

在路上，妈妈的神经一直紧绷着，她仔细地审视每一辆经过的车。司机从后视镜里向我使了个眼色，他在询问妈妈是否一切正常。我转过脸去，我也不知道——曾经有那么一瞬间，我一度确信她真的得了妄想症。而在下一刻，我又会觉得她的偏执和恐慌似乎也有些道理，因为我自己也有同样的感觉，我不知道爸爸为什么不告诉我他还有个旅伴——一个衣冠楚楚的陌生人。

我的手机响了，是爸爸。我看了看妈妈：

"他可能想知道我们在哪儿。"

"不要接。"

"我应该告诉他，我们一切都好。"

"别告诉他我们的计划！"

"我得解释一下，我们在做什么。"

"不要告诉他任何细节。"

我接了电话。爸爸很生气：

"门卫说你们刚刚离开。"

妈妈把脸贴了过来，听着我们的对话。我回答道：

"妈妈在那儿待得不舒服，我们打算换个地方。"

"去哪里？"

妈妈向我挥了挥手，意思是不要告诉他。我说：

"随便找个地方。"

"这很重要！"

第六章　一个衣冠楚楚的陌生人
Chapter 6

"她想和我单独谈谈。等我们谈完了，我会打电话给你。"

"你是在纵容她，丹尼尔。你犯了一个错误，你越相信她，她就会疯得越厉害。你会让事情变得更糟的。"

我从未想到过这一点。我的信心有些动摇了。

"爸爸，我过一会儿再打电话给你。"

"丹尼尔……"

我挂了电话，他又打了过来，我没有接。他没有再发短信过来。妈妈对我在电话里的应对很满意。她说：

"真卑鄙，他在暗示你会让我变得更糟，这就是他惯用的伎俩。"

或许我犯了一个错误。我说：

"他没有说你的坏话。我们只相信事实。即使是我和爸爸在谈论你，我也会这样说的。"

"那么我们就让事实说话，他为什么不告诉你他是和别人一起来的？"

我看着她：

"那个人是谁？"

妈妈摇了摇头，又一次把手指放在了嘴唇上。

農 場
The Farm

第七章　失踪的少女

酒店到了，我付了车钱。我们从车上下来，金丝雀码头很繁华，四周都是钢筋水泥和玻璃幕墙构成的高楼大厦。我陪着妈妈穿过摆满鲜花的迎宾通道，来到前台。酒店的工作人员都穿着笔挺的白衬衫。我开始填写登记信息，妈妈站在我的旁边。她靠在前台上，眼睛盯着大门的方向，仿佛在期待着那些阴谋家跟上来。突然，她旁若无人地一把抓住我的手臂，紧张地问道：

"如果他打电话询问出租车公司的话，那该怎么办？"

"他不知道我们找的是哪家出租车公司，即使他知道，或者是碰巧猜到了，他们也不会把信息告诉他的。"

妈妈摇了摇头，仿佛在感叹我的天真：

"他们可以用钱去买。"

"就算他找到这儿来，也一样找不到我们的房间，酒店的人不会告诉他的。"

"我们应该再找一家出租车公司，用假名字另外租一辆车，让他们载我们到其他酒店去，不要停在酒店门口，停在附近就好，然后我们再步行走完剩下的路程，这样就没有人能找到我们了。"

"可是这家酒店已经付完钱了。"

提到钱似乎起了一点效果。我补充说：

"爸爸找不到我们会着急的，我们不能这样做。"

妈妈考虑了一下，然后勉强点了点头。工作人员一直在旁边假装什么也没听到，我婉拒了他们送我们到房间的建议，说我们没带行李，只要给我房卡就行。

我知道，只有在锁上房门之后，我们的谈话才会继续。妈妈需要确认新的空间是安全的。我们的房间在六层。屋子里布置得现代而舒适，一进门，妈妈的注意力就被奢华的装修短暂地分散了。她走到飘窗旁的沙发边上，那上面放着柔软的垫子。这里的视野非常好，市中心的景色可以一览无余。但这种放松只是暂时的，她马上开始给房间做一次大检查，拿起电话听筒，又打开抽屉和柜子。我坐在沙发上，打电话给马克，他已经在大厅里了。我不知道该如何表达自己的感激之情，我说：

"我会把钱还你的。"

农 场
The Farm

他没有回答。事实上，我根本不知道花了多少钱，不知道自己能不能还得起。这时，妈妈已经从卧室检查到了浴室，最后又查看了走廊、墙上其他房间的分布图，以及逃生通道的出口。一切结束后，她把装证据的挎包放在咖啡桌上，跟水果篮和昂贵的矿泉水摆在一起。

打完电话，我感到筋疲力尽。我走到吧台，拿了一瓶含糖和咖啡因的能量饮料，在里面加了冰块，小口地喝了起来。

"妈妈，你想喝点什么吗？"

她摇了摇头。

"吃点水果呢？"

她仔细地检查了一番，然后挑了一根香蕉。我们并排坐在靠窗的沙发上，扒掉香蕉皮，切成一片片的，一起吃了起来。

"妈妈，那个人到底是谁？"

妈妈打开她的挎包，取出记事本，从里面拿出一张手写的名单。我瞥了一眼，那上面一共有六个名字。

"就是他，和你父亲一起从瑞典追到这里的人，方才你在公寓外面也看到了，他就在这张嫌疑犯的名单上。我早就应该把它给你了，但我怕你会不以为意。不过，现在你不信也不行了，这里面的一个人尾随我来到这里，他长途跋涉，只为了抓我回去。

"在名单的最上面，是哈坎和克里斯。你爸爸也算一个，我很抱歉，但事实就是这样。还有乌尔夫·伦德，那个住在荒野里的隐居者。两面派的镇长，克里斯托弗·达尔加德，我跟你提到过他——

那个在麋鹿的事件里背叛了我的人。顺便说一下，这个清单上的每一个人都出现在仲夏节的庆典上，还记得吧，当时米娅喝醉了，那也是我最后看见她的地方。这六个男人就站在人群中，看着她把花撒向天空。我一直在尝试回忆，假如那个花冠没有散开的话，它最终会落在哪里呢，谁才是她的目标呢？虽然我不太确定，但我相信米娅瞄准的应该是下面这两个人之一。

"斯特兰·尼尔森，警探，那个地方最高级别的警察之一。在接下来的事件中，他将扮演非常重要的角色。他和哈坎的关系赛过亲兄弟。他们甚至长得都差不多，又高又壮，满脸严肃的表情。站在一起的时候，人们经常会怀疑他们是不是亲戚，而他们也喜欢这种猜想，他们会微笑着说，或许真的是。

"名单上的最后一个名字是奥雷·诺林，经常出现在电视和广播节目里的名人。他名义上是个医生，却从来没有给人看过病。他还是一个成功的演员和主持人，演出的风格足以让你的灵魂震颤。他在电视台主持一档受欢迎的健康节目，出版过一本论证每天微笑五十次就能减肥的书，以及其他乱七八糟的心灵鸡汤。他身兼数职，江湖医生、蛇油推销员、普罗大众的崇拜对象，人人都把他当成了一个温柔体贴的圣人。事实上，他通过欺骗和无耻的自我吹捧，的确为自己赢得了巨大的名声。就是他第一个宣称我发疯了。

"'你现在状态很不好，蒂尔德。'

"这就是他的原话，用英语说的，一边说一边还在慢慢地摇着头，

农 场
The Farm

轻柔得好像是在为我着想似的。

"这些人当中，有一个就在伦敦，现在正和克里斯一起追踪着我。你猜他是谁？"

如果她一开始就拿出这份名单的话，我或许会真的不以为意。但现在不一样了，很明显，无论新交故友，没有哪个人会陪着你跑这么远的路，除非事情确实紧急。从她所描述的外貌特征上，我猜测道："是那个医生？"

"没错，在公寓外面和你父亲一起商量事情的正是奥雷·诺林。他为什么会在这里？他们在瑞典没有成功的阴谋，还打算在这里再试一次。他们并没有改变策略，尽管我从精神病院被放了出来，尽管真正的医生都说我很健康，但他们依然坚持要把我锁起来，用药物麻醉我，让我声名扫地。可惜他们来得太晚了，你已经知道了真相。他们唯一的选择就是离间我们之间的关系，迫使你加入他们的阵营——他们想用这个法子来打垮我。他们怀疑你父亲无法独立完成这项任务。

"我不知道是不是诺林第一个想出的主意，要质疑我的理智。但他确实是第一个跳出来指证我疯了的人，他的声望和医学知识帮了大忙。他们之所以这么说，是因为我拒绝接受他们在米娅出事之后所做出的解释。

"仲夏节过后，我希望和米娅谈谈那天发生的事情，但是怎么也找不到她。我很害怕。当时还在放暑假，她应该待在外面，在田地里干活。我开始不分白天晚上地在她家附近游荡，盯着哈坎的农场看，希望能够在阳台上或者卧室的窗口看到米娅，但我失败了。

"一周后，答案终于揭晓了。那天我醒得很早，打扫完房间，我站在高高的梯子上面粉刷谷仓的墙壁，当时我突然看见哈坎那辆闪亮的银色萨博车疯狂地开了出来。哈坎不是一个喜欢炫耀和冒险的人。我从来没有见过他如此莽撞地在道路上飞驰，肯定是有紧急情况发生。我正等着他开车从农场前面经过，却惊奇地发现，它拐上了我们的车道。他从车里跳了出来，跑进我家的屋子，就像没看见我一样。我紧紧地抓住梯子，心中的恐惧几乎让我摔落下来。哈坎这样做不会有其他的原因了，只有一种可能，米娅出事了。

"我急急忙忙地从上面下来，听到里面大声说话的声音。透过窗户，我看到哈坎和克里斯正在厨房里说着什么。他转身冲出了屋子，回到自己的车上。我把油漆桶扔在一边，追了上去，一只手压在窗户上，在玻璃上留下了黄色的指纹。我要知道发生了什么事。他降下车窗，对我说：

"'米娅不见了！

"当我再次醒来时，发现自己仰面朝天地躺在碎石路上，我的头枕在克里斯的大腿上。哈坎的汽车早就不见了。我昏了过去，有那么一会儿，我失去了意识。很快，我又想起了米娅的事，我真希望这个消息是场噩梦。或许我只是从梯子上掉了下来，头部受到了撞击，其实米娅是安全的。可是我知道真相，我一直都知道。

"我的敌人可能会和你说，那次昏厥就像是个分水岭。从那以

农 场
The Farm

后，我的精神就崩溃了，不管我说什么、想什么、宣布什么，再也没有人当真了，都是疯言疯语。不过你听着，昏厥并不意味着任何事。我承认，这让我看起来有些羸弱，或者是感情脆弱，但我并没有疯，我只是有一种难以抑制的挫败感。在过去的两个多月里，我一直清楚米娅处于危险当中，但是我没能保护她。

"后来，哈坎向大家解释了那天夜里米娅消失时的情形。他是这么说的：

"他们大吵了一架。

"她心里很难过。

"她一直等到家里人都睡着了，收拾了两个包裹，趁着夜色出走了，没有说再见，也没有人注意到她。

"这就是我听到的解释。他对镇上的所有人都是这么说的，大家也是这么相信的。

"后来，哈坎最亲密的朋友，那个叫斯特兰的警察来到了他的农场。当时，我碰巧在田野里散步，我看见他的车停在哈坎家的车道上。虽然距离有点远，但我还是给他们计了时。十七分钟后，那个警察就离开了。从开始调查，到最后两个人握手告别，一共只花了十七分钟，这里面还包括他们互相拍着后背寒暄的时间。

"第二天，哈坎来到了我们家的农场。他解释说，警方已经在几座主要的城市——马尔默、哥德堡、斯德哥尔摩发出了通告。他们在寻找米娅，但是，他们也无法保证能够找到她。她不是一个孩子了，而且寻找离家出走的人是一个艰难的过程，只能寄希望于失踪者自己露面。一边说着，哈坎一边低下了头，好像在表明自己已经悲伤得说不出话来了，我们应该相信他。克里斯安慰他说，相信米娅会回来的，这只不过是青少年的叛逆行为罢了。

"他们说的都是假话！他们在演戏——一切只是为了欺骗我，哈坎在扮演一个伤心欲绝的父亲，克里斯负责帮他圆谎。除了是一次表演，这还是一种考验，他们在评测我。我要走到哈坎面前，把手放在他的肩上吗？不，我不会这样做的。我待在房间的角落里，尽可能地离他远一点。假如我像政客那样精明的话，我应该去拥抱他，再流下几滴眼泪，告诉他我替他感到悲伤。但我不是那样的人，恰恰相反，我表现得很明确，我不相信他，不相信他那厚颜无耻的声明。现在想想，我可能是犯了一个错误，因为从那一刻起，我就已经把自己置于可怕的危险之中了。"

妈妈把手伸进挎包，从里面拿出一张海报。她把它铺在咖啡桌上，然后坐在了我旁边。

"这些海报不是哈坎自己用电脑打印出来的。他找了一家专业的印刷公司，用的都是最高级的纸，甚至连页面设计都是时尚的，更像是从《名利场》或者《时尚》杂志上剪下来的插图，这可能是世界上最奢侈的寻人海报了。它们被贴得到处都是：树干上、海滩的告示栏里、教堂和沿街商铺的窗口上。我花了一天的时间数了一下，发现有超过三十张。海报贴的地点很奇怪，因为我相信米娅不

农场
The Farm

可能会藏在这些地方。如果她逃走了，她一定会跑到大城市里去；如果她真的逃走了，她一定会跑得远远的，不会躲在家附近；如果她逃走了，她也绝不会让任何人发现的，因为在一秒钟之后，消息就会传到哈坎耳朵里。印制这些海报唯一的目的就是在向大家证明，哈坎已经做了应该做的事，他在扮演自己期待中的角色。

"看看海报的底部，他为有价值的线索提供了多么丰厚的奖励。你没看错：十万瑞典克朗，也就是一万英镑！如果他愿意，他还可以写上一百万美元，或者是一箱金子，反正他知道根本不会有人来领的。他在粗鲁地声明：

"'看我准备拿出多少钱！这份悬赏就代表了我对她的爱，你们什么时候见过比这更高的奖金？'

"看你的脸色，就知道你被他骗了，你相信这些海报证明了他的无辜，你上当了。"

我摇了摇头，否认了她关于我的推断。她永远是正确的，但这次是个例外。我说：

"我并没有认为这些海报会证明他是无辜的，它们说明不了任何问题。这话可以分两方面说。假如他没有花钱去做海报的话，或者他只是随便印了几张寻人启事，你也会指责他，认为他无情无义，或者是内心有鬼……"

"但是我不能对他没有做的事情做出判断。"

"我的意思是……"

第七章　失踪的少女
Chapter 7

"你不接受它作为证据，好，我们把它放在一边，没有关系。你可以不相信我对他的质疑，你也可以不相信这些海报背后的含意。现在，让我们再来看看米娅离家出走当晚的情形吧。

"她应该是在 7 月 1 日夜里逃离农场的。这个十六岁的小女孩是怎么做到的？米娅没有车，也没有叫出租车，她是怎么在大半夜离开农场的呢？第二天早上，她没有出现在火车站。她的自行车还在农场里。她不可能选择步行，这是行不通的，距离太远了。从一个偏僻的农场里逃出来，这种事我干过。我告诉你，根据我的经验，你需要先制订一个计划。

"按照哈坎的说法，从最后一次见到她到被人发现失踪，有十个小时的空窗期，但这十个小时里，一切都处于停顿的状态。不管你朝哪个方向走，走多远，到处是一片黑暗，人们都在沉睡，没有任何一家商店在营业，也没有任何的公共交通工具。米娅就这样消失了。这就是我们应该相信的。

"我有义务去和警察们谈谈，我要告诉他们我的想法，让他们知道这件事情的严重性。我并没有和克里斯商量，一个人骑车来到了镇中心。这里的商店都是一片繁忙的景象。河边的商业街上人头攒动。我走进上次去的那家咖啡馆，几周前我还和米娅一起坐在那里吃蛋糕。人们坐在那里，喝酒，大笑。难道没有人为一个女孩的失踪感到悲伤吗？自私自利，这就是我们这个时代最大的弊病。哈坎心里很明白，他知道，只要没有尸体，没有犯罪证据，就不会有人来找他的麻烦。每个人都宁愿相信米娅真的跑掉了，打心底不愿意承认她有可能被人谋杀了。

　　"镇上的警察局里比图书馆还要安静。这种清静真是荒谬，好像他们除了搞搞卫生，根本无事可做一样。很显然，这些警察从来没有和犯罪分子打过交道，他们都是新手。如果是在斯德哥尔摩，我可能还有机会，或许某个了解世道险恶的人会愿意倾听我的意见。不过在这里，这些人当警察就是图一个安稳的饭碗，他们只懂得钻营奉承，蝇营狗苟。

　　"在前台，我要求会见斯特兰警探。我原本预计会等上漫长的几个小时，于是我打开记事本读了起来，但我还没有看上两页，就听到斯特兰在叫我的名字，让我到他的办公室去。或许是因为他长得太像哈坎了吧，看着他待在一间办公室里，与钢笔和回形针为伍，感觉非常不协调。他并没有坐下，居高临下地站在我面前，假惺惺地给我端了一杯咖啡，问有什么可以帮忙的吗。我问，他们为什么没有向我咨询过关于米娅失踪的事情。他直截了当地问我，是否知道米娅在哪里。我说不，我不知道，我当然不知道，但我认为这件事绝不是一个女孩离家出走那么简单。我没有勇气在警察局里说出自己的假设，因为我没有足够的证据。有趣的是，斯特兰并没有像看一个疯子那样看着我，好像也不觉得我说的都是胡话。他只是盯着我看，就像这样。"

　　为了示范，妈妈用一种像是伤心，又像是在认真地倾听，还有些心不在焉的眼神看着我。

　　"他就这样盯着我，仿佛我对他是个威胁！他在评估我的危险性。整个警察局从上到下根本无意去发掘真相，他们只会粉饰太平。这件事情还是需要一个持怀疑态度的人——一个局外人的出现。我对斯特兰能接待我表示了感谢，决定自己采取下一步行动，去做我唯一应该做的事。我要在没有警察介入的情况下，在没有搜查证的情况下，闯进哈坎的农场查明真相。"

　　妈妈把手再次伸进挎包里，这次是最深处的口袋。我看不到她在做什么，直到她慢慢地举起双手。她戴着红色的手套，表情严肃地伸到我的眼前给我看，仿佛它们浸透了鲜血一样。这样的场景有些滑稽，我无法将妈妈认真的态度和带有卡通图案的手套联系起来，但我笑不出来，甚至感到隐隐的不安——妈妈闯进了另一个人的房子。

　　"这是为了不留下指纹！我只有这一双手套，这么厚的圣诞手套。整个夏天，我都把它们放在口袋里，等待闯入哈坎家的时机。你可以做证，我可从来都没做过这种事。我不会像专业窃贼那样，大半夜潜入别人家里。我在等待机会，想趁着伊丽丝和哈坎出门的时候下手。记住，这是瑞典的乡下，没有人会在出门的时候锁上大门的，也没有什么警报器之类的东西——你只需要大摇大摆地走进去就行了。

　　"夏天的时候，哈坎和他的妻子通常会在外面长时间地劳作。然而，由于米娅的失踪，伊丽丝的行为发生了巨大的变化。她不再出门干活，她坐在阳台上，不知道在想着什么。之前我跟你形容过，

农场
The Farm

她总是很繁忙的样子，现在不是了。好吧好吧，先不要打断我，我承认这么说有失偏颇。但不管你如何解释她性格上的改变，当时想要趁她不在家的时候溜进去，的确有些困难。

"有一天，我远远地看见伊丽丝和哈坎两个人一起出门了。我不知道他们要去哪里，也不知道他们会离开多长时间，或许只有几分钟，或许会长达几小时，但这是我唯一的机会了，我必须把握住它。我扔下手头的活计，从菜园里跑出来，穿过田野，来到他们的屋子跟前。我敲了敲门，想看看家里还有没有人。没有回应，我又敲了几下。我在心里问自己，戴上这副厚厚的手套之后，是否真的有勇气打开大门，走进别人家的房子。和所有理智的人一样，如果有必要，我会无视法律行事，但这并不意味着我能够轻而易举地完成它。

"来，把手套戴上。

"你试试拿起那个玻璃杯。

"看到了吗？

"这副手套摩擦力很小，一点都不实用，没有哪个专业的小偷会选择这样的装备。站在他们的房子前面，我心里很慌张，因为我正戴着厚厚的圣诞手套，试图闯入别人的农场。我甚至打不开门，钢质的门把手非常光滑，很难转动。我尝试了很多次，最后，不得不用双手紧握住它才成功。门终于被打开了，我走进了他们的家。

"从前门到楼梯台阶的几米，是我一生中迈过的最心惊胆战的几步路。我的腿在颤抖。平日里的习惯是如此根深蒂固，我居然脱掉了鞋子。作为一个闯入者，我这么做是极其愚蠢的。因为不管谁回到家，这双鞋子都会把我的行踪出卖的。

　　"我从来没有到他家楼上去过。你猜我看到了什么？只要看看任何一家中档家具店的宣传手册，哈坎的卧室和那上面的样板照片一模一样。房间非常整洁，整齐地摆放着松木床和松木衣柜，到处都是那么干净，床头柜上没有杂物，没有药品，也没有书，更没有脏衣服堆在角落里。除了墙上挂着当地艺术家的画之外，屋子里没有多少的装饰品，看上去就像是一间会议室。如果要我说，它不是一间真正的卧室，更像是某个家具展厅。我没有胡说八道，更不是在故意贬低他们，这只是一个已经结婚四十年的女人的直观感受。站在卧室的中间，看着身旁插满彩绘木头假花的花瓶，我确信，没有人在这里发生过性行为。这是一个无性的空间。是的，你说得对，我没有证据，这只是我未经证实的观察。但是一个人确实可以从这个房间里看出很多问题，哈坎有外遇了。伊丽丝一定是默认了这个现实，这是我第一次为她感到哀伤。忠诚的伊丽丝，她就像是一个囚犯，被困在这间松木屋子里。我确信，她对婚姻是忠贞的，她属于他，但他不属于她。

　　"走廊尽头的最后一个房间是米娅的卧室。我打开门，第一印象是我走错了——这不可能是米娅的房间。所有的家具和前一个房间都是一样的，同样的衣柜，同样的松木床，和她父母的没有任何分别。米娅没有为自己的房间做任何个性化的设计，除了一面质地

精良的镜子。这里没有海报，没有明信片，也没有照片。跟我从前
见过的任何一个青少年的房间都不一样。这是多么单调的房间啊，
没有给米娅留下任何可以自由活动的空间，它一定是按照伊丽丝的
标准装修的。整个房间感觉就像是一条命令——你，是我们中的一
员，就是这样。米娅睡在这里，但这里并不属于她，这不是她的风格。
它和一间普通的客房没有什么两样。

　　"突然，我闻到了一股气味！房间被专业地清洗过，床铺上的
被褥整整齐齐，床单也是新换的，一切都是新的，从来没有被使用过。
可屋子里还是弥漫着一股薰衣草的味道。果然，我在插座上发现了一
个开着的自动空气清新器，挡位设在最高挡。就算警察到屋子里来取
证，他们什么也找不到，哪怕是米娅的一根头发。多么险恶的用心啊。

　　"我检查了衣柜，里面满满的。我又检查了抽屉，也是满的。
据哈坎说，她走的时候拎了两袋子东西。我想问问，袋子里面有什么，
她又带走了什么呢。我不知道在她离开之前，柜子里到底有多少衣服，
我没法比较，但无论如何，这不像一个离家出走的女孩留下的房间。
床头的桌子上放了一本《圣经》——米娅是个基督徒。我不明白，
既然她相信上帝，为什么走的时候没有带上《圣经》呢？我翻开书，
没有注释，也没有被撕掉的痕迹。我找到了那句话，安妮·玛丽在
自杀前几天绣过的那句话。上面没有任何标记。

　　"《圣经》下面是一本日记。里面记录的都是日常琐事，没有
愤怒的呼喊，没有性爱记录，没有男朋友和女朋友，也没有挫折的

经历。天底下哪儿有这样记日记的年轻人啊？米娅一定知道自己的房间会被搜查，她写这本日记就是为了掩人耳目——这是她留给伊丽丝和哈坎看的日记。她使了一个小伎俩，为了转移喜欢窥探别人隐私的父母的注意力。多么机智的年轻人啊，居然想到这么绝妙的主意。

"我曾经警告过自己，在屋子里待的时间不能超过三十分钟。可时间过得飞快，我没有找到任何证据。我不想一无所获地离开，我要一直搜查下去，直到找出什么东西为止，不惜一切风险！我突然想到，自己可能忽略了那面镜子。那是一面奇怪的镜子，它很新，不是从家具店里买来的那种，而是手工制作的。椭圆形的镜面周围包着木框，非常漂亮——就像传说中的魔镜一样。因为站得很近，我注意到镜面并不是粘在框架上的，而是在顶部和底部用钢质的夹子固定。夹子可以像钥匙一样旋转，一扭，玻璃就从框架上脱落了下来。我小心翼翼地接住它，以防它掉在地板上。镜子后面被挖出了一个很深的洞。不知道出于什么样的动机，制作这面镜子的人为米娅创造了一个隐秘的空间。

"这就是我从里面找到的。"

妈妈递给我一个破旧的小日记本。它的前后都有硬壳封皮，但里面的纸张都被撕掉了。这是我第一次对妈妈拿出来的证据产生如此大的情绪波动，仿佛真的有什么无可否认的暴力痕迹隐藏在其中。

"想象一下，那些犯罪分子找到了它，他们用强壮有力的双手撕掉了里面的所有内容，什么也没留下。他们可以用火来焚化这些证据，或者干脆将它们扔进麋鹿河里去。这并不是一个藏东西的好地方，它之所以被放在这里，是那些人对米娅记在日记本里的内容的一种野蛮的回应，一种仇恨的表达。

"你自己看看吧。这里面几乎什么都没有了，只留下了一些残页，上面还保留只言片语。我数过了，这里有五十五个残缺不全的字母，能够拼凑出米的只有三个单词。

"'Han'，瑞典语'他的'的意思。

"'Rok'，瑞典语'吸烟'的意思，你可以想一想，谁吸烟，谁不吸烟。

"'Rad'，这不是一个完整的词，它旁边有撕扯的痕迹，我猜想是缺少了最后一个字母'd'，应该是'Radd'，'害怕'的意思。米娅感到很害怕。

"这个日记本太重要了，我不能把它放回原处。但是就这么把它偷走的话，这无异于一次危险的挑衅。它就像在释放一个明确的信号，有人在追踪着事情的真相，他想尽一切办法也要把幕后的真凶绳之以法。当哈坎回来之后，发现它失踪了，他会掘地三尺，销毁任何有可能证明米娅并非离家出走的线索。现在将是我搜集证据的唯一机会。

"我站在米娅的卧室里，不知道接下来该搜索哪里。我望向窗外的田野，看到田地中的那个小丘陵，我想到了哈坎的地下室，他就在那里雕刻那些淫秽的巨魔，还有一道锁起来的门。或许第二天，

那个地下室就会被清空，或者干脆被夷为平地。我现在必须去看看
那里面到底有什么。

"我把日记本的残骸揣进口袋里，开始寻找地下室的钥匙。在
农场里，到处都需要钥匙，谷仓、库房，还有拖拉机什么的，而且
都没有标志。如果想一把一把地试，估计得好几个小时才行。于是
我跑到农场的边上，那里有哈坎的工具棚。我偷走了他的钢丝钳。
幸亏我戴着这副红色的手套，没有留下任何指纹。我匆匆赶到地下室，
剪断了第一道门上的锁，然后打开门。我摸索着拉了灯绳，里面的
场景是如此令人不安，我被吓得差点转身就逃。

"在角落里堆放着很多巨魔雕像——我记得上次来的时候，他
们还是放在架子上的半成品。现在，它们就像是被肢解的尸体，毁容、
腰斩、剖眼、斩首、割裂，甚至被劈成碎片。

"我踩着巨魔的碎片，走到了第二道门前，看着上面挂着的锁。
这是和外面那把完全不同的锁，更加坚硬。为了打开它，我用尽了
全身的力量，差点把钢丝钳都报销掉。终于，锁被钳断，我推开了
第二道门。"

妈妈不说话了。尽管这一次我并没有插话或是问问题，但她还
是停了下来。她似乎有些心不在焉，仿佛在第二道门后的记忆并不
令人愉快。我感到有些不舒服，这太刻意了，我感到受到了操纵，
她就是想让我发问，第二道门里有什么，她想让我表达对接下来发
生的事的期待。我不打算接这个茬，跟着她一起沉默起来。最后，

她不得不放弃了自己的意愿，继续讲述起来。

"房间里有一张桌子，桌子上放着一个黑色的塑料盒，里面放着一台数码摄像机。我检查了一下，想看看里面存了什么影像没有。删除得很干净，我来晚了，答案不见了。不过我还是发现了一些问题，房间里安装有电源插座，一排五个，这是做什么用的？墙壁上装了一层塑料隔音板，地板也很干净……

"就在我打算进一步勘查的时候，我听到哈坎焦急的声音在农场里回荡。他们回来了。

"我把摄像机放回去，匆匆地跑向外面的大门，轻轻地打开了一条缝，向外张望。从农场那边可以看到地下室，我被困住了。附近没有树，没有灌木，也没有地方可供躲藏。我看到哈坎站在工具棚旁边。我愚蠢得忘记了关门，他在到处查看着，毫无疑问，他怀疑自己遭到了抢劫。很快，他就会发现自己的钢丝钳不见了。他会打电话给警察。我没有时间了。趁着哈坎转身的工夫，我拼尽全力朝田野跑去。跑到麦田的边缘后，我一下扑了进去。我趴在麦子地里，喘息着，最后终于鼓足勇气透过麦穗向外望去。哈坎正在朝地下室走去，离我只有一百米远。他没看见我。当他走进地下室之后，我当机立断，匍匐在麦田里，用双肘支撑着爬行起来。

"爬到我家农场的边缘之后，我发现不知为什么，我还带着那两把锁，于是我把它们深深地埋在地里。我脱掉手套，把它们放回自己的口袋，带着日记本走回了家。我拿起事先放在菜园里的篮子，里边装满了土豆。我一边走着，一边故意大声地说，我挖了些漂亮的土豆，今晚就吃它了！就许他们用鲑鱼来做借口，我为什么不能用土豆呢？可惜克里斯并没在家，所以我的借口被浪费了。我着手清洗和削皮，我处理了那么多的土豆，这样假如有人问的话，我就可以解释今天早上都做了什么。

"大约一个小时后，我身旁出现了堆得像小山一样的土豆，足够让十个饥饿的农夫吃饱。这时，我听到克里斯开门的声音，我转过身，想把自己早上做的事告诉他，可是看到的是斯特兰警探那高大庄重的身影。"

我早就把手套摘了下来。现在，它们就放在桌子上，同其他证据在一起。妈妈把手套拿起来，塞进裤子口袋里，故意露出了一部分。

"他问我些问题，可是手套还放在我的口袋里。

"就像这样！

"一根鲜红色的指套从裤兜里垂落下来，那里面还有我偷来的米娅的日记。我埋掉了挂锁，但是忘记了手套，当时正是盛夏，所以它们出现得毫无理由。如果被他看到的话，那就坏了，因为手套的下面就是日记。如果他们让我把口袋里的东西拿出来，我会坐牢的。为了掩饰自己的惊慌，我故意在厨房里高声说笑，试图使他们的视线不要落在我的口袋上。

"克里斯就站在警探的身后。斯特兰不懂英语，他只说瑞典语，这样才能保证他说的和听到的都真实可信。所以我让克里斯先不要

农场
The Farm

说话，我会在最后翻译给他。

　　"我坐在厨房的桌旁，斯特兰坐在我对面，克里斯站在他身边。不知怎么的，面对着这两个男人，我感觉自己就像在接受审问。克里斯并没有站在我这边，而是紧挨着那个警察。我问这是不是为了米娅的事，警探说不，不是关于米娅的——他是为了有人闯入哈坎农场的事来的。有人撬开了他放巨魔雕像的地下室。我说了一句'太可怕了'之类的话，然后问他有没有丢什么东西。他说，倒没丢什么，就是锁被撬断，而且被人带走了。我说这真奇怪，太奇怪了，或许小偷在找什么特定的东西。我打算把斯特兰的注意力引向第二道门后那间奇怪的房间，但他没有上钩。相反，他向前俯过身来，告诉我在本地，从来没有发生过盗窃案，像这样的事件是非常罕见的。我不喜欢他审视我的样子，他的姿势带有攻击性。我也不喜欢'本地'之类的字眼儿，说得好像他就是这里的保护神，而我是个被怀疑的外国佬，就是我把犯罪带到这里来的。我是外国人又怎么样，我可是在瑞典出生的！我不会被他吓倒的，就算他身体壮硕，又是个警察又能怎么样？我决定反击，像他一样也把身体往前倾斜，感觉厚厚的绒毛手套挤压在我的大腿上。我问他，既然什么也没丢，他是怎么确定这是一起盗窃案。斯特兰说，很显然这是入室行窃，因为两把挂锁都丢失了。我反驳说，很高兴看到你认同我的逻辑，有东西丢失就意味着犯罪。那一个年轻的女孩失踪了——米娅，那个年轻漂亮的姑娘也不见了，为什么大家都不认为这是犯罪呢？这两者间有什么不同吗？为什么他们会认为丢了两把锁要比丢了一个大活人更重要？为什么丢了两把锁就是严重的罪行，是本地从未发生过的大事，而一个女孩在深夜里离家出走了，到现在还音信全无，却是一个家庭的内部问题，只需要几分钟的调查时间？我不明白，丢了两把无所谓的锁，两把在哪儿都能买到的、没人要的、不值钱的挂锁丢了，就仿佛天都要塌下来了，只因为在本地，从来没有发生过丢锁的事。或许你说得对，这个案件是很严重，或许对锁来说，这里就是世界上最安全的地方，但是很遗憾，在这件神秘的锁丢失案里，我恐怕是帮不上什么忙了。如果他们需要我的建议的话，我会告诉他们要么排空麋鹿河，要么在田野里挖地三尺，或者干脆到森林里好好搜索一番，我们这儿可没有丢失的挂锁。

"他们还能怎么样？逮捕我？"

她说话的节奏和语气都在逐渐加强，她再一次违背了自己要理智的决定。太阳就要落山了，河面上泛着粼粼的波光。妈妈坚持认为我们要在天黑之前，把证据交到警方手上。这本被销毁的日记倒是具有一定的启发性，但也仅仅如此了，下一项证据至关重要。

我看着妈妈小心翼翼地从挎包最小的口袋里取出一个火柴盒。她仔细地把它放在手心里，用手指推开盒子的一端。我看到一片金黄色的鸡油菌躺在一块脱脂棉花上：

"蘑菇？"

"这只是一半的证据，还有一半在另一头。"

农场
The Farm

"我看看。"

"等一下！"

妈妈坐在我身边，她居然阻止我去看证据，这可不多见。

"你小的时候，我们俩经常一起去采这种蘑菇。我们配合得很好。你一边在树林中飞快地奔跑着，一边还在注意哪里有蘑菇生长。我们会在树林里找上一整天，什么时候篮子装满了，什么时候才会回家。但是你一直不喜欢它的味道，就算是我把它油炸之后，配着涂了黄油的面包吃也不行。有一次，你甚至哭了，因为你觉得对自己很失望，不能和我们一起品尝它的美味。所有的人都认可我采摘蘑菇的能力，我从来没有误采一朵有毒的蘑菇，森林就像我的第二个家。

"警察离开以后，克里斯对我说，我工作太辛苦了，开度假农场这个主意给我带来了太大的压力。我每天工作十四个小时，每周七天无休。他说我已经累瘦了，而我们来瑞典是享受生活的。就像突然冒出来的主意一样，他建议我们去森林里放松一天，采采蘑菇。我不知道他是出于什么目的，但他言语很真诚，我没有理由拒绝。"

这段童年的回忆听上去有些刻意，不过虽然我略有些抵触，但我确实被打动了。为了掩饰自己的情感，我插话说：

"爸爸解决问题的方法怎么总是去长途旅行？"

"我也想看看他要干什么。"

"我的意思是，他干吗老是往外跑，你是从那时开始怀疑他的吗？"

"没错。我曾相信他是无辜的，真的，我相信过。但在总结过所有的线索后，我发现有些地方就是不对劲。

"第二天，外面下雨了。克里斯认为无所谓，他不希望取消我们的计划。而我也不介意那么一点雨，于是我们动身北上，往泪滴岛所在的那个森林骑去。一路上，我都努力不去想那个岛和克里斯之间的联系。离开大路后，我们骑行在一条泥泞的土路上。太近的地方没什么意思，我们要到树林的更深处去，到那些远离大路、人迹罕至的地方去。我们把自行车留在麋鹿河边的一棵大树下，提着自行车筐出发了。我们还在车筐的底部垫上报纸，以防压在下面的蘑菇被挤碎。雨中的空气清爽，林木间弥漫着芬芳的气味，这让我心情舒畅。

"我们来到了一个遍布着巨大岩石的山坡，石块的大小都跟汽车差不多。有些岩石上还长满了苔藓。我估计，没有人会爬到那上面去采蘑菇，于是我指着山坡对克里斯说，我要到那上面去找找看。没等他回答，我就开始向上爬去。我踩着岩石慢慢爬着，脚下的青苔非常湿滑。山坡的顶上差不多有一万棵树——一望无边的冷杉、松树和桦树。这里没有路，没有人，没有房屋，也没有电线，只有广袤的树林。它就在那里，仿佛天荒地老。克里斯也爬了上来，上气不接下气地同我一起欣赏风景。在这远离农场的森林里，我忘记了自己的烦恼。我们又回到了原来的样子，我们是一对夫妇。

"克里斯从来没有像我一样认真地采过蘑菇，这一点他甚至不如你。他不时地停下来休息和吸烟。一切都是老样子。我不想让他有负担。我们商定天黑之前，在放自行车的树下见面。不久，我就

农场
The Farm

把他甩在了身后，并且很快找到了当天第一簇鸡油菌，刚刚长出的小蘑菇。我用刀把伞盖切下来，保留了根茎，这样它们还会继续生长。几分钟后，我进入了状态，徘徊在大树底下，摘下一朵又一朵蘑菇，根本没有时间直起腰。我甚至没有停下来吃午饭，就这样一直采到筐都装不下为止。我满意地望着那金黄色的一大堆蘑菇，一切仿佛又回到了从前。如果你当时在的话，也一定会为我自豪的。

"天快黑的时候，我有些累了，准备踏上归程。小雨一直都没停，淋了几个小时的雨，我的头发全湿透了。我敢肯定，克里斯早就放弃了采蘑菇。他现在应该回到了自行车那里，或许已经在河边生起了一堆篝火。想着温暖的火光，我的心里充满了希望。

"当我回到放自行车的大树下时，根本没有看到燃烧的篝火。克里斯正坐在河边的一棵倒下的枯树上，抽着哈坎给他的大麻草。他把兜帽拉起来，背对着我。我把筐放在自行车旁边，发现他连一朵蘑菇都没有采到，车筐里空无一物。他转过身来，冲我微笑着，这让我很吃惊，因为我本以为他会不高兴的。因为他一定已经枯坐了好几个小时了。他叫我坐下，说是要去拿热水瓶给我倒杯茶。我的双手又湿又冷，十指都快冻僵了，正需要一杯温热的饮料来驱驱寒。但是几分钟过去了，我也没看见茶水的影。最后，我听到他在叫着我的名字。

"'蒂尔德？'

"不对劲。

"我站起来，看到克里斯站在自行车旁边，正盯着我的车筐。

194

第七章　失踪的少女

Chapter 7

他似乎有些不安。当时我以为他踩到了捕兽夹，现在树林里到处都是这些东西。我慌了神，仿佛被夹住的是我。我们在这里孤立无援。我的心里充满了恐惧，慢慢地走向他，不知道会面对什么。他蹲下来，拿起我的筐。那里面没有鸡油菌，却装满了这些……"

妈妈推开火柴盒的另一头，露出一片金黄色的白桦叶，同样放在脱脂棉花上。她继续推动火柴盒，直到它被完全打开，然后，她把盒子放在我面前，鸡油菌和桦树叶同时出现在我的视野里。

"那里面都是树叶！克里斯怜悯地看着我。我花了好几秒钟的时间才反应过来，这不是一个恶作剧。他居然以为我花了整整一天的时间去收集树叶。我一把一把地抓起树叶，一直挖到筐底部，里面没有任何的蘑菇。我把手里的树叶猛地扔向空中。克里斯就站在那里，任由树叶飘落在我们身上。这太荒谬了，我不可能犯这么古怪的错误。接着我想起了自己的刀，那上面还留着鸡油菌的汁液痕迹。于是我抽出刀，打算让他看清楚。克里斯吓了一跳，他向后退去，仿佛受到了我的威胁。看到这一幕我完全明白了，这只有一个解释——是克里斯用这些叶子替换了我的鸡油菌。在我们分开的时候，他收集了一筐树叶，他是故意和我分开的。他知道自己会有足够的时间回来做准备，在我等着上茶的时候，他完成了调包。

"这是我的声誉受到的第一次攻击。我哭了出来，想知道自己的蘑菇去了哪里。我拍着他的口袋，他不可能藏得太远。或许他挖了一个洞，把蘑菇倒进洞里，再用土埋上。我开始到处挖掘，就像

农场
The Farm

狗在寻找骨头。我抬起头来，看见克里斯正张着手臂朝我走来，仿佛要卡住我的脖子。这一次我真的掏出刀来，在空中挥舞着，警告他退后。他试图安慰我，但是他的腔调让我感到恶心，我必须离开这里，于是我转身向森林里跑去。

"我一边跑，一边回头看去，发现他正在后面追着我。于是我加快速度，向高处跑去。我打不过他，但我是个敏捷的登山者，他是个老烟鬼，长时间奔跑对他非常不利。他差点就抓住我了，他的指尖仿佛都触碰到了我雨衣的后摆。我又哭了起来。终于到了覆盖了巨石的山坡底下，我立刻向上爬去。我感到他抓住了我的腿，于是我向后踢去。我一直踢着，好像踢到了他的脸，这给我赢得了一些时间。他在山坡下喊着我的名字，声音里充满了愤怒：

"'蒂尔德！'

"我的名字在森林中回响，但我没有回头，一直爬上坡顶。我一头钻进树林，把克里斯的尖叫声甩在脑后。

"最后，我筋疲力尽地倒下，躺在潮湿的苔藓上。小雨打在我的脸上，我的肺好像在燃烧，我在心里琢磨着，为什么要对我设下这样的一个陷阱。当天空黑下来之后，我听到有人在叫着我的名字，不是一个声音，而是好几个。我循着声音，小心翼翼地回到山坡上，看到一道道手电筒的光束从树林里射出，我数了一下——一、二、三、四、五、六、七——一共七束光，有七个人在找我。这是一个搜索队。就在我和克里斯发生争执后没到一个小时，他居然能找来一个搜索队，这太夸张了。根本没有必要招来这么多人的，除非你需要证人，除非你希望这件事被正式地记录下来。克里斯大概已经跟大家讲述了事情的经过，还给他们看过自行车，以及满满的一车筐树叶。他还会把我对他挥刀的那个地方指给大家看，告诉他们我有多么野蛮。他可真聪明啊，而我就是一个彻头彻尾的傻瓜。

"你想想，按照克里斯的性格，他会是去报警的人吗？他总是讨厌和政府打交道，他讨厌医生，也从来不相信警察。如果他是无辜的，他会一个人来找我。你觉得他给警察打电话，要求组成一个官方的搜索队的概率有多大？零。我没有受伤，也没有迷路——我是一个成年人，并不需要像走失的孩子一样被护送着离开森林。

"为了证明自己的理智和尊严，我只有一个选择，那就是自己走回农场。这会证明我的理智和能力。有一个专门的法律用语，在过去的几周里我反复地听到过，那是个拉丁语词组——non compos mentis，意思是心智不健全。只要我被他们找到，我就会被宣布为心智不健全。可我没有迷路，我的心智很健全，只要我走出森林，沿着麋鹿河很快就能找到回家的路。

"我到达农场的时候已经是半夜了。如果说步行回家只是肉体上的劳累的话，接下来我要应对的将是更加严苛的挑战。

"车道上停着几辆车。我停了下来。他们在等着我，就像食肉动物在静候猎物上门，这就是我心里冒出的第一个念头。我认出了哈坎的萨博轿车，还有警探斯特兰的车，另外一辆我不认识，它看

农场
The Farm

起来非常昂贵。我的敌人太多了，我寡不敌众。我一度想要逃走，可是这个想法很幼稚。我没有制订计划，我没有机会带上自己的挎包和记事本。最重要的是，我不能放弃自己对米娅的责任。如果我跑了，我的敌人们就得到了支持他们的证据。他们会说我行事古怪，完全没有理智。因此，虽然没有做好准备，但我仍然走进了农场，直面这个埋伏。

"那辆神秘而昂贵的车原来是奥雷·诺林博士的，我们那儿的医界名人。虽然我们可能在派对上见过面，但我当时并没有注意他，这应该是我们第一次直接对话。克里斯站在屋子的角落里，眉毛上贴着创可贴，我猜那可能是我在逃跑的时候给他留下的伤害。现在，这也成了对我不利的证据之一，还有那筐金黄色的桦树叶。

"我若无其事地问他们，发生了什么事，没有表现出任何激动的迹象。我需要做的是条理清楚地表达，而不是情感的宣泄，那会让他们抓住我的漏洞。他们想激怒我，然后宣布我已经歇斯底里了。我没有等来一个答案。相反，是我在叙述发生在森林里的小摩擦。我感到很不满意，讲完事情的经过我就准备回屋了。就是这么个事，没有什么大不了的，为什么要把警察叫来？有这工夫他们为什么不去找米娅？为什么伟大的诺林医生不去主持他的电台节目？为什么势力强大的哈坎不去处理自己的商业帝国？为什么他们要聚集在这儿，到我们这个破农场里来？

"诺林先开的口：

198

"'我很担心你，蒂尔德。'

"他能讲一口流利的英语。他的声音是那么温柔，像一个厚厚的缓冲垫——你可以躺在上面休息一下，然后在他温柔的声音里沉沉睡去。他叫着我的名字，好像在对一个亲爱的朋友说话。难怪公众会崇拜他，他可以用声音完美地演绎真挚的情感。我不得不掐了自己一把，不要相信它，这都是谎言，一个职业演员的把戏。

"看到我的敌人们站在面前，我感到了一些威胁。这个社区的所有重要人物都在反对我。就像我刚才说的那样，我处在极大的危险当中，寡不敌众，孤立无援，因为他们有一个内应，克里斯。作为盟友，他会给他们提供各种细节，或许他已经这么做了，或许他已经把弗莱娅的故事都告诉他们了。这个想法让我不寒而栗。但最让我吃惊的是在房间中央的桌子上，放着一个生锈的铁盒子，其他人团团围住它。就是几个月前我藏在水槽下的那个生锈的铁盒子，我从打井工人手里救出的那个盒子，装着被水浸透的文件的那个盒子。

"为什么这个毫无价值的旧盒子会被放在一个如此显眼的地方？

"诺林医生注意到我在盯着它。他把盒子拿起来，当作礼物一样地递给我。他用温柔而亲切的声音命令我：

"'帮我们打开它。打开它！'"

妈妈又一次从挎包里拿出了那个生锈的铁盒子。她把它放在我的大腿上。

农场
The Farm

"诺林问我，为什么觉得这个盒子很重要。我说我不知道。我就是这么告诉他的，但是诺林并不相信我，问我确定吗。这叫什么问题！我当然确定。一个人或许会不确定自己知道的东西，但他一定清楚自己不知道什么。而我真的不知道，为什么这些人会突然这么严肃地对待这沓被水浸过的旧文件，它们破旧褪色，皱巴巴的，估计能有一百多年的历史了吧，发现的时候就已经完全看不出原来写的什么了。

"现在到你了，打开这个盒子。

"取出那些文件。

"把每张纸翻过来。

"你看到了吗？

"它们不再是空白的了！纸上写满了字，多漂亮的老式书法，是瑞典文，传统的瑞典词汇，过时的拼写方法。诺林把它们递给我。我被震惊了。难道是我大意了吗，难道我一直都以为它们只有一面吗？时间已经过去得太久了，我记不清自己是否检查过每一页纸。诺林让我给他们读一下，我用英语大喊道：

"'这是一个陷阱！'

"我不知道如何用瑞典语说这句话。诺林走上前，靠近我，问我为什么认为这是一个'陷阱'。接着他又把这句话用瑞典语翻译给斯特兰，同时向后者会意地一瞥，仿佛自己的理论得到了证实。他的目的就是要证明，我的心里充满了偏激，我的大脑里装着的都是阴谋。我再次重申，当我发现那些文件的时候，它们确实是空白的，没有任何的字迹。诺林再次要求我，大声地把它们读出来。

"我给你读一下这些记录，估计你的瑞典语都忘得差不多了吧。我翻译得不一定精确，毕竟它用的是老式的瑞典语。在开始读之前，我必须补充一点，没有人觉得这些文字是真的——不仅是我，连我的敌人也不这么认为。有人在夏天伪造了这些日记，它们是假的。这没有什么争议，问题是谁编造了它们，为什么要这么做。"

我偷看了一眼笔迹，的确非常优雅，用的是少见的棕色墨水，钢笔书写的字迹流畅而优美。妈妈把这一切看在眼里，说：

"我原本打算读完之后再问你这个问题的。既然你已经注意到了，那我现在就要问问你。"

她把其中一张纸递给我：

"这是我写的字吗？"

我打开她的记事本，对比两者的字迹，难以抉择：

"可我不是这方面的专家。"

妈妈不同意我的说法：

"你是我的儿子，谁能比你更专业？还有谁能比你更了解我的笔迹？"

这两种笔迹没有任何的相同之处。我记得妈妈的钢笔字没有这么流利，她更喜欢用那种一次性圆珠笔，经常一边咬着笔头，一边精心地做账。更重要的是，这个人在写字的时候似乎并没有故意扭曲或潦草的痕迹，每个字母都写得干干净净的。字迹本身说明不了任何问题。我费了半天劲，也没有从字里行间找出任何端倪，我放弃了。妈妈有些不耐烦：

"这是我写的吗？你的答案很重要，因为如果你说不的话，那就意味着你承认这里面一定有阴谋。你知道这会说明多少问题吗？"

"妈，在我看来，这不是你写的。"

妈妈站起来，把文件留在咖啡桌上，她走进浴室。我跟了上去：

"妈妈？"

"我不能哭。我答应过自己，不会再流泪。我很欣慰。这就是为什么我要来找你，丹尼尔，这就是我为什么要回到伦敦！"

她在水槽里放满热水，撕开香皂的包装，洗了洗手和脸。她从一摞叠得整整齐齐的毛巾上取下一条，擦干脸。用完后，她又把毛巾仔细地叠好。她冲我笑了笑，好像世界又回归了正常。这微笑让我有些错愕，我不禁想起她往日欢快的样子，但是今天，这样的笑容就像只罕见的鸟儿，惊鸿一瞥后重新消失在黑暗当中。她说：

"我感觉好像卸下了一副沉重的负担。"

没错，现在这个负担已经担在了我的肩上。

她关了卫生间的灯，回到客厅。在从我身边走过的时候，她拉起我的手，带着我走到窗口，我们一起看着太阳慢慢落山。

"这些纸张里隐藏了一个精心设计的谎言。他们的目的就是证明，是我编造了这些日记，我现在神志不清，急需治疗。当我大声

第七章 失踪的少女
Chapter 7

地把它们读出来后，你就会明白他们的险恶用心的。这里写的确实与我的生活息息相关，我不用一一说明——你一听就会懂了。但笔迹绝不是我的。一会儿你就把这个简单的事实告诉警察，这样我们就有证据了，可以证明我的敌人们是有罪的。他们声称，这些日记是我生病后臆想的产物，我在日记里创造了一个虚构的人物，一个一百多年前生活在这个农场里的女人。在1899年，这个女人痛苦而孤独地生活在这里。这真是一个大胆而异想天开的攻击，我得为我的对手鼓掌，这可比调包蘑菇的伎俩强多了。不过，他们忽略了你的存在，他们没有想到我能够逃出瑞典，到这里来找你，我的宝贝儿子。你没有经历过夏天的那些事，可以从旁观者的角度证实，这些字迹不是我的，我没有编造那些日记。"

妈妈并没有坐下，她拿起那些纸张。她像一个演员在舞台上朗读剧本，可惜这个演员对剧本似乎并不满意，她的声音里传达出轻蔑和不屑。

"12月1日。农场的生活真是孤单啊，我期待着我丈夫旅行归来的那一天，真希望就是今天。

"12月4日。干燥的木柴已经不够用到下周了，我可能需要冒险再次进入森林，多砍一些回来。但是这里离森林很远，天气也非常冷，路上还有厚厚的积雪，我还是节省点用吧，争取能坚持到雪化以后，或者我丈夫回来之时。

"12月7日。木柴实在不够用了，我不能再拖延了。雪还在下

农场
The Farm

着，现在到森林里去是非常困难的，但更困难的是怎样把砍下的木柴运回来。我决定走最快捷的道路，从冰冻的河面上穿过去。这样我砍完木柴之后，可以用雪橇把它们拖回来。明天，不管天气如何，我都要出去一趟。我别无选择，我不能再等了。

"12 月 8 日。我第一次去森林砍柴很成功。我拉着空的雪橇走在冰封的河面上，冰面上的积雪比陆地上要薄 些，我缓慢而稳定地一步步走着。我在森林的边缘寻找被风吹倒的大树，因为这样劈砍起来比较省力。过了一会儿，我发现了这样一棵树，于是我用尽全力砍了起来。满载的雪橇太重了，我根本拉不动，我被迫把大部分的木柴又卸下来。明天，我会再回来把它们都运走。但我依然很高兴，今晚，我将享受到几周以来第一次温暖的炉火。

"12 月 9 日。我回到森林里取走剩余的木柴，我看到了一只巨大的麋鹿站在冰冻的河面上。当它听到雪橇划在冰上的声音后，它转过身，看着我，然后消失在树林之中。我快乐的心情一直延续到我发现木柴不见了，有人把它们偷走了，在雪地上还留着脚印。天非常冷，其他人也在寻找着燃料，这没有什么奇怪的。可是我家是距离森林最近的，附近并没有人居住，而这些脚印一直延伸到森林深处，难道还有人住在森林里吗？

"12 月 10 日。今天我并没有看见麋鹿。我走得比以前更远。厚厚的积雪使你很难发现倒下的大树，我筋疲力尽，我只能带回来很少的一部分木头。

第七章　失踪的少女
Chapter 7

　　"12月11日。我又看到脚印了。即使通往森林深处，我还是决定跟着它们，希望能找到我丢失的木柴，或者见一见偷木头的人。顺着脚印，我来到森林深处的一个小岛上，四周是冰封的河流。岛上有一间木头小屋，比普通的农舍要小很多。我不知道是谁建造了它，又用它来做什么。它太小了，不像一个家的样子。窗口没有亮光，屋子外面堆着我砍下的柴火。我敲了敲门，没有人回答。既然木柴都是我砍的，我应该尽可能多地把它们拿走。因为害怕被抓住，我匆匆忙忙地离开了那个奇怪的小屋。

　　"12月14日。这几天我一直不敢到森林那边去，害怕会遇到小屋的主人。然而，我的柴火又要耗尽了，我不得不回去一趟，再拿回一些木头来。如果有必要，我还想见一见那个偷我木柴的人。到了小岛之后，我看到屋子的窗户里映出灯光，里面有人。我心里很害怕，这太危险了。我决定拖着雪橇回去，钢刃滑动在冰面上，发出嘎吱嘎吱的声音。当我转过身，我看到一个男人的身影出现在屋外，他开始向我走来。我害怕极了，扔掉了手里的雪橇绳子，在冰上趔趔趄趄地逃跑了，直到离开森林都没敢回头。我又干了件蠢事。现在我不仅没有柴火，连雪橇都丢了。我深深地绝望了。

　　"12月17日。农场滴水成冰。我无法取暖。我的丈夫在哪儿啊？他音信全无。我很孤独。我的手指都抓不住钢笔了。我要找回自己的雪橇。我要面对住在小屋里的那个人。他没有权利占有我的财产。我为什么要害怕？我必须坚强。

农场
The Farm

　　"12月18日。我又回到小岛上，站在小屋门前，以防万一，我拿了一把斧子准备自卫。离很远，我就看到小屋里射出的亮光。有烟从烟囱里冒出来。我给自己鼓着劲，告诉自己要勇敢。在小岛的一端，我发现自己的雪橇上堆满了木柴。看来是我想错了，他不是我的敌人，他想和我交朋友。我感到很高兴，决定要谢谢他为我做的这些事。也许他也在期待我的到访吧，一个人住在森林里应该很孤单。我敲了他的门，没有人回答。我打开门，一个奇形怪状的女人出现在我的前面，她的肚子肿胀，手臂却如竹竿一样细。我正要尖叫，随即便意识到那只是镜子里我自己的样子。怎么会有这么奇怪的镜子！接下来，我在小屋里发现了更多的疑点。这里没有床。相反，在角落里堆着大堆的刨花。屋子里也没有食物，没有厨房。他是怎么住在这里的呢？我越来越不舒服，决定回家。我不再想感谢这个人了。回到农场，我准备生火，突然我发现我带回来的每一根木头上，都刻着吓人的脸。它们面容狰狞，有可怕的眼睛和锋利的牙齿。我不能留着它们，太吓人了。我把所有的木柴都扔进了火堆，完全顾不得这样做有些浪费。火堆熊熊燃烧着。我突然感到一阵奇痒，就像有什么东西在啃噬我背后的皮肤。我脱下衬衫，把它扔到地板上，但是里面没有虫子，只有一缕粗刨花。我把它捡起来，扔到了火里。我对自己发誓，不管有多冷，我绝不会再回到那间小屋去了。但是我心里也不确定，因为我或许没的选择。我不知道当我回去时，会有什么事发生，我很恐惧。"

随着朗读的进行，她的不屑逐渐消失了。到了最后，她的脸色变得相当复杂，显然已经陷入了故事情节，无法再保持原来的轻视的表情。我感觉到，妈妈自己也能体会到这种复杂的情绪。她不再说话，把那几张纸放回盒子：

"这是最后一页。"

她合上盖子，看着我。

"你怎么想？"

这是个危险的问题，就像是在问，我们现在应该去报警，还是去看医生。

"这故事编得很精妙。"

"我的敌人们还真是认真而严谨啊。"

"克里斯真的写了这个？"

"这不是你父亲写的，是那个医生诺林。他是奉了哈坎的旨意。"

"他为什么会同意这样做？"

"因为他也是罪犯之一。"

"他参与了什么？"

"米娅的事件只是冰山一角。"

"能再说得明白些吗？"

"你马上就会懂的。"

我们继续回到原来的故事中，我问：

"接下来发生了什么？你在农场的客厅里，那里有警察、医生，还有克里斯和哈坎。他们让你在他们面前读这些日记,他们在看着你。然后呢?"

"我很害怕,但我必须假装镇定。我不能上钩,不能说这些都是哈坎的鬼主意。这日记就是一个陷阱,他们想激怒我,他们希望我怒火攻心,然后指控他们中的某个人。的确,我拿不出任何证据证明他们都参与其中。我的战术就是装糊涂,让大家以为我傻傻的。我说从这些日记里可以看出,当事人对农场生活非常了解,因此我认为它们可能是真的。我打了个夸张的哈欠,然后说我累了,这是漫长的一天,我想睡觉了。

"我一边走,一边等着他们抓住我,把我拽回来。诺林问我明天有没有空去拜访他,他想在家里和我聊一聊——只有我们俩,没有别人。既然这是摆脱他们的唯一途径,我只好同意了。我对他说明天见,今天晚上我要睡个好觉。听到这个承诺后,他们就离开了。我对克里斯说,鉴于今天发生的这些事,我不可能再和他睡在一起,我提议他到未完成的客房去睡。

"但我并没去睡觉。我一直等到很晚了,凌晨三四点钟的样子吧,我爬下床,打开电脑,给你发了一封电子邮件。当时我是如此惊慌失措,以至不敢把电脑开太长的时间。我有那么多想对你说的话,但我很小心,因为互联网并不安全,他们可以随时进行监视和拦截。只要他们想找,没有什么找不到的,就算被删除后,依然有迹可寻。所以最后我决定只写一个词,你的名字。"

第八章　诺 林 医 生

今年夏天，我和父母已经疏远了许多。爸爸在接受哈坎和诺林医生的建议之前，并没有征求我的意见，甚至都没有告诉我发生了什么。在这场家庭内战当中，我失去了立场，也没有了发言的权利。或许就像妈妈说的，他们在齐心合力，掩盖一场罪行；或许是因为我过于疏离父母的生活，爸爸觉得我在这种困境中没有什么用处。他的想法是反正我也帮不上什么忙，还要他分神来照顾我的情绪，索性不告诉我。这样也好——它解除了我的责任，把我排除在外，我变成了一个旁观者。不过，我还是有些担忧，因为我不知道妈妈是否也会把这看成又一个阴谋。我的缺席给了她一个契机，帮助她把所有发生在农场的事情串联起来。在这些事情中，所有的人都在

农 场
The Farm

针对她，而她只能孤军奋战。在此之前，我一直对自己没有陪在她身边而感到羞耻。但是我错了。正因为我没有在瑞典，我才能够得到她的信任。假如在那天晚上，妈妈所有的亲人都从各地聚集在农场里，她会不会认为我们都在反对她？如果我在那里，马克也到了那里，我还能够听到妈妈讲的这些事吗？虽然到目前为止，妈妈只是在暗示，但其中隐含的事情令人心惊。她似乎在指出，有一个年轻的女孩正在受到某种肉体上的伤害。我又想起了在那封邮件中，触目惊心的名字：

"丹尼尔！"

现在回想起来，当初收到她绝望的求助信时，我那自以为是的想法真让人脸红。那时的我并不知道，在妈妈心目中，我的地位已经取代了爸爸，这个值得相信和爱的人。我们要彼此信任，相依为命。

我坐在窗边的沙发上，背朝着窗外，我希望得到她的原谅：

"收到邮件之后，我应该飞去瑞典的，妈妈。"

妈妈在我身边坐下：

"我们现在不必纠结这个，该发生的都已经发生了。我们可以把这些事抛到一边去。我们马上就要结束了，还剩下最后一条证据。"

妈妈打开钱包，仿佛要给我零用钱。

"张开你的手。"

我摊开了手掌。她在我的手心里放了一颗烧焦的牙齿。

"这是一颗人类的牙齿。动物的牙齿不是这个样的，它已经烧焦了，没有肌肉组织的残留。

"我知道你想问，我是不是认为这是米娅的牙齿。你之所以有这样的疑问，是因为如果我说是，那么你的猜想就得到了证明。我确实疯了，你必须带我到医院去。

"不，你猜错了。这是一颗乳牙，小孩子的乳牙。米娅已经十六岁了，所以不可能是她的牙齿，我也从来没说过它是。

"我是在去诺林医生家之前的几个小时发现这颗牙的。我们的约会定在了第二天的下午——是他挑的时间，不是我。本来我觉得这无关紧要，但其实这里面暗藏玄机。事情发生的顺序至关重要，他们正是希望借助这点把我逼疯。一念之间，可以改变很多事情。

"那天早上，我决定不再去农场干活了。我需要充分的休息，养精蓄锐。如果我无法成功地应对诺林医生的质询，那我就完蛋了，我作为调查者的日子也将结束，我甚至会失去自由。我将陷于危险当中，把主动权拱手让给我的敌人们，从此沦为阶下囚。一旦我失败了，就坐实了他们对我心智不健全的指控，他们将把我从医生海边的房子，直接送到医院去。在那里，诺林能够亲自监督我的行为。但是，就算明知道是个陷阱，我依然不能不去。失约也会成为我发疯的证据，然后他们将开始追捕我。所以，我必须准时出现，一分一秒都不差，我还要穿戴整齐，不给他们留下任何借口——这就是关键——不能给他们留下任何借口！我要大大方方地走进圈套，然后再安全地走出来！我不会和他谈论谋杀和阴谋，一个字都不说，

农场
The Farm

相反，我要说说我的农场改造计划，谷仓客房、鲑鱼垂钓、蔬菜果园，还有自制的果酱。我将演好一个温顺无害的妻子角色，怡然自得地过着自己的新生活，轻松应对一切挑战。就是这样，努力工作，劳累着，然后满怀期待地面对美好明天。一点把柄也不留给他们，不皱眉头，不乱说话，不瞎猜测，我看那个医生还能做什么！

"我的计划非常完美。在接卜来的几小时内，我不打算见任何人。我摆弄了一会儿小船，又跳到水里游泳。最后，我坐在码头上休息，把双脚伸进水里，做着深呼吸。这时，我看到远方的树林里升起一道黑烟，直冲天际。我知道——别问我原因，我就是知道——那道浓烟来自泪滴岛。

"我赤着脚跳上小船，启动电动引擎，全速向上游开去。我经过了哈坎的农场，发现他的船并没有停在岸边。他一定也在往那儿赶，或许他已经到那儿了。我把稳舵，眼睛一直盯着袅袅升起的黑烟。到了森林里，我闻到一股刺鼻的气味。这不是天然的林火，是汽油在燃烧。前方，泪滴岛着火了，整个岛上都被大火覆盖了。岛上的窝棚也被火吞没了，火焰蹿起两个我那么高。还在燃烧着的余烬飘落在河面上，但我并没有停下，也没有减速。我直直地撞上小岛尖的那一端，借助引擎的推力，小船冲上泥泞的河岸，发出砰的一声。我从船上跳了出来，站在火焰面前，炽热的高温使我不得不弓起身来。幸运的是，船上有一个桶，是用来将雨水从船上泼出去的。我用桶从河里舀水，一桶一桶地泼向大火，激发出一缕缕的蒸汽。但是，

第八章　诺林医生
Chapter 8

窝棚很快就被火烧塌了。我用船桨把一些还在燃烧的木板拨进河里，发出嗞嗞的声响。

　　"我的第一反应很明确：这场大火只有一个起因——毁灭证据。我几乎可以肯定，点火的人就躲在树林里。他们看着大火燃烧，现在，他们也在看着我。

　　"让他们看吧！

　　"我并不害怕。我冒着浓烟，继续把水浇到地面上，希望降低地面的温度。终于，水泼在地上不再变成水蒸气了。我开始在废墟中翻拣，用手指一寸寸地摸过灰烬、水坑以及肮脏的泥水，终于摸到了一个小硬块——就是你手里拿的那颗牙齿。假如我真的疯了，我就会一边跳着，一边大惊小怪地尖叫：

　　"谋杀！谋杀！

　　"但我没有那么做。我坐在岛上，盯着那颗牙齿。我坐了很久，也沉思了很久，我在问自己：它为什么会出现在这儿呢？这座岛上没有焚烧尸体的痕迹，没有头骨，哪儿来的牙齿呢？这个想法太荒谬了。这颗小小的乳牙，它不是米娅的，而是其他孩子的，它到底是从哪里来的呢？后来，我才意识到，这场大火的真正目的并不是摧毁证据，而是要摧毁我。

　　"这颗牙齿早就被埋在那里了，或许一共埋了很多，以保证至少有一颗被我找到。我的敌人们在放火之前，就把这可怕的证据埋下了。

农场
The Farm

"我们来整理一下思路吧。为什么是现在？为什么他们要在今天早上放一把大火？为什么不等到我进了诺林的房子？因为它在海边，距离这里很遥远，我看不到黑烟升起，即使看到了也是鞭长莫及。作为一种试图破坏证据的尝试，这是没有意义的！这一发现太容易了。这场大火的真正目的是扰乱我的思绪，使我无法应对诺林的检查。他们希望看到我满身灰尘、头发凌乱地走进诺林家里，手里抓着这颗烧焦的牙齿，把它当作谋杀的证据。他们希望看到我哭喊着：

"谋杀！谋杀！

"一个简单的实验室测试会发现它是一个在另一个农场平平安安的小女孩的牙齿。她把它带到岛上，给一个朋友，或一些这样的谎言。那时我会在哪里呢？我能说什么？我会被送往收容所。

"我晃了一下拳头，诅咒着躲在树林中的敌人们。我不是傻子，他们想错了，我不是傻子！

"但是目前，他们已经赢得了一场小小的胜利。我还有和医生的约会，我急忙爬回船上，第一次注意到脚的一侧已经被余烬烫出了水疱。没关系，我还有时间。

"我尽可能快地回到农场，约会已经迟到了。我脱掉满是焦煳味的衣服，把它们扔到了一边，跳进河里匆匆地把自己洗干净。我不能再穿原来的衣服了，于是我光着身子跑回屋子，换上干净的衣服。我把那颗烧焦的牙齿装进了挎包里。

"克里斯站在白色的货车旁，穿着他最漂亮的衣服。你什么时候见过你爸爸穿着除了牛仔裤和套头毛衣之外的衣服？原因很明显，他在这里面扮演着重要的角色——一个深深爱着我的丈夫形象，所以他要把自己打扮得光鲜靓丽。也就是说，他必须看上去值得信任。所以他把沾着泥点子的 T 恤衫扔在一边，脱掉了丑陋的旧靴子。就像一个马上就要出庭的抢劫犯似的，克里斯翻出了他从来不穿的衣服，可是尺码全然不对。他没有提天空中的黑烟，也没有问我去了什么地方，对我把小船开走的事完全置若罔闻。他仔细地看着我，失望地发现我并没有失去理智。他主动提出要开车。我不相信他，我猜还有什么令人意想不到的东西在车上等着我，或许有些令人害怕的东西放在座位上，或者是储物盒里，反正我很不安。我拒绝了他。我说我们的汽油非常有限，这是真的，我们的钱很少，这也是真的。所以我更想骑车去，同时，我还就农场的一些改造细节和他交换了意见，听上去虽然我要去医生那里，但我很快就会回来，生活还将继续，一切都没有结束！他不知所谓地穿上了最好的衣服，不过我今天不会带他去的！

"我骑着车离开农场，挎包背在我的肩膀上，我不能把它扔在家里，毫无准备地去见医生。我甚至转过身，装出一副无忧无虑的样子，向克里斯挥手告别，我违心地喊着：

"'我爱你！'"

我觉得过分纠结火灾或者牙齿的细节完全没有必要，我只需要选择去相信它们，或者怀疑。然而，我发现自己遗漏了一个重要的

农 场
The Farm

问题，现在我必须要问：

"妈妈，你不爱爸爸了吗？"

她停都没停一下，不假思索地说：

"不爱了。"

"不爱了？"

"他曾经是我的丈夫，但现在不是了。"

她回答得斩钉截铁。这让我很是纠结：

"您今天所说的一切当中，我发现这一句话是最难让人信服的。"

妈妈点了点头，似乎早就预料到了我会如此感伤：

"丹尼尔，事实和你想的并不一样。我曾想过，在那个农场里和你父亲一起老去。我想建造一个我从小就梦寐以求的家园。我想让这个农场成为世界上最特别的一个角落。我想重新建立一个家，然后你可以到那里去看望我们，就像你很久以前经常做的那样。"

这几句话中没有了咄咄逼人的语气，只有真诚的愿望。多么美好的梦想啊。为了掩盖自己的情感，我说：

"难道爸爸不是这样想的吗？"

"这是我的梦想，不是他的，他只是按我说的在做。过去，在为人处世方面他都表现得一本正经，但是现在他控制不住自己了。到处都充满了诱惑，他被俘虏了。"

"妈妈，在你们离开伦敦之前，你和爸爸的关系亲密得令人嫉妒。反正在我看来，你们之间没有任何问题，假如我和另一半的关系也

第八章 诺林医生
Chapter 8

和你们一样，我会高兴死的。你自己曾经说过，你们是牢不可分的组合。这种关系是不可能轻易消失的，仅仅一个夏天，我不相信它就不见了。"

我言之凿凿，甚至有些武断，我开始担心自己是否太过分了。但让我惊讶的是，妈妈好像并没有生气。在开口说话之前，她沉默了一会儿，似乎在考虑着我的想法：

"我还爱着你记忆中的那个父亲，还爱着你在心中亲近和捍卫的那个人，但我不再爱夏天在瑞典的那个男人。我永远不会爱那个人的，你也不会。我们的心中都有魔鬼，一旦你把它们放了出来，你就永远地被改变了。从那时开始，克里斯就已经永远地变成夏天里的那个人，再也回不来了。"

"因为你认为他也参与了对米娅的谋杀？"

我之所以会这么说，是因为这是一个合理的解释，或者说，是她认为合理的解释，但是妈妈表现得非常愤怒：

"别插话，让我说完。你在干涉我的自由，起码让我用自己的方式来叙述好不好？我告诉你的是一些事实，但并非结论，我不想打乱顺序，时间可以说明一切。"

我明白妈妈所说的一切是指什么。但我明白，人们的确可能会因为某件事情而永久改变，我同样清楚，即使是最伟大的爱情也会受到无可挽回的破坏。在理智上，我可以接受听到的一切，但我就是不相信。

农 场
The Farm

时候不早了，酒店很快就要提供夜床服务了，服务员会送冰块进来，帮忙铺床。我对妈妈说：

"我去挂上'请勿打扰'的牌子吧。"

妈妈跟在我后面，看着我把牌子挂在门把手上。她又向走廊里张望了一下，然后回到了房间里。我对她说：

"你讲到马上要接受诺林医生的检查了。"

"是的。"

她站在房间的中央，闭着眼睛，仿佛把她的思绪送回到那一刻。我选择坐在床边，因为我感觉妈妈一时半会儿是不会坐下来的，而窗口的沙发又离她太远了。在等待的时候，我情不自禁地回忆起妈妈给我讲睡前故事的情形。突然，她睁开眼睛，开始飞快地叙述起来：

"尽管迟到了，但我还是不紧不慢地骑着车，深呼吸着，想重温清晨的那份宁静。我的计划非常完美，我所要做的就是装傻，微笑着，像一个满足的妻子和勤劳的农妇那样，谈论我的希望和梦想，告诉他我有多么喜欢这个地方，这里的人们又是多么友好。

"诺林医生住在海边，一栋面朝大海的房子，周围长满了荆棘和灌木，和我经常去跑步的海滩同样荒凉。不知道出于什么样的考虑，他把自己奢华的房子建在这里——四周的环境看上去有些吓人，人们都不大愿意在这附近走动。他们觉得这栋房子像是在说：离远点，这不是你应该来的地方。他之所以能拿到建筑许可证，估计和贿赂与权势有着密不可分的关系。普通人是住不起这样的房子的。

第八章 诺林医生
Chapter 8

　　"来到院子门口，我放慢了速度。其实没有必要，因为在我停下车之前，大门就自动地打开了。他已经看见我了。我的信心有些动摇，我真能扮演好一个不知情的妻子角色吗？我能管住自己的嘴吗？我不敢肯定。

　　"我骑到房子前面，把车子放在碎石路上，站在门口等待着。没有门铃，只有两扇巨大的木门，就像城堡的大门一样，有两个人那么高。大门同时缓缓地打开了，他优雅地走了出来，鼎鼎大名而又受人尊敬的奥雷·诺林医生。

　　"他的穿着很随意，衬衫的纽扣都没扣上。这是个狡猾的信号，他试图让我相信，这次会面没什么可怕的。可我并没有上当，我感到深深的恐惧！克里斯并没有发现我的脚伤，但诺林立刻就注意到我走路的姿势不对。他走上前来，问我怎么了，我告诉他什么事也没有——我可能说谎了，不过没关系，我只是不想提到那场火灾，我必须避免这个话题。我一直在对自己说：

　　"按照计划来！

　　"我下定决心要保持冷静，千万不要干蠢事，但不管怎样，我失败了。他的房子堂皇但不奢华，没有任何华而不实的装饰，风格简洁。只是当你透过那些巨大的落地窗，欣赏着海岸风光时，你不得不惊叹。我骑车时也路过那处海滩，却从未感受过如此的风景。那是完全不同的，从窗口望去，大海和沙滩就像是一幅油画，镶嵌在画框里。拥有其他人没有的，把大自然变成自己的后花园——这就是权力。即使现在不是晴天，看不到海天一色，但仅仅是眼前的这片灰色的海景就足以让我喘不过气来。不是因为美景，而是因为权力，拥有一片大海的权力。这个世界上，只有少数人拥有这样的权力，诺林就是其中之一。

"屋子里还有另外一个男人，身着家政制服，他是这里的管家，如果不是他表情严肃的话，我差点笑出声来。他是一个英俊的男人，三十多岁，头发偏分到一边，就像20世纪30年代的英国管家。这位金发碧眼的男人毕恭毕敬地问我，想要喝点什么。我生硬地拒绝了，因为我怕饮料里会添加什么东西。诺林就在一旁仔细地看着，注意我的反应。他要了一瓶水，两个杯子。他特别强调说，水要拿到这里再开封，玻璃杯里也不要加冰。我曾经猜想他会把我带到一个小房间里去问话，这样会显得私密而认真些，但没想到的是，他请我到外面的露台上去，那里可以俯瞰绵延的海滩沙丘。

"在外面，我接受了第一次测试。他一共为我准备了三次测试。他拿出一根火柴，点燃了一个铜壳的小煤气炉，火炉周围摆着一圈椅子，以方便聚会的时候大家围炉取暖。火焰升腾起来，诺林指了指四周的椅子，示意我随便挑一把。你必须承认，这是一个影射。他在暗示我，迫使我想到今天早上他们在泪滴岛上放的那把火，否则没有其他理由要在大夏天生起炉火。他想让我看到火焰，进而联想到焦黑的牙齿，他想让我跳起来，大声地喊着：

"谋杀！谋杀！

第八章　诺林医生

Chapter 8

"但我没有这样做，我大大方方地坐下，一天里第二次感受到火焰拂在脸上的热量。我勉强地笑着，告诉他我现在有多么开心，哈哈哈。我暗下决心，绝不胡乱开口。他抓不住我的把柄，他什么也说不出来，什么也做不成。他们低估了我的内心，我没有那么脆弱，没有那么容易被操纵，烧焦的牙齿不会让我发疯的，他们的如意算盘注定会落空。相反，我的头脑很清醒，我彬彬有礼地恭维着他家的华丽装潢。

"医生问我，是否愿意用英语交谈。哈坎一定告诉过他，我有多么讨厌这样的言论。不过在哈坎那里，我已经吃过这个小把戏一次亏了，不会再有第二次了。于是我笑了笑，半开玩笑地对他说，说什么语言都无所谓，但是我和他一样是瑞典人，我们拿着同样的护照，所以用英语交流非常奇怪，就像两个瑞典人在说拉丁语一样不正常。然后，他指着火堆周围的空座位，告诉我他在那儿已经举办过许多次派对了。我心里想：

"我敢打赌，你确实这样做过，医生，你确实这样做过。

"出师不利，他又开始尝试第二项测试，这次的题目甚至比火焰更加狡猾。他主动提出，要带我去见识一下架设在露台上的望远镜，他告诉我透过望远镜，我能够清晰地看到在远海航行的船只。我有些不情愿，但还是装作不胜感激的样子。我把眼睛凑到镜头前，嘴里正要说些应景的赞誉之词，结果，我发现映入眼帘的却是那座废弃的灯塔。米娅曾经穿着白色的礼服，在里面等着某人，她还在

农 场
The Farm

门上挂了一个花环，告诉树林里的观察者，她在里面。那些花还在那儿，已经枯萎凋谢，变成黑色，仿佛车祸现场路边饱受碾轧的野花。诺林一定是早就架设了望远镜，调整好角度等着我，这是一次聪明而强势的挑衅。我扶着望远镜，在海滩上搜索起来，很快便找到了那天晚上我藏身的灌木丛。我一定是被发现了，这就是那天他并没有出现的原因。我慢慢地站了起来，依然不发表任何意见。他问我感觉怎么样，我说，我发现这个视角很独特，真的很独特。

　　"他的前两次试探都失败了。诺林有些生气，他带我回到屋里，临走时按下一个按钮，铜壳里的火焰神奇般地熄灭了，仿佛女巫在念诵咒语。他带我穿过走廊，经过巨大的落地窗，来到一间书房。这并不是普通的书房，没有凌乱地堆放着文件、笔记或是卷了角的旧书，这是一个室内设计的杰作，估计所费甚巨。屋子里面收藏了大量装帧精美的书籍，从地面一直摆到天花板，书架旁放着用于取书的古董梯子。一眼扫过去，我就看到了好几本不同语言的书籍。天知道他是不是真的都读过，或许这些书本来就不是要读的，他只是喜欢那种派头。我思考着灯塔那件事带给我的启发。以前我总以为诺林是哈坎的帮凶，现在看来我错了，或许哈坎才是他的下属。

　　"屋子里有好几把椅子，我目测了一下它们的高度和靠背倾斜的角度，我不想坐得低人一头，或是处于被动的位置。这时，我注意到在房间的正中央，在玻璃茶几上，摆放着一件东西。这件东西我已经从挎包里拿出来给你看过了，你能猜猜是哪一个吗？你能想到，在第三项，也是最后一项测试当中，医生会有什么样的表现吗？”

我在脑子里过了一遍曾经看过的东西，做出了猜测：

“从隐居者家里偷来的刺绣品？”

妈妈很高兴。她得意地把手伸进挎包，把它拿出来铺在我身旁的床上：

“我是偷了它，但不是从乌尔夫家，而是从诺林那里偷来的！”

“医生是怎么拿到它的？”

“它就在那儿！在他的桌子上！没错，就是那幅绣品，上面的句子和原著有些不一样。完成这幅作品之后不久，玛丽就把自己吊在谷仓里，在一群猪的前面自杀了。我抓住它，忘记了自己要保持冷静的承诺，我转向诺林，握紧拳头，想知道是谁给了他这个。

“好吧，这就是他的第三项测试，他最后的挑衅，他赢了。我失去了控制。诺林发挥了自己的优势，终于成功地逼我做出了情绪反应。他柔和的声音像缠在我脖子上的绳索，正在一点点地缩紧，他说克里斯已经告诉过他，我非常喜欢这几句话，我已经默写过上百次了，一边写，一边还在低声地呢喃，或高声呼喝，就像是在祈祷什么。诺林问我这些话究竟有什么含意，他想知道我觉得在这个安静的瑞典乡村会发生什么：

“‘告诉我，蒂尔德，跟我说说。’

“他的声音是如此轻柔，如此迷人，他是对的，尽管我清楚这是个陷阱，但我依然想说出事情的真相。我感觉到了自己的动摇，

农 场
The Farm

于是我闭上眼睛，提醒自己不要乱说话。

"按照计划来!

"诺林拿起了那瓶水，他给我倒了一杯。我顺从地接过来，虽然我担心他会在里面放什么可以改变思想的药物，某种无色无味的化学品，可以使我不由自主地开口说话，但我太渴了，举起杯子喝了一口。在几秒钟内，我突然感到了一种无法抗拒的冲动，不是来自内心的渴望，而是某种人造的欲望，某种化学刺激。我相信，那个房间里安装了微型摄像头，也许只有按钮大小，或许就藏在钢笔的顶部，说话的冲动越来越强，我试着闭上嘴巴，但是我失败了。不过，既然我无法控制说话的冲动，至少我还可以决定自己要说什么，我决定告诉他一些无关痛痒的东西，比如我可以描述一下我的菜园子。它是我耕种过的最大的植物园，里面种着漂亮的莴苣、胡萝卜、萝卜、红洋葱、白洋葱、韭菜以及新鲜香草，比如罗勒、迷迭香和百里香等。

"诺林坐在精致的真皮沙发上一动不动，仿佛他很乐意就这样一直等下去。我的防线终于崩溃了，我把一切都告诉了他。"

妈妈从她的记事本里又拿出来一张剪报，这是到目前为止的第二张了。她把它小心地摊在我的大腿上。是《哈兰日报》，当地的报纸，日期为 4 月下旬，距离他们到瑞典仅仅几周。我记得妈妈说过，当初她订报纸，是为了更好地融入当地的社区。这可能是她拿到的第一批报纸吧。

第八章 诺 林 医 生
Chapter 8

"我用不着把它逐字逐句地翻译给你听。这是一篇探讨现行收养制度的文章，希望民众重新审视一个年轻女孩的自杀事件。那个女孩出生在安哥拉，和米娅来自同一个国家，六个月大的时候被抱到了瑞典。在十三岁的时候，她用养父的手枪自杀了。记者在文中提到了瑞典偏远乡村艰辛的生活条件。文章引起了轰动。当时我打电话给记者，问他一些相关事宜的时候，他拒绝继续表态。他说，他不想再做进一步的讨论了。听起来他很害怕，我能理解他，但这篇文章只触及了某个丑闻的皮毛。"

我说：

"妈妈，你说的是什么丑闻？"

"你会看到的。"

她一直在严密地叙述，细节精确，语言有力，但是每每到了最关键的时刻，马上就要得出结论的时候，她就会表现得有些犹豫，仿佛她在期待得到我的支持，希望我能和她共渡难关。我感觉到，她似乎更想把一个一个的细节摆在我面前，就像需要装配的玩具零件，然后让我自己组合起来。但是，不管我对这个夏天，甚至是过去几年里忽视他们有多么内疚，我都无法一边猜测，一边帮助她：

"警察不会拐弯抹角地问问题。他们只会说，发生了什么事？都有谁参与了？你不能暗示他们，你不能要求他们自己推断。事情发生的时候，他们不在那里，我也不在那里。"

妈妈的语调缓慢而认真，考虑到她接下来所说事情的严重性，她的语气还算平稳：

"孩子们受到了虐待，那些被收养的孩子在被人虐待，我们的收养系统已经崩坏了。这些孩子很容易受到伤害，他们被当成财产。"

"包括米娅？"

"尤其是米娅。"

"这就是她被谋杀的原因吗？"

"她很坚强，丹尼尔。她要揭发他们的罪行，她要帮助其他孩子，使他们不会重蹈她的覆辙。她很聪明，也很勇敢。她知道，如果她不做出全力抵抗的话，那么这种事情就会一而再，再而三地发生。"

"是谁杀了她？"

"我名单上的某个人，或许就是哈坎。她是他的女儿，同时也是他的麻烦，他也会觉得自己有责任除掉这个麻烦。或者，也可能是其他人——说不定是痴迷于她的某个人。我不知道。"

"痴迷于什么，她的身体？"

"我不知道！这就是为什么我们需要警察来调查。"

"但这可不仅仅涉及米娅。"

"并不是每个收养者都是坏人，这只是少数情况，只是特例，大多数人还是好的。但我之前给你看过一张瑞典的地图，这类案件并非发生在某个村庄或是城镇，它们分布在广阔的区域里。那个记者是对的，统计数据从不说谎，收养的失败率很高。看看这些数字，它们从不说谎。"

第八章 诺林医生
Chapter 8

　　我盘坐在床上，用我有限的瑞典语读着这篇文章。妈妈把她的指控整个抛给了我，这让我倍感压力。我们的收养制度正在滋生一系列的恋童癖者，而且这类丑陋的事情被掩盖了。可是她的结论听上去并不那么有说服力，仿佛她只是对事实有把握，却并不清楚它是怎样发生的。文章还证实，在种族融合方面我们做得很失败，并且提供了几个例子，其中就包括那个可怜的小女孩，但这些问题并非只出现在瑞典。我问道：

　　"你相信，这个阴谋牵涉许多你认识的人，警察，还有镇长，就算他们都没有领养过孩子？"

　　"他们组织派对，这就是为什么我说你父亲也参与其中。他被邀请参加过这类派对，这是真的。我不知道在这些聚会上发生了什么，所以我只是在推测。有些派对在诺林的海滩别墅里举行，还有些应该是在地下室的第二道门后。他们在那儿喝酒，吸食大麻，然后某个女孩就被带了出来。"

　　"你相信爸爸会做这样的事？"

　　"是的。"

　　"我不认识其他人，所以我不能妄加评论，但是我了解爸爸。"

　　"你自以为了解他，但其实你错了。"

　　这是一种极其严厉的指控，但并非不可能。可惜她没有明确的证据，妈妈只是提供了一系列的疑点，虽然我承认，其中一些的确非常可疑，而且骇人听闻，但是，她说的毕竟只是自己的猜测。

农　场
The Farm

　　我试图把所有线索拢在一起，希望得出一个结论，可以明确地反驳她，或是打消她的疑虑。我问道：

　　"怎么解释那个在谷仓里自杀的女人？"

　　"她一定是发现了真相，一定是这样！看看她传达的信息吧：'因我是在与属血气的争战，乃是与那些执政的、掌权的，管辖这幽暗世界的，以及这尘世中的邪恶力量争战。'或许她的丈夫也牵扯其中，可惜她没有米娅那么坚强，她只能羞愤而死。"

　　"你没有证据……"

　　"我告诉过你的一切都与某个阴谋息息相关。为什么我们会买下那个农场？因为塞西莉亚知道真相，但她太柔弱了，无力抗争，她明白只有局外人才能揭露真相。"

　　"妈妈，我不想说你错了，但我真的无法认同你。塞西莉亚从来没有亲口告诉过你什么。"

　　她的反应很奇怪：

　　"还有比那扇门后面更危险的地方吗？人们总会找出某种方式来满足他们的欲望，如果合法的方式行不通，他们就会转向非法的。哈坎那些人创建了一个复杂的组织来迎合自己的需求，米娅就是一个受害者，我不知道还有没有其他受害者。她没有被当作一个女儿，而是某人的资产，是某种财物。现在，丹尼尔，我们去警察局吧。"

　　妈妈把那幅绣品叠好，装进挎包里。她准备离开了。我把手放在她的手上：

第八章 诺林医生
Chapter 8

"先坐一会儿，妈妈。"

她没有动。

"求求你了。"

她不情愿地坐在床上。她是如此瘦削，床垫只是轻微地颤动了一下。我们俩面朝前方走着，像两个幻想着骑上飞毯的孩子。她似乎很累了，低着头，盯着地毯。我看着她的后颈，说：

"接下来发生了什么？你把一切都告诉诺林医生了？"

"是的。"

"你跟他说，他也有份了？"

"是的。"

"他说了什么？"

"他什么也没说。我坐在那里，他面无表情地盯着我。这是我的过错。我用错误的方式在讲故事。我先抛出了结论，接着笼统地表达，却没有交代任何细节或者前因后果。我已经从上次的错误中吸取了教训，这就是为什么我对你讲的时候，会从到达瑞典的那一天开始，按照事情发展的过程，一件一件地告诉你，尽量不打乱顺序，除非你要求我立刻回答某些问题。

"我们交谈的时候，那个一头金发的男管家走进了房间。他站在我身后，仿佛被召唤进来以防万一，他之所以没有行动，或许是因为诺林并没有发话。我弱弱地问诺林，可以用一下他的洗手间吗，就像是女学生在课堂上征求教师的同意，不过我的语气马上强硬起

229

农 场
The Farm

来——我需要上厕所，他们不能拒绝。

"诺林站起来，同意了我的请求，这是我公布了自己的指控之后，他说的第一句话。他示意管家给我引路。我说不用，但诺林并没有同意，他为我打开书房的门。我跟在管家后面。他很结实，双臂粗壮有力。我突然想到，或许这个人是医院的保安，乔装打扮成管家的模样，随时准备用药物和暴力来对付我。他护送我来到卫生间，防止我走丢或者乱逛。我对他说了声谢谢，他用怜悯的目光看着我，或许是蔑视，或许是怜悯与蔑视兼而有之，反正我无法忍受，于是我关上了门。

"我的计划失败了。我没有管好自己的嘴巴，相反，我说得太多了。我当时唯一的选择就是逃走。我检查了窗户，但是，与那所房子里其他东西相同的是，它是特制的，根本打不开。厚厚的磨砂玻璃也不容易打碎，更不用说它会发出巨大的噪声。我无处可逃。

"我仍然攥着之前叠起来的那幅绣品，我把它塞进挎包，不打算还给诺林，这是我搜集到的最重要的证据之一。我别无选择，只好从卫生间里出来。

"我本以为两个人都会等在门外，张开双臂，准备着对付我，但是走廊里一个人也没有，我向楼下望去，发现他们俩在书房外面聊天。我打算朝相反的方向跑开，看看能不能找到另外一条出路，但是诺林抬起头看见了我，我只好朝他走去。我对他解释说，我有点累了，我想回家。他们没有权力约束我，也不能继续挽留我。我发出了挑战——我要离开。诺林想了想，然后点了点头，主动提出

230

要载我回家。真有这么容易吗？我拒绝了他的提议，并且解释说，我打算呼吸一下新鲜空气，所以骑车回家更好一些。诺林温和地提出反对意见，他提醒我，我刚刚说自己累了。我坚持自己的决定，几乎不能相信对我的测试即将结束。

"我向那两扇巨大的橡木大门走去，等待这些人阻止我，或者用针来扎我，但是管家按了一个按钮，巨大的橡木门缓缓打开，一股海风迎面扑来。我自由了。无论如何，我坚持下来了。我匆匆地下了台阶，朝着我的自行车走去。

"我尽可能快地骑着车，在驶上海岸大道之后，我回头望了一眼。诺林那辆豪华汽车从车库里开了出来，就像一只大蜘蛛爬出了洞穴，他在跟着我。我转过脸，不顾脚上的伤痛，用力地蹬着脚踏板，飞快地骑行。诺林的车本可以超过我，但他控制着速度，打算一直跟着我。我冲过大桥，突然拐弯驶上了河边的小道，当我再次向后望去的时候，发现诺林的车还在大路上。

"我摆脱了他，但我心里清楚，这只是暂时的，因为他一定会去农场里等着我的。也许医生知道，只有得到克里斯的同意，才能把我送进医院去。我刹车停下来，不明白自己为什么还要回到农场去，那里已经不安全了。我之前的计划都失败了，我把一切事情都告诉了他们。我们的生活再也无法回到过去的样子，我们的梦想已经结束，农场旅游、谷仓客舍、鲑鱼垂钓，一切都结束了。我一直在欺骗自己，希望和他们和谐共存，但是他们不愿意。这是一个生与死的指控，

农场
The Farm

没有任何妥协的可能，我要做出自己的选择。

"我势单力孤，我需要找到一个盟友。因为你远在伦敦，所以我能想到的唯一一个人，唯一能够给我一个公平的叙述机会的人，唯一和这件事没有任何瓜葛的人，就是我的父亲。"

妈妈的话吓了我一跳：

"你已经四十年没见到他了。他不知道你有一个农场，他甚至都不知道你也在瑞典。"

"我没去找他，是因为我们的关系并不好。而我这次去找他，是想借助他的性格。"

"性格？你对他的印象应该还维持在小的时候吧？"

"他是不会变的。"

"你说过，克里斯就变了，而且仅仅用了一个夏天的时间。"

"克里斯不一样。"

"怎么不一样？"

"他是个废物。"

考虑到父亲已经被指控犯了最严重的性罪，那么，我也就不觉得这样的称呼有什么恶毒之处了。或许在他的所有弱点当中，这才是妈妈最深恶痛绝的吧。不过如果克里斯是个废物的话，那么我肯定也是了：

"你的父亲很强大喽？"

"他是不可战胜的。他不喝酒，也不抽烟。他还是当地的政治明星，虽然这听起来有些搞笑，但在我的故乡，他的确受到大家的高度尊重。他的声誉和口碑无可挑剔。尽管我们已经多年未见，但是没关系，他会站在正义的一边的。"

"可是妈妈，他当初也认为你和弗莱娅的死亡有关。"

我有些犹豫，但还是重申了这一点，

"他觉得是你杀了她。"

妈妈叹了口气：

"是的。"

"那为什么还要回去找他呢？你觉得他会相信你吗？你之所以离开他，不就是因为他不信任你吗？"

妈妈转过身来，不再用后背对着我。现在，我们俩都盘腿坐在床上，膝盖顶着膝盖，互相看着对方的眼睛，像两个从小一起长大的朋友那样，相互敞开心扉：

"你对这个决定的质疑很正常，不过在那件事上，没有人可以指控我什么，我没有谋杀弗莱娅。而且与上次不同的是，这次我有证据，有事实、日期和名字，我只要求他客观地判断。"

我鼓足勇气反驳她：

"我有些糊涂了。你之所以去找他，是因为你相信他的判断。但他认为你在1963年的夏天杀了弗莱娅。现在你居然还要回去找他，并且希望他做出正确的判断。"

妈妈抬起头，看着天花板说：

农 场
The Farm

"你觉得是我杀了弗莱娅吗？"

"我不相信，妈妈。但是，既然你的爸爸做出过错误的判断，为什么现在还要相信他？"

妈妈的眼睛里涌出了泪水：

"因为我想再给他一次机会！"

既然她说出了这么情绪化的理由，我倒不好继续纠缠下去了。不过从逻辑上讲，这倒也说得通。或许在夏天的时候，还有些我不知道的事情发生呢。

"你和他最后一次联系是什么时候？"

"我母亲去世时，他给我写了信。"

我想起十年前，有一天妈妈在餐厅杯盘狼藉的桌子边读着一封信。当时我还在学校读书，马上就要放暑假了。妈妈担心这个消息会使我分心，或者考不好试什么的，所以，当发现我走过去的时候，她试着把信藏起来，但是我早就从她背后看到了，并且问起了这封瑞典语写成的信。不过对我来说，这个消息似乎离我们的生活很遥远。我的外婆从来没有和我们联系过，更不用提来串门了。她对我们来说就是个陌生人。这封信是在葬礼之后被寄出的，妈妈根本没有时间回去参加。这就是他们最后一次的交流，我问道：

"你确定他的地址没有变动吗？"

"他从未搬过家。他用自己的双手建造了那个农场，他会老死在那里的。"

第八章 诺林医生

Chapter 8

"你去之前给他打过电话吗？"

"我决定还是不打了。你可以挂断电话，但是你总不好意思当着别人的面关上大门吧。所以，你也看见了，在这件事上我也有所迟疑。"

"你不会是骑着车去的吧？"

"我的计划是偷偷开走那辆白色的货车，然后过去找他。我把自行车扔在田野里，穿过庄稼地慢慢接近农场，这样他们就不会看到我回来了。如果刚才我说诺林在跟踪我，你还不相信的话，你就错了。他的车果然在农场里，就停在车道上——和我想的一模一样。可问题是，他把车停在了我们的货车后面，车子被堵住了！我的计划出了纰漏，不过我不会就此放弃的。我打算钻进车里，挂上倒挡，踩下油门，结结实实地往诺林那辆豪华汽车身上撞去。我要撞出一条路来。

"透过屋子的窗户，我看到诺林与克里斯在一起，没有哈坎的踪影，但我知道他很快就会来的。我不需要进屋去，因为车钥匙就在我的挎包里。我飞快地跑到车前，打开门钻进去，然后把门锁上。我发动了引擎，老旧的货车发出雷鸣般的轰响。克里斯跑出了屋子。我准备倒车的时候，他拼命地用拳头敲打着车门，想要进来。我没理他，加速倒车，向诺林的车子冲去。

"在最后一秒钟，我改变了主意，打了一把方向盘——如果我真的撞上了，他会打电话给警察，控告我破坏他的财物。我开车冲进了自己的菜园，碾碎了所有的洋葱和西葫芦。可怜我那珍贵的菜园，几个月的努力全白费了。我笔直地冲到了大路上。

农场
The Farm

"冲上路肩的时候，汽车的速度降了很多，我把车顺势停在了路中央。克里斯在后面追我。我可以从后视镜里看到他，还有那些倒伏的蔬菜，这一幕让我感到心碎，但是梦已经结束了——我的田园生活也结束了。在克里斯赶过来之前，我加速摆脱了他。

"他们不会放过我的，他们会开着那辆昂贵的汽车，在狭窄的乡村小路间追踪我，而我这辆白色的货车又那么显眼，他们迟早会追上我的。所以我开得越来越快，已经到了翻车的边缘，我随机挑选着道路，完全不管它到底通向何方。如果你自己都不知道想去哪里的话，别人就更不用说了。

"在确信没有人跟踪之后，我打开了瑞典地图，勾勒出一条通往我父亲家农场的路线，估计要开上六个小时。这是一段令人疲惫不堪的旅程。这辆车很难开，毛病多，而且很难操纵。老天也跟着凑热闹，一会儿是明亮的大晴天，一会儿又暴雨倾盆。我终于驶出哈兰省，进入西约特兰的地界，不过我必须要加油了。在加油站里，柜台后面的人问我是否一切都好。他的声音很好听，善意的声音几乎让我哭泣起来。我告诉他，我好得很。我非常兴奋，我正在进行一次伟大的冒险，生命中最后一次冒险，我已经旅行了好几个月，这就是为什么我看起来有点不舒服，不过我马上就要到家了。

"在加油站的洗手间里，我对着镜子审视着自己，突然意识到在过去的几周中，我不知不觉瘦了很多。相对男人来说，如果一个女人不注意自己仪表的话，那么她就非常可疑了。在试图说服人们相信你时，外表是很重要的因素。我从瓶子里挤出粉红色的洗手液，洗了洗脸，又用手将野草一般的头发理顺，还用力擦洗了自己的指甲。我要用最好的状态去见我的父亲，这个人对整洁的仪容有着一丝不苟的坚持。我们住在乡下，但这并不意味着我们要活得像猪一样——这就是他说过的话。

"太阳落山了。或许对一个外国人来说，仅仅依靠一张地图行驶在陌生的土地上是非常困难的，但我不是外国人，这里是我的家乡。虽然已经过了四十年，但它并没有太多的改变。我认出了一些地标、桥梁、大型家庭农场、河流和森林，一切都是那么熟悉。还有古色古香的地方城镇，在小时候的我看来，那里就像大都市一样，充满了异国情调的商店，三层楼高的百货公司、熙熙攘攘的广场、可以买到法国香水的豪华精品店，还有阴暗的烟草店，人们在那里购买雪茄和嚼烟。而现在，我看到车窗外是一个古朴的乡村小镇，它十点钟就安静下来了，只有一家小小的酒吧，孤零零地开在后街上，招揽着少数习惯晚睡的人。

"我驶下了乡间小路，许多年前，我就是在那里丢掉了自己的自行车，搭上了前往城里的公交车。我重走着当年逃跑的道路，经过长满野花的草地，父亲的农场出现在眼前。那里还是老样子，有父亲在我出生前亲手盖起的红色小农舍，农舍旁边矗立着一根旗杆，背后还有池塘和红醋栗树丛。在大门的上方挂着一盏昏暗的灯，盘旋着小虫和蚊子，那是周围数英里内唯一的亮光。

农场
The Farm

"我走出车厢，等了一会儿。没有必要敲门，因为在那样一个偏远的地方，任何一辆车的经过都是不同寻常的事，我父亲肯定能够听到货车发出的声音。他会等在窗口，望着大路，想看看车从哪个方向来。接着，他会震惊地发现它径直穿过农场，停在自己家的门口，然后从车里走出来一个意想不到的访客。

"门开了，我突然有一种逃跑的冲动。我到这儿来是一个可怕的错误吗？我父亲穿着一件西装外套，他在家里总是衣冠楚楚的，从不随便，除非去田里干活。我甚至已经认出了那套衣服，一件棕色的粗呢西服，他的衣服总是一成不变的——厚重，不合身，极不舒服，什么人配什么衣服。所有的一切都是那么熟悉——只不过带上了岁月更迭的痕迹。红醋栗灌木依然茂密，但是一株已经枯死了。池塘还是那个池塘，只是浓密的水藻取代了睡莲。谷仓外墙的油漆都龟裂了。耕种的机器也已经开始生锈了。不过，相对于周围的环境，我的父亲看起来状态不错，身材依然挺拔有力。八十一岁的老人了，却一点也不显得衰老，看上去精神矍铄，身手敏捷。他的头发全白了，剪得整整齐齐。他一直在本地的一家美发店打理头发。他把自己照顾得很好，身上散发着柠檬的香味，那是他唯一使用的香水。

"他叫出了我的名字：

"'蒂尔德。'

"没有任何意外，也没有什么惊喜，他叫着我的名字，那个他起的名字，仿佛在沉重地述说着一个事实，一个令他伤痛的事实。

我试图模仿他的腔调，但学来学去还是我自己的声音：

　　"'爸爸！'

　　"四十年前，我骑着自行车离开了这个农场。四十年后，我又开着一辆货车回来了。我解释说，我到这儿来不是为了吵架，更不是来惹麻烦的。他说了一句很奇怪的话：

　　"'我真是老了。'

　　"我故意曲解了他的意思，笑着说：

　　"'我也老了！'

　　至少在这一点上，我们是一样的。

第九章　"我要到瑞典去"

　　"农场里好像有一个时间胶囊，19世纪60年代的瑞典被完整地保存了下来，就像被遗忘在储藏室后面的腌菜坛子，积累的污渍让我有些难过。我的父亲一直执着于讲究卫生和整洁，但真正负责维持农场清洁的一直是妈妈。他从来没有动过一根手指，自从她死后，他就再也没有干过家务活。结果就是，他本人打扮得干净利落，可他周围的农场一片邋遢。浴室的喷头锈迹斑斑，流出的水都是黑色的，下水道被头发堵塞了，坐便器上居然沾着粪便的污渍。

　　"气味和从前一样。这栋建筑建造在世界上空气最新鲜的地方，但屋子里有一股发霉的气味。为了防寒，窗户是由三层封闭玻璃构成的。我的父亲从不愿打开窗户，即使是在夏天。房子里形成一个

第九章 "我要到瑞典去"
Chapter 9

封闭的空间，大门也从来没有敞开过。你知道，我父亲讨厌苍蝇。四十年了，每一个房间依然挂着捕蝇纸，有些上面粘着死去的或是还在垂死挣扎的苍蝇，有些则是新换上的。只要屋子里有苍蝇，他就会坐立不安，他会追着它，直到把它打死，所以除非必要，他绝对不会打开大门。如果你想呼吸新鲜空气，请到外面去。这个味道，不管它是什么产生的——捕蝇纸、旧家具还是空调的热风——反正让我感到非常不舒服。坐在客厅里，闻着这股气味，我有些不安。旁边的电视机应该是在我离家出走之后买的——巨大的黑色立方体上支出两根天线，就像一个很大的昆虫头，上面长着凸出的独眼。我几乎可以肯定，这是他买的第一台也是唯一一台电视机。

"我们面对面地坐着。虽然听起来很奇怪，但我们确实不像已经四十年没见过面的样子。我们无须谈论过去的几十年，因为它们和今天无关。他没有提出任何问题，没有问关于你的事，也没有问克里斯。我心里明白，有些伤口是无法愈合的，我的离家出走让他很伤心，他是个骄傲的人。白色蜂蜜的剪报依然贴在墙上，只是已经褪色了。我的行为是他名誉上的污点，就算不是污点，起码也是个问题——他有一个麻烦的女儿。我并没有打算让他蒙羞，弗莱娅的那件事并不是他的错。不过我们并没有谈论过去的事。

"我开始问自己。

"我到这里来干什么？

"当然不是为了闲聊。过去的问题是我们无法解决的，现在，

241

农场
The Farm

我需要他帮忙。我开始描述夏天的事件，和你今天听到的有很大的差别，不过，还是要比对诺林医生讲的好些，起码我这次是从头讲起，并没有先说出结论。我也试着交代了一些细节和背景，但是我的时间并不充裕，天很晚了，我又开了六个小时的车，我的注意力有些分散。我三言两语，把几个月里发生的事情压缩到了几分钟。在经历过这些错误之后，我学到了重要的一课，如何在讲故事的时候让人相信你，今天我已付诸实践。不要轻易得出结论，这会让人听起来不可信。没有证据，任何的言语都是空洞的。我意识到需要从挎包里拿出证据来支撑我的案例，用我的记事本来支持我的言论，我要给人们真实的东西。我还需要时间链，以及尽可能多的数字，每个人都相信数字。

"我花了不到一个小时来陈述我的指控，米娅被谋杀了，罪行被人掩盖，现在当地的执法机关都受到了牵连，等等。说完了，我父亲站了起来。他没有发表任何意见，既没有表示赞同也没有否定，他说，我可以睡在从前的房间里——明天等我休息好了，我们再接着聊。我承认，这听起来是个好主意，我已经筋疲力尽了，我需要养足精神，重新开始。下一次，我会把故事讲得更好，我会告诉他我有证据。我还有机会，他也一样。

"我的卧室已经重新装修过，没有留下任何从前的痕迹。我并不反感这些变化，因为生活总会继续，就算是为人父母也是一样，孩子们总会离开的。我父亲解释说，我走以后，这个房间被当作客

第九章 "我要到瑞典去"
Chapter 9

房了，用来留宿那些教会派来参观农场的游客，人来得很频繁，有时甚至一住就是几周。他并不孤独。这倒是不错，我想。我不希望任何人感到孤单。

"我躺在床上，和衣而卧。我不想脱衣服，直接躺在了毯子下面，我要提防父亲趁我睡着的时候给克里斯打电话。我的父亲，他并不相信我——我已经感觉到了。我不是傻子，我很清晰地察觉到了父亲心中的怀疑。在床上躺了一个小时后，我决定到客厅里去，待在家里唯一的电话旁边，等着看我父亲会不会大晚上偷偷溜出来打电话。我坐在电话机旁的椅子上，隐藏在一片黑暗中，我应该是睡着了一会儿，因为我好像梦到了弗莱娅。

"黎明时分，父亲依然没有出现的迹象。他不会打电话的，是我想错了，他并没有背叛我！当他告诉我说，我们可以在吃早餐的时候继续讨论时，他没有骗我，或许他只是想进一步地了解那些细节。这将是我们重新建立联系的一天。

"我走进厨房——橱柜的台面上还放着昨晚用过的咖啡杯，我烧了一壶水，打算把它们都洗干净，摆放到橱柜里去，再擦干净水槽，然后给房间做一次清扫，扔掉窗台上的捕蝇纸，开窗换气。这应该是我四十年来第一次，也是唯一一次这样做。我一边干着活，一边大声地喊着父亲，问他要不要我把咖啡送到卧室去，他没有回答。我过去敲了敲门，也没有回音。时候已经不早了。他是一个习惯早起的人。我试着转动门把手，发现已经被锁住了，我又试了一次，嘴里喊着他的名字。

　　"我走到屋外，在父亲房间的窗玻璃上敲了几下。窗帘是拉上的。我不知道他怎么了，或许是生病了。我无数次地来回穿梭在窗口和门口之间，叫着他的名字，直到我听到汽车的声音。我站在门廊下，阳光很明亮，我用手搭在额头上，勉强向远处望去。我看到诺林医生的汽车正向农场驶来。

　　"克里斯一定猜到了我的计划，在我到达这里之前，他就给父亲打过电话了。父亲也一定是在听到货车的声响后，打电话通知他我已经来了，并且让他们第二天早上过来，他会留住我的。我人都没有到，就已经被出卖了。他选择相信我的丈夫，那个他连面都没见过的男人。我想我可以跑出去，跳进货车里离开，但我没有这么做。我在池塘边上坐了下来，脱下鞋和袜子，把脚伸进水中，搅动着里面的水藻。

　　"他们到达后，我们并没有说太多话，他们像对待孩子一样地摆弄我。我表现得很温顺，对他们言听计从，可他们还是用绳子捆住我的胳膊，把我塞进车后座里，以防在旅途当中，或者打开车门的时候我从里面逃走。

　　"诺林开车送我回家。克里斯开着货车，在后面跟着，他说，他不想看见我像囚犯一样被人押解回家。我没有再见到父亲，他的卧室一直反锁着。他一定认为，我对米娅的恐慌，源于我对弗莱娅那件事的内疚——他就是这么想的，我敢肯定。他认为是我自己臆想出这么一个疯狂的事件，一个发了疯的杀人犯在幻想着另一次谋杀。他相信，是我淹死了弗莱娅，是我抱着她那颗漂亮的脑袋，把它按在水下，直到她再也说不出话来。他没有改变，四十年过去了，他依然坚信我是个杀人犯！"

妈妈合上了她的记事本，把它放在我面前的床上。

"现在，它是你的了。"

她放弃自己最珍视的证据，她的日记和剪报，她的照片和地图，她把它们全部委托给了我——就像两个至交好友在交换日记。我不知道妈妈是否也有这样的感觉——她正在寻找一位盟友，这个词多少有些生硬，或许应该再感性一些，她一直在寻找一位知己？我想起了妈妈关于和弗莱娅一起到森林里去的描述，打开心灵，发誓要成为永远的朋友，甚至相信对方讲述的关于巨魔的故事。我把一只手放在杂志上面：

"再跟我说说瑞典疗养院里发生的事好吗？"

"丹尼尔，我只能说，我宁可死，也绝不会再回到那种地方去。"

我不知该如何应对，也无法处理这种威胁——虽然她可能只是说说而已。我只好低下头，看着手里的记事本，随便翻开一页。我没有阅读其中的内容，只是用手指在字里行间摩挲着。慢慢地，我得出了结论，不管我理解与否，她的威胁是真实的。我不知该如何回答她。这时，妈妈说话了：

"我憎恨那里，并不是因为它的条件不好。那里环境整洁，工作人员和医生都对我不错，他们拿来的食物——虽然我没有碰过——似乎也是可以接受的，但是那里没有人相信你，没有人听你说话，你的所有要求都被无视，你被当成一个丧失了理智的女人——可我并没有发疯。我从来没受到过这样的待遇。如果再次被关进那样的地方，我就会用自杀来证明我的理智。"

"妈妈，你不能这么说，你永远不要在我面前说出那样的话，永远。"

我的反驳引起了她的警惕，但她并没有领会我的意思。她摇了摇头：

"到了那里，我就不再是你的母亲了。"

"如果我被关起来了，我就不能再做你的儿子吗？"

"你当然是。我会尽我所能来保护你。"

"你想让我怎么说？如果我们互换位置，你会做什么？"

"我会相信你的。"

我放下记事本，抓住妈妈的手，用指尖摩挲着她的掌纹：

"跟我说说疗养院的情况。"

"我不想谈论那个地方。"

我像是没听到一样：

"他们是直接把你带到那儿了吗？"

"不，他们先开车把我送回了农场。克里斯已经跟诺林医生商量好了，先试着在家里为我治疗。不要以为他们在发善心，他们只是不想引起大家的疑心，他们会假装尝试所有可能，然后装作迫不得已才把我送进精神病院。

"农场已经变成了一个监狱，只有克里斯掌握着钥匙。计算机断开了网络，我不能再给你发电子邮件。我也不能接电话。有一天，我趁着他出门的时候，在家里研究搜集到的证据，这时他突然回来了，吓了我一跳。他大发雷霆，把那幅绣品扔进了火里。幸亏我反应及时，急忙把它夹出来，在火钳上它仍然在燃烧着。就是从那一刻起，他决定把我关起来，因为他怕我把整个农场都烧掉。

"他和诺林医生一起把我送进了精神病院。这真是一个狡猾的计划，因为一旦你被送进了那样的地方，就没有人会再相信你了。哪怕你第二天就被放了出来也于事无补，甚至连医生给你开的健康证明都不管用。在法官和陪审团的面前，律师肯定会问你，是否曾被关进过精神病院。

"具有讽刺意味的是，对我来说，这个时候被送进医院也是最好的选择。在被带到那里之前，我就已经被打败了。父亲的背叛一度让我失魂落魄。我无力继续争斗，我对自己产生了深深的质疑，不相信自己可以说服或者取信于任何人。

"那天晚上，医生告诉我，克里斯对他讲了我的童年往事，暗示我和弗莱娅的死亡有关。我非常愤怒，花了整晚的时间写下了方才你读过的那封信，那就是我的证词，应该可以说服医生让我离开。医生的信任使我恢复了信心。我曾经像个傻瓜一样去寻求我父亲的

农 场
The Farm

帮助，可是，我的儿子，我最亲爱的儿子，我应该把它讲给你听！你会相信我的，你会给我公正的评判，你才是我需要的那个人。当我意识到这一点时，我觉得自己像从前一样幸福。

"从医院里出来，我拦下了一辆出租车。我所需要的一切都在挎包里了，护照，还有银行卡。我告诉司机直奔机场，根本没问价钱。到了那里，我直接就买了第一趟离开瑞典的航班的票。

"这一次，我会用证据证实我的言论；这一次，我要把它讲给真心爱我的人；这一次，我一定要让别人相信我。"

我放开妈妈的手。我们坐在床上，看着彼此的眼睛。

"妈妈，你相信我吗？"

"我非常爱你。"

"我也爱你，但是你相信我吗？"

她想了一会儿，最后，她笑了。

一场暴风雪席卷了瑞典南部，造成了航班的大面积延误。我乘坐的飞机降落在哥德堡兰德维特机场时已近午夜。飞行员对拥挤和焦躁的旅客们宣布，外面的气温是零下十五摄氏度，这对12月中旬的瑞典来说也是非常寒冷的了。跑道旁边的围墙外，有一片亮白色的桦树林。一阵风吹过，几片落叶从容地飘落。这幕景色或多或少地抑制了人们焦急的心情，连劳累的空姐也坐下来欣赏了一会儿。

第九章 "我要到瑞典去"
Chapter 9

我们是当天最后一班到港的航班，除了一个护照检查岗亭之外，机场几乎空空荡荡。我通过安检入关后，我的行李已经在传送带上了，与大多数人不同，我携带了很多的行李。我从海关里出来，穿过来接机的人群，看到他们，我不由得想起上次在机场接人时发生的一幕，这样的回忆突然让我感到有些悲伤。

距离妈妈被送进医院已经过去了四个月，这段时间，她一直被关在伦敦北部的一家戒备森严的疗养院里。但这并不代表着她正在接受治疗，妈妈拒绝服用任何药物。当她发现医生并不打算放她离开后，就不再和他们说话了。这样做的结果就是，医生们无法对她采取任何有效的治疗措施。最近，她又开始绝食，她认为食物里都被下了药。她同样不相信从水龙头里接的水，她只会偶尔喝一点没开封的瓶装果汁，她经常脱水。当我夏天在机场接她的时候，她的健康状况已经堪忧，但是现在，一切正在恶化。一周又一周过去了，她瘦得皮包骨头，好像已经难以为继了，她正面临着死亡。

虽然我从未怀疑过妈妈说的那些细节，但是我不相信她对整件事情的解释。她叙述的时间线太过跳跃，我无法跟上她的思路，她的结论也有些极端，而且，她提出的证据都是模棱两可的。所以在她讲完后，我并没有到警察局去，因为我担心一旦她的指控得不到证实，或者压根儿就没有什么谋杀案，那么我们将会面临非常严重的后果，甚至有可能会危及妈妈的自由。我希望我们三个人，包括我的爸爸，能够找一位独立、公正、不会被人收买的医生，一起和他谈谈，因此，我的最终解决方案就是去医院。虽然我也不想，但目前来看，这个决定所带来的最终结果就是——妈妈被监禁了起来。

在伦敦的那天晚上，当我们乘车跨过城区的时候，妈妈一直握着我的手。她以为我会让酒店的车直接开到警察局去，我并没有骗她，也没有告诉她真相。我这么做不是因为怯懦，而是出于实际需要的考虑。在路上，她兴奋地谈论着未来的梦想，我们将如何一起度过美妙的时光，如何重新变得亲密起来，就像我小的时候一样。她对我是如此信任，以至当车子停在医院外面的时候，她无法理解为什么我会背叛她。她以为是司机记错了，把我们带到了错误的地方。她不相信任何人，除了我，她只相信我。可以想象，当发现司机并没有走错路的时候，她有多么痛苦。她浑身都在颤抖。我曾经被她视为救星和靠山，是她最后的希望，但是，我表现得和其他人没什么不同。先是她的丈夫和父亲，现在又是她的儿子，所有人都在怀疑她。我不再是她的盟友，也不再是她的儿子了。不过，即便是面对这样的打击，她也没有气馁，她选择继续抵抗。对她来说，这只是一次小小的挫折，没什么了不起。她并没有试图逃走，也没有恐慌。我明白她的想法——她曾经说服过瑞典的医生，在这里她同样可以办到。她不能逃跑，因为一旦被抓住的话，就坐实了发疯的说法，也就再无出头之日了。她放开我的手，把挎包从我这里拿走，她夺回了自己的证据和日记。她把挎包背在肩膀上，走出了车子。在登记的过程中，她甚至都没有看我一眼。我告诉接待的人，要注意，她可能会伤及自己，一边说一边流着眼泪。我说话的时候，她只是在轻蔑地望着天花板。在她心目中，我和爸爸一样，只是在假惺惺地做戏。当医护送她进入病房时，她没有和我说再见。

走出医院，我坐在一堵低矮的砖墙上，等待着爸爸的到来。那是一个温暖的夜晚。我不由得哭泣起来，但没到一分钟，我就停下了。打那之后，我再也没有哭过。爸爸乘坐一辆出租车赶到这里，他看上去迷惘而疲惫。当他拥抱我时，我一度担心他会崩溃。诺林医生陪着他，依旧衣冠楚楚，身上还散发着淡淡的香水味。他略带夸张地向我道歉，这让我想起了过去贵族的样子。他说当初在瑞典的时候，他并没有对医院的人说清楚，妈妈可能会对他人或者自己造成伤害。他善意地听从了爸爸的建议，尽量保守地描述她的情况，希望可以最大限度地缩短她被关在精神病院里的时间。结果，这就导致医生低估了她的病情。当妈妈威胁要采取法律措施时，他们不得已放她离开了。他们没有理由继续拘束她。因为从理论上说，她是自愿接受治疗的，而且她表现得很好，她写的材料思路非常清晰。诺林这次跟着来到英格兰，就是为了纠正之前的错误。虽然我觉得他更关心的还是自己的声誉，但我还是表示了理解。他热情地和英国的医生们说着话，为他们介绍病情。尽管他在这里对我们有很大的帮助，但我对他依然是不冷不热的。妈妈的描述很准确，他虚荣、自负，不过在我的印象中，他不大像个恶棍。

医院里很干净，医生和护士们也都表现得相当职业，而且态度

农 场
The Farm

和蔼。在这里，报纸上曾经报道过的那些医疗黑幕都不会发生。医院有一个访客专用的房间，妈妈常常坐在窗台上，透过窗户看着外面。可惜这扇窗户是完全封闭的，而且异常结实。从她的视角上望去，越过围墙上的铁丝网，可以看到一个公园。孩子们经常在空地上嬉戏，夏天的时候还可以听到他们的笑声。可是在冬天来临之后，公园里就安静了下来。每次，当我走进房间的时候，妈妈都背对着我。她不想见我，也不会和我说话，她对爸爸的态度也是一样。一旦我们离开，她就会告诉护士，我们之所以到这儿来，就是为了确保没有人会相信她的指控。我不知道在这件事中，她会给我冠以什么样的罪名。她对那些抗精神病药物不屑一顾，觉得如果吃了药丸，就意味着她承认夏天发生的事情只是她的臆测，就意味着放弃了去帮助那些被收养的孩子的希望。医生无法强迫她服用任何药物，他们必须征得妈妈的同意，可是她不承认自己生了病。她的内心被层层包裹起来，我们根本无法击碎那道壁垒。起初，在治疗的过程中，她依然会拿出那些证据，并且重复她的指控。慢慢地，她开始选择沉默。但是，只要她看到有新面孔出现，不管是医护人员，还是病人，她都会把自己的故事讲给人家听。她讲述的时间越来越长，讲故事的技巧也越来越纯熟，似乎她之所以被关在医院里，只是因为她没有正确地还原现场，或者描述嫌疑人的外貌特征。结果，所有的病人无一例外选择了相信她。他们中的一些人甚至会在我来看望她时，走到我身边，质问我为什么还没有解决关于米娅的谋杀案。

时间就这样一点点地过去。有时我会独自去看望她，有时会和我的父亲一起去，偶尔还带上马克。他总是在外面等着，因为他觉得在妈妈了解他的身份之前，在这样的场合里见面是不合适的。最初，我们还很乐观。我相信妈妈会一天天地变好，我们还会回到从前，成为一个和睦的家庭。我们之间的裂隙终将得到弥补，我们会利用这个机会重新认识并且拥抱彼此。但是在妈妈的心中，我的背叛是无法原谅的。这个烙印已经永久性地打在了我的身上，我感到极度悲伤。

深秋的时候，曾经有一天，我再次去看她。可能是季节的更迭，或者是过于压抑的缘故吧，我冲动地对她说：

"我要到瑞典去，我会自己找出真相的。"

这是妈妈第一次对我的话做出反应，她转过身来，直视着我，似乎在心里揣摩着我的话。几秒钟之后，她的眼神发生了变化，变得像当初在机场见到我时一样，那里面又充满了希望。在那一瞬间，我似乎又变成了她的儿子。她举起一根手指，按压在嘴唇上，仿佛在示意我保持安静，这是我第四次看到她做这个动作。我依偎在她的身边，问她：

"这是什么意思？"

她的嘴唇微微张开，好像要说些什么。我能够看见她那发黑的舌尖。接着，她的态度又变了，她不再理睬我的询问，她的嘴巴又闭上了。

农场
The Farm

"妈妈，求你了，跟我说说话吧。"

但她没有再开口，把头转向了窗外。无论她病得多厉害，她的观察力依然敏锐。她看出来了，我在说要去瑞典之前，并没有认真地去考虑过这个问题，这只是我一时的冲动，我是在试探她的病情。我心里关心的一直都是医生、药物和治疗方案。

后来，我和爸爸还有马克讨论过这个想法。他们俩的见面是在一种尴尬的环境下。他们相互握手，就像是在签署商业合同，爸爸对他的帮助表示了感谢。当我们单独相处时，爸爸对我说，假如他之前做过什么事，或者说过什么话，让我觉得他不会接受我的选择的话，他向我道歉。我发现他的道歉是痛苦的，我摇了摇头，也表达了自己的歉意。我能理解，他现在心绪烦乱，并没有说真心话。不过，在经过多年的躲躲藏藏之后，我不能要求更多了，起码他在伤心之余，最终还是和马克见了面。我终于不用再说谎了。但是，没有妈妈的参与，我们依然开心不起来，没有她，这个家就不是完整的。对于我打算去瑞典的想法，不管是爸爸还是马克都不认为是个好主意，现在已经没有什么需要去探索的秘密了。米娅不过是一个不开心的女孩，她离家出走了而已。如果我到瑞典去的话，会陷入一场无休止的追索，那就偏离了我的初衷——试图说服妈妈接受药物治疗。更糟糕的是，这会加剧她的错觉，对治疗没有任何的好处。于是，我声明放弃了这个想法，或者至少我不再谈论它了。但我开始偷偷地学习瑞典语，花了很多时间去读我的旧课本，背单词。

我希望像小时候一样，重新说上一口流利的瑞典话。

圣露西亚节前的一天夜里，医生们和我讨论了对妈妈进行静脉注射营养液的可能性，并且对我说明了在法律和道德上的后果。和医生沟通之后，我对他们宣布，我还是想到瑞典去转转。马克依然不赞同，我告诉他，我们不能对问题视而不见，不能继续逃避。而爸爸对妈妈日益恶化的健康状况感到悲痛欲绝，他不再反对我的想法，甚至愿意尝试任何有用的方案。我的计划是去找出米娅失踪的真相，不管它是什么，只要我找到新的线索，妈妈就会恢复和我的交流。新的证据是能把她从死亡线上拉回来的唯一武器，对此我确信不疑。虽然马克依旧表示反对，但他看得出这一次我下定了决心，于是他不再提出反驳，而是帮我筹措好了路费。起初我拒绝了他的好意，打算向银行申请贷款，但这惹恼了马克，所以我只好收起了自己的骄傲。我已经好几个月没有接到项目了，我供职的设计公司正濒临破产，我的经济状况差得一塌糊涂。我曾经抑郁地想过，或许这也算是一种逃避吧。

我估计了一下，如果省着花的话，我存下的钱应该可以维持三周的生计。马克很忙，他没有空，但是假如我不能在圣诞节前回来，他就会飞到瑞典去陪我过节。他很好地掩饰了自己心中的不解，但我看得出来。马克习惯理性地思维，而我去瑞典只是出于本能，他宁愿相信客观的事实，我则更倾向于跟着感觉走。我的直觉告诉我，真相就隐藏在妈妈的故事里。

农场
The Farm

🦌

从机场里出来，冷冽的空气令人精神一振。我在风中站了一会儿，感受着沁人心脾的寒冷，试图让自己清醒起来。前面还有一段漫长的旅程。我租下的汽车是一辆保养良好的四驱越野车，是马克替我选的，为了应付这里的极端天气。我在伦敦没有自己的汽车，也不喜欢开车，但我依然感谢他帮我做出的选择。这里的条件的确具有挑战性。高速公路上的积雪没有清除干净，只是在道路的中央简单开辟出一条可供通行的车道，两旁还堆着前一天下的雪。我不得不缓慢地驾驶，频繁地在服务区停下来，购买加浓黑咖啡、带芥末的热狗和盐渍甘草果。凌晨四点，我终于下了高速公路，沿着狭窄的乡间小路，一直行驶到车载电脑为我标出来的目的地。

农场的车道上同样覆盖着厚厚的一层雪。我不想去打扫，于是直接把车开进了齐膝深的雪中，听着积雪在车轮的碾轧下发出咯吱咯吱的声音。我打开车门，走了出来，端详着眼前门紧闭的农舍。听过了那么多的承诺和背叛之后，我终于来到了这里。在茅草屋顶的边缘，一大块积雪正摇摇欲坠。一棵橡树耸立在有两百年历史的屋子后面，就像两个相知多年的故交。屋顶的积雪下面并没有生命的迹象。妈妈在这片风景中所感知到的威胁是不存在的，至少我没有看见。我喜欢这里不同寻常的寂静，空旷的世界没有一点压抑的感觉，只有远处风力涡轮机的红色灯光——老鼠眼，妈妈是这么叫它们的——提示我这里曾经发生过的噩梦般的故事。

环顾四周，我迅速地辨认出她在故事里提到过的那些地方——从未迎来过客人的谷仓旅社，曾经挂着被宰杀好的猪的石头地窖。我想菜园一定是被掩盖在积雪之下了，上面或许还留着妈妈夺门而出时汽车碾轧的痕迹。现在，只有被打破的篱笆还能显示当时的情形。

在屋子里，我找到了他们仓促离开的线索。一杯没喝完的茶被放在厨房的桌子上，茶水的表面已经结冰。我用手指捅开薄薄的冰层，在杯中的液体里搅动。我舔了一下指尖，茶里没有加牛奶，只是用蜂蜜来增加甜味。这不是爸妈喝茶的习惯方式。不过这个发现没有任何意义，意识到这一点时，我不由得感到有些沮丧。我把这次远行渲染得轰轰烈烈，但其实只是想掩盖自己的无助和绝望。

虽然经过了长途旅行，但我还不能去睡觉。屋子里太冷了，而且我的思绪也是纷繁复杂，根本无心睡眠。我在屋子中央的炉子里生了一把火，这是一个巨大的炉子，甚至可以用来打铁。在火焰的烧灼下，炉口的折页发出轻微的响声。我在火炉前坐下，突然，我好像看到了一张木雕的巨魔脸孔。我拿起火钳，从炉子里把它拨了出来，才发现那只不过是一根木纹有些扭曲的柴火。

为了让自己平静下来，我走到书架跟前，想找本书看看。我发现了妈妈的《圣经》，我翻到《以弗所书》的第6章第12节，页面上打了记号。我把它放了回去，接着又看到了妈妈小时候给我读过的那本巨魔故事集。这本书已经绝版，书的封面也不见了，我的脑

农场
The Farm

海中又浮现出上面那头潜伏在密林中的巨魔的形象。我已经很多年没有见到这本书了，再看到它让我心情不错。于是，我把它拿到火炉旁，开始读了起来。就算过了这么长的时间，我还能清楚地记得里面的故事，我读着这些文字，仿佛又听到了妈妈的声音。我感到一阵心酸，只好把它放在一旁。我伸出双手，放在火焰前，真诚地祈求自己能够达成所愿。

早上醒来时，我发现炉火已经熄灭了。我一直蜷缩在椅子上，身体都麻木了。我费力地站起身，望向窗外，雪光刺痛了我的眼睛。我用温水洗了个澡，然后给自己煮了一杯浓咖啡。除了几百罐自制的果酱和腌菜，农场里没有别的食物，那是父母为了漫长的冬季做的储备。我坐在厨房的桌旁，吃着好吃的黑莓酱。果酱并不黏稠，从勺子上滴了下来。我从口袋里掏出一个没用过的笔记本，还有一支削尖的铅笔——这就是我的调查工具。我会用怀疑的态度看待所有的事。在第一页上，我写下了今天的日期。

很明显，我首先要见见哈坎。在我来之前，爸爸已经给他打过电话了，把我的想法透露给他。他和爸爸说现在还没有米娅的消息，事情也没有任何的进展，所以我来不来都无所谓。爸爸最近决定要卖掉农场，他的银行户头只剩下一千英镑了。这段时间，他只好寄宿在马克的书房里，没有任何收入，也不知道将来该怎么办。缺少了妈妈，他不知所措，只能寄希望于她能够赶快好起来。可是她的病情越发严重了，他也随之消沉下来。他们的关系曾经牢不可破，甚至连破产都没有打垮他们。尽管在卖掉农场的问题上我有很多担忧，那里的事情也尚未明朗，但从实际角度出发，我没有任何理由反对。对我的家庭来说，这是个伤心的地方，站在老旧的木质天花板下，我甚至能够体会到他们当时的压抑。哈坎并没有利用我们的困境，他依然保留了当初慷慨的报价，虽然压价对他来说是轻而易举的。他是一个仁慈的胜利者。当新的一年到来时，农场就是他的了。

我不想带着失落和悲观的心态去面对哈坎。直觉上，我更愿意相信妈妈对他的描述，因为爸爸总是看不见别人的不好。我甚至认为哈坎一直在故意区别对待他们两个，善待爸爸，却对妈妈表现得很可怕。毫无疑问，这个强大的家伙根本没有把我放在眼里，他感兴趣的只是我到这儿来的目的。如果这会惹恼他，我想知道其中的原因。我决定先去附近的镇上看看，顺便买些食物，我曾和妈妈一起在瑞典的商店里购物，留下过一段非常美好的回忆。这里有许多受欢迎的食品，也深得我心。我相信只要吃得好，我的信心会回来的，我要把储藏室塞得满满的，让这个农场成为一个温馨的基地。

我在汽车的后备厢里堆满了各种日用品，然后穿过小镇的中心，沿着妈妈提到过的那条海滨大道游览起来。天色开始暗下来的时候，商铺橱窗中的电灯自动亮了起来。我停在那家名叫"丽思"的咖啡店外，妈妈曾提到过它。不知出于什么原因，我走了进去，打量着柜台里陈列的蛋糕，还有切开的三明治，里面一层层地叠着虾肉、

农场
The Farm

切好的鸡蛋和甜菜沙拉。柜台后面的女人上下打量着我，毫不忌讳地显露出对我衣着的兴趣。因为伦敦总是气候宜人，所以我并没有太多厚实的衣服。这是我人生第一次挑战零下十五摄氏度的环境，而我只穿了一条单裤和一件从慈善商店买来的夹克，外面套着灯芯绒的粗呢大衣。和这里大多数人穿着的高科技品牌滑雪衣相比，实在是薄得有些过分。

我假装没有注意到她的目光，我选了一瓶矿泉水、一个奶酪三明治，一时兴起，又拿了一块妈妈和米娅共同分享过的公主蛋糕。蛋糕上涂着厚厚的白色奶油，再撒上一层薄薄的绿色杏仁糖。刚开始吃的时候味道相当不错，但很快就感觉腻了，蛋糕的质地太软，吃起来就像甜味的雪。我把它放在一边，希望主人不会因此而生气吧。我坐在椅子上，看到米娅的失踪海报就钉在广告栏上。时间已经过去很久了，旁边的广告和标签已经快把它掩盖住了。我站起身，走到广告栏旁边，认真地看了起来。我感到一种奇怪的感觉，仿佛是在看着妈妈拿出的证据。上面还附带着写有哈坎电话号码的活页标签，但是没有被撕走的痕迹。

我转过身，发现柜台后面的女人依然在盯着我。我有种感觉，只要我一离开咖啡馆，她就会给哈坎打电话报信的，就像妈妈怀疑的那样。这只是一种感觉，没有任何证据，但我敢打赌，我的直觉是对的。我拿起外套，抑制住想用脏话去问候她的冲动，带着淡淡的蔑视拉起了夹克的兜帽。

回到农场的时候，才四点钟，不过天色已经很黑了。我已经被警告过，这里冬季漫长的黑夜对人的心情有极大的抑制作用，特别是生活在偏远的地区，因此我买了许多的蜡烛。和灯光相比，蜡烛的光线更加舒适和温暖。我停下车，打开后备厢。这时我看到旁边的雪地上有一行脚印，脚印很深，已经能够看见裸露的地表。我放下手中的东西，跟着脚印一直来到了大门前。原木门框上钉着一封信，上面写着：

丹尼尔

字迹很工整。我把信放进口袋，回身到车里去拿东西。进到屋里，我点上几支蜡烛，又给自己倒了一杯茶，然后在烛光的照射下我打开了那封信。里面是一张奶白色的卡片，边缘装饰着圣诞精灵的纹样。信是哈坎写来的，他邀请我今晚到他的农场去喝上一杯加料的热葡萄酒。

和妈妈一样，我也非常注重自己的穿着，经过一番筛选，我把自己打扮得十分精神。我决定不带笔记本和铅笔去，因为我不是现场采访的记者，我甚至觉得把它们带到瑞典都是荒谬的。为了准时到达，我早早就出发了，因为我不知道路上需要多长时间。很快，我就看到了巨大的猪舍，妈妈对我描述过那栋破败的建筑，这就意味着我要拐弯了。在积雪的掩盖下，一切都显得平静，但是味道依然浓郁，督促着我赶快离开。我走在长长的车道上，积雪清理得很

农场
The Farm

干净，我突然意识到应该带一份礼物来的。我想回到农场，但是除了果酱和腌菜，我没有任何拿得出手的东西，我也不想把妈妈的藏品送给哈坎做礼物。

哈坎家的房子一派热火朝天的节日气氛。每一个窗口都安装了电子蜡烛，上面挂着装饰了圣诞花边的窗帘，还摆放着包装精美的礼盒和一个个漂亮的圣诞乳粥碗*。我没来由地感到一阵放松，这让我不由得心生警惕。我磕掉靴子上的雪，敲了敲门，哈坎打开了门。他几乎比我高一头，身材宽厚。他笑着和我握手，他的手劲让人印象深刻。我脱掉靴子，走进了客厅。他用英语和我对话。虽然我的瑞典语还不流利，但我仍然礼貌地告诉他，我更喜欢说瑞典语，我想，这是我对他握疼我的手的一个回击。他没有搭话，只是接过我的灯芯绒大衣，对着灯光短暂地查看了一下，然后就把它挂在了衣帽架上。

我们坐在客厅边上的一棵圣诞树下，做成姜饼形状的布艺饰品挂在枝头。树的顶端并没有安放天使，而是一颗用硬纸板做成的五角星。灯泡被包裹在棉花般的绒毛里，散发出朦胧的光辉。三根木桩支撑着圣诞树，木桩上雕刻着精致的巨魔面孔——它们长满疣的下巴一直延伸到地面，形成漂亮的底座。树旁堆了一些用金色和红色彩纸包装的礼盒，上面还系着丝绸的蝴蝶结。哈坎说：

---

*译者注：圣诞乳粥是瑞典传统甜点，在圣诞大餐后食用，这里是指做成粥碗形状的装饰品。

第九章 "我要到瑞典去"
Chapter 9

"这些都是给米娅的，我们希望她能回家过圣诞节。"

这个房间的每个组成部分都是华丽的，但不知什么原因，它们就是无法和谐地统一在一起。这里就像一张圣诞贺卡上的图案，而不是一个真正的家。

虽然我已经和哈坎聊了好几分钟，但一直没有见到他的妻子伊丽丝。上酒的时候，她终于出现了。她从厨房里走出来，对我点头致意，手里端着一个托盘，上面放了两个玻璃工艺酒杯，一碗杏仁碎和葡萄干，还有一壶热气腾腾的红酒。她沉默着在我的杯子里撒上一些杏仁和葡萄干，斟满热葡萄酒，然后端给我。我接过酒杯，向她表示感谢，但奇怪的是，她一直避免和我有目光接触，也没有加入我们，倒完酒后就立刻回到了厨房里。

哈坎和我碰了碰酒杯，说：

"祝你妈妈早日康复。"

我感到有些挑衅，于是反击道：

"希望米娅很快就会回家。"

哈坎没有接我的话茬，他说：

"这酒可是我们家族的不传之秘。每年都有人向我打听配方，但我们从来没有把它公开。它是由很多味香料和好几种酒调配成的，不光有葡萄酒，所以你要小心了，这东西很烈。"

我喝了一口，酒液流进胃里那种温热的感觉令我感到很惬意。虽然理智告诉我，应该浅尝辄止，但我还是飞快地干掉了整杯酒。

263

甜美的杏仁碎和葡萄干留在杯子底部，我一度想用手指把它们挖出来吃掉。后来，我注意到托盘上放着一把小小的木勺，估计正是用来做这个的。哈坎看着我，说：

"你的愿望很感人，或许对可怜的蒂尔德也有所帮助。但事实上，我不清楚你到底能找到什么。"

他用"可怜的蒂尔德"来称呼我的妈妈，这让我有些反感。我确信他是故意的。

"我只希望用自己的眼睛来重新审视整件事情。"

哈坎提起酒壶，又给我斟上了一杯：

"当然，你来这儿就为了你和你的母亲，我只是问问而已。"

我啜了一口酒，接着说：

"有米娅的消息吗？如果有的话，我可以告诉我妈妈。"

尽管我已经知道了答案，但我还想看看他对这个问题的反应。果然，他摇了摇头：

"没有。"

他把一条胳膊从椅子边上垂下来，手指摩挲着离他最近的礼盒。虽然他的动作只是轻微地带动了盒子，但一个念头依然划过我的脑海：它是空的，里面什么也没有。他的沉默就像是一个挑战，我敢越过这条线，向他进一步施压，问问那些他不想讨论的问题吗？我接受了这个挑战，说：

"对不起，我不该谈论这么悲伤的事。你一定很担心。她是如此年轻。"

哈坎喝完了自己杯子里的酒，没有再加满，似乎在暗示着我应该赶快离开。

"她还很年轻吗？我到这个农场的时候，刚刚九岁，就已经开始干自己力所能及的活了。"

这真是奇怪的反应。

告别出来的时候，我临时做出了个决定，我要偷偷溜到地下室去，看看他的那些巨魔雕像。大门在我身后关上，我走上了车道，可是一走出哈坎的视线，我立刻转身，猫着腰跑过白雪覆盖的田野，绕到了房子后面。我躲在厨房窗子的下面，等了一两分钟，试图偷听哈坎和伊丽丝的对话。可惜，三层封闭的窗户隔绝了所有的声音，我只好放弃，站起身来，向农场中央的地下室走去。外面的大门是锁着的，他又买了一把新的挂锁，这把锁非常厚重，锁头的部位用橡胶包裹起来，根本无法撬开。我只好离开，穿过田野，踏着积雪向家走去。我心里感到一丝不安，回头望向哈坎的农场，在卧室的窗口，我看见了一道黑色的身影，电子蜡烛在人影的腰部闪烁着。我不知道他是否看到了我。

第二天早晨，我醒来的时候天还没亮，我打算充分利用短暂的白天。我在插满了蜡烛的桌子旁吃完了自己的早餐——加了南瓜籽的酸奶、切片苹果和肉桂卷。接着，我把自己裹得严严实实的，踩着齐膝深的积雪就出门了。到了麋鹿河边，我发现河水已经完全结冰。因为急着离开农场，爸爸忘记了把船拖到陆地上，冰封的河水包裹着它，引擎也被冻在了冰面下，在冰的压力下，船体上出现了裂缝。春天冰化的时候，这条船就会漏水，然后沉到河底。爸爸告诉我，塞西莉亚之所以会买下它，不是为了作为交通工具使用，而是因为她得了老年痴呆症。据哈坎说，她经常会表现得神经兮兮的——有些时候，她甚至认为自己是一个快乐地生活在农场里的年轻姑娘，就像返老还童了一样。

我从码头上跳到船里。和妈妈描述的一样，发动机上带着液晶显示屏，但上面是一片空白：它没有电了，甚至都没办法显示操作提示。我又想起了妈妈说过的那条冰冻的鲑鱼，在这件事上她是对的，那天晚上她确实摸到了冰碴——鱼是爸爸买的。不过，她并没有猜对他这样做的理由——麋鹿河里已经没有鲑鱼了。由于下游水电站的设计不当，鲑鱼不再向上游迁移，这条河里再也捉不到漂亮的鲑鱼了，只剩下狭长的鳗鱼和凶猛的狗鱼。当初，在用低廉的价格买下农场之后，他曾急切而兴奋地向妈妈保证，这条河里可以钓到鲑鱼。可惜他看过的那些钓鱼指南，其实都是在水电站开始施工之前出版的。当他意识到自己的错误时，已经太晚了，他无法弥补，而且水井刚刚出了问题，他担心这会进一步加剧妈妈的心理压力。这只是一个好心办坏事的例子。那天，他从当地鱼贩手里挑了一条挪威运来的鲑鱼，哈坎替他付的账。

我向河面上扔了一块冻硬的泥土，试图判断冰层的厚度，可惜我并没有得出任何结论。我又把一条腿迈出船舷，用脚跺了跺，冰面没有任何变化。我把另一只脚也伸了出去，小心翼翼地站在冰面上，随时准备着一旦冰裂，就立刻跳回船上去。冰冻得很结实。我沿着河床，开始朝泪滴岛的方向走去。

我小心地迈着步子，速度非常缓慢。三个小时后，我终于到达了森林的边缘，我有些后悔没有随身携带食物或者热饮。在森林的入口，我停了下来，面前的景色就像故事书中描述的一样——永恒而神秘。天空是惨白色的，冰冷的雾凇挂在树梢上。有些地方，河水被冻结在巨石之间，形成漩涡和水花等奇形怪状的冰块。雪地上到处都有动物的足迹，其中一些间距非常宽大，应该是麋鹿之类的动物留下的。或许，那天妈妈在河里遇到的就是它们当中的某一只——当时的距离是如此接近，她甚至可以伸手触摸到它的鬃毛。当然，泪滴岛是一个真实存在的地方，我找到了那根曾经吸引过妈妈注意力的树枝。我沿着树枝找到了那棵大树，树干上还留着船只停泊和撞击后留下的痕迹。

我在岛上搜寻着，拨开积雪，黑色的篝火残堆出现在眼前。爸爸说，这里是叛逆少年们聚会饮酒的地方，当地很多人都知道。他们在这儿鬼混，吸食大麻。那天早上的火灾也并非什么意外，始作俑者正是我的妈妈。人们在船上发现了燃料罐，在河滩上还找到了

农 场
The Farm

她丢弃的衣服，上面沾满了汽油。至于她最令人震惊的证据——那颗烧焦的牙齿，其实是她自己的。那是妈妈小时候脱落的乳牙，她一直保存着，和童年的其他各种小玩意儿一起放在一个小小的木头音乐盒里。爸爸认为，她把整个盒子都扔进了火堆里。妈妈看着它燃烧，由于站得太近，她的脚上被燎起了水疱。所有的东西都消失在了火里，只剩下那颗牙齿，从雪白变得漆黑。

那天晚上，我待在家里整理积压下来的邮件。大部分都是垃圾邮件，还有一些是过期的账单，唯一有价值的，是两张镇上举办的圣露西亚节庆典的门票。那是一年中最黑暗的夜晚，在即将迎来黎明曙光时，人们会开始庆祝，它和仲夏节庆典是一年中两个最重要的庆典。提前订好票，这是妈妈做事的典型方法。她喜欢有条理地处理问题，更为重要的是，她不想错过融入社区的机会。整个小镇的人都会在那儿，甚至包括很多她眼中的嫌疑人。

在集会开始之前的几天里，我一直在追踪着米娅的消息。我去见了她在学校的老师，访问过商业街上的店主，甚至和街上路过的陌生人搭话，人们对我的兴趣感到很困惑。很多人都认识我的妈妈，她的故事已经悄悄地传遍了整个城镇，但他们不明白，我为什么要寻找别人家的女儿。我的努力看起来非常业余，有一次，我甚至想用多余的庆典门票来交换信息，现在想想真是可怜又可笑。虽然没有任何的进展，我居然也并不绝望，我一度非常期待与斯特兰警探的会面。但是我没有得到妈妈那样的待遇，他让我等了很久，只是在从办公室到停车场的路上匆匆跟我说了几句话。他直接重复了一遍哈坎的说法，没有给我带来任何新的消息。我也曾寄希望于传说中那位和善的隐居者，但是当我去拜访他时，他甚至都没有让我进门，我只能从门缝里快速地瞥了一眼，看了看那面挂满他妻子遗物的墙。

那天晚上，我和爸爸通电话的时候，他告诉我，妈妈已经脱离了脱水的危险。医生们宣布，根据《心智能力法案》，她没有拒绝饮水和进食的权利，如果她把手上滴注生理盐水的针头拔掉，她将受到法律的制裁。后来，我又给马克打了电话，在电话中，他大部分时间都在沉默，我知道，他希望我回去，不过他希望由我自己做出决定。

正当我情绪最为低落，甚至即将放弃的时候，我听到有人在敲门。是诺林医生。虽然依旧香风扑面，但是他的风度和口才都不见了，他看起来很焦躁，说他不能待太久：

"你不该到这儿来的，你什么也做不成。蒂尔德需要面对现实，她不需要再继续活在幻想中。"

他指着我桌上的空白笔记本：

"这就是幻想。"

他又补充道：

"你心里也很清楚，对吧？"

他的语气里带着一种温和的威胁，仿佛在质疑我的理智也出了问题，就像妈妈一样。也就是从那一刻起，我下定决心要留在瑞典。

农 场
The Farm

假如妈妈还在瑞典的话，那么在她看来，圣露西亚节应该也是一个关键的时间节点，一定会发生某些重要的事情。我打算早一点出发，占一个后排的座位。这样，当人们入场的时候，我就可以观察他们，站在妈妈的角度上想象他们彼此之间的联系。

教堂坐落在一个古老的广场上，是镇上历史最悠久，也是最高的地方，位于一座小山丘的顶端。广场四周有白色的石头围墙，一座同样颜色的高塔拔地而起，在积雪的掩映下，看上去更像是某种自然奇观，而非人造的建筑。门口查票的女人不认得我，估计是不相信一个陌生人也能搞来门票吧，她一本正经地告诉我，票已经都卖光了。当我出示了自己的门票后，她把它翻来覆去地检查了好一通，才不情不愿地放我进去。

教堂里面没有电灯，只是点了上千支蜡烛照明。烛火摇曳，映衬得墙壁上那些《圣经》故事壁画一片斑驳，仿佛陈旧的木质渔船。从入口处的宣传单上，我了解到这座教堂曾经是从前妻子们带着子女来祈祷的地方，她们希望自己的丈夫能够从风浪中安全归来。正好，我可以在这里祈祷那个失踪的女儿能够赶快归来，或许，我也可以为妈妈祈祷一下。

在我的大腿上放着一份圣歌曲谱，里面夹着妈妈的嫌疑人名单。名单上的人镇长是第一个到达的。他带着政客标准的笑容，和周围的人一路开着玩笑。突然，他看见了我，他愣了一下，然后装作没看见的样子。前排的席位已经被预留出来，镇长找到自己的座位坐了下来。很快，剩下几个座位的主人也陆续到达，其中包括警探还有医生。当哈坎和他妻子走进来的时候，教堂里已经坐满了人。我能够看出来，他喜欢万众瞩目的感觉，喜欢在别人的注视下来到自己的座位前。

在这些重要的社会名流都到齐后，仪式开始了。一队青年男女身着白色礼服，从过道走来，男孩子们拿着顶端装饰了金色星星的木棒，女孩子们则手捧蜡烛。他们一边慢慢走着，一边唱着悠扬的歌曲，最后在教堂前面站成数排。领头的女孩头戴一个插满蜡烛的王冠，火苗在她的金色长发间闪烁，她就是光之圣女，米娅去年也曾经扮演过这个角色。仪式持续了大约一个小时。演出是为了纪念光明和温暖，但它所表现的并非抽象的概念，而是借助故事来展现人们的意愿，以及对爱人的追思。这本是个非常合适的场合，但从头到尾没人提到米娅的失踪，你很难想象会发生这样的疏漏。这背后一定有阴谋，有人为此达成了某种协议，牧师也同意不在大会上提到这个话题。这或许不是一个有力的证据，但它的背后非常耐人寻味，至少我是这样认为的。毕竟哈坎就坐在最前排，而米娅又是去年扮演圣露西亚的人。

仪式结束后，我在外面等着，希望能和哈坎说几句话。雪地上用蜡烛排出一条通道，烛火摇曳着，散发出微弱的光。透过教堂的大门，我能看到他与其他人握手、交谈。他表现得更像一个政客，而非普通的农场主。看到我，他停顿了一下，很明显，他极力控制着自己，不想表露出过多的情绪。终于，他和妻子一起走了出来。当我走到他跟前时，他转过脸，告诉伊丽丝直接到餐会去等他。她向我瞥了一眼，也许只是我的想象吧，但我分明从她的眼神中读到了什么，不是怜悯，也不是敌意，而是其他的东西——悔恨，或者内疚。这一刻转瞬即逝，或许只是我看错了，她沿着蜡烛标记的路线匆忙走开了。

哈坎和我客套了几句，很明显是想敷衍我：

"我希望你喜欢这个仪式。"

"我很喜欢，这是一座美丽的教堂。但我很惊讶，我们并没有为您女儿的安全返回祈祷。"

"我祈祷了，丹尼尔，我每天都在为她祈祷。"

哈坎和我父母一样，成为这世上为数不多称呼我全名的人。虽然我不想引起不必要的麻烦，但有些事有必要再和他确认一下。我想起了妈妈说的一些细节：

"我只想问一个问题，我不明白米娅是怎么离开农场的。她不会开车，也没有骑走自己的自行车，她更不可能是步行。当时天色已晚，没有任何公共交通工具。现在我身临实地，才知道这里有多么偏僻。"

哈坎跨过蜡烛甬道，走进旁边的积雪中，他示意我过去谈谈。他压低了声音：

"你的父亲和我在夏天时结下了深厚的友谊。"

"是的，他说你是他的朋友。"

"他为你担心，你介意我把他的想法告诉你吗？"

这话题应该没有什么攻击性，于是我同意了。

"没关系。"

"我听他说，你的职业生涯已经一塌糊涂。你从事过的那些工作，都不是你父母喜欢的。你从未自己做出过决定，只会追随着他们的脚步，亦步亦趋地拣着最省事的道路走。他不知道你是不是因为工作不顺，才开始疏远自己的家人的，你很少打电话，也从来没有到这儿看望过他们。当我听到克里斯重复你的借口时，我自己的想法是，那个人在说谎，他只是不想来而已。克里斯因为你的疏离而伤心不已，蒂尔德也是一样。他们不知道自己做错了什么，今年这一整年，他们都在担心你可能根本不会来了。不过你知道最难的是什么吗？那就是你居然还想向他们借钱！我说的这一切都是真的吗？"

我感觉自己的脸因为屈辱而变得通红。我想做出有力的回答，想为自己辩解，但最终我还是承认了：

"都是真的。"

"怎么会是这样？他们一到这儿，我就看出来他们生活窘迫。这就是为什么当我们一起喝酒的时候，总是由我来付账；这就是为什么在我邀请他们参加聚会的时候，从来没有要求他们带来任何昂贵的东西，比如鲑鱼或肉。"

虽然感到屈辱，但他要妈妈带土豆沙拉参加派对的秘密被揭开了，这只是一种带着少许优越感的慈善行为。哈坎停了下来，观察

农 场
The Farm

着我的反应，我没有提出抗辩。他完成了攻击，现在转向防守：

"没有人比我更担心米娅的安危，我已经尽我所能，我付出了一切。现在，一个对自己父母都不负责任的男人跑来质疑我，他甚至没有意识到，自己的母亲正在对着每一个人大喊着谋杀。对不起，我不想冒犯她，但你让我的妻子感到心烦意乱，你侮辱了我的朋友。"

"我没有这个意思。"

哈坎戴上手套，仿佛对我这么快就缴械投降感到很失望。但在他离开之前，我立刻补充道：

"我只想知道一些答案，不是为我，而是为我妈妈。现在，就算你做出了很多努力，可是没有带来任何结果，大家甚至不知道米娅是怎样离开你的农场的。"

哈坎仔细地盯着我，或许从我身上看到了一丝妈妈的影子，因为这是我唯一一次见到他有些失态：

"你甚至都无法察觉到自己的父母已经破产了。你能有什么用？你到这儿不是来帮你父母的，更不是来帮我的，你只是感到内疚，你只是想让自己好过一点。我不会让你纠缠我们的生活，不会让你在我们的邻里之间散播谎言，不会允许你影射我们犯下了莫须有的罪行，我不会让你得逞的！"

他定了定神，再次出击：

"我猜，你根本不知道自己的问题有多可笑。或许蒂尔德并不知道，但我确实很欣赏她，她很坚强。但她的问题也正在于此，她

274

太坚强了。她用不着那么努力的，这没有什么意义。她固执地认为，我是她的敌人，其实我们本来可以成为朋友的。你长得和你妈妈很像，但在你身上我没有看到她的力量。克里斯和蒂尔德对你太娇惯了，当孩子们受到过多的呵护时，他们会变得脆弱。回家吧，丹尼尔。"

他转身离开了，只留下我一个人站在雪地上。

开车回家时，我没有感到愤怒，他的话里带着恶意，但并非没有道理。然而，在一个重要的问题上，他错了，我并没有感到内疚。我的这次远行不是毫无意义的，我会找出答案的。

回到农场，我开始寻找妈妈写过的字迹。在过去的一周里，我曾经到处搜寻过，可惜一无所获。经过一番认真的搜索之后，我终于发现一个衣柜被挪动过，在地板上留下了剐蹭的痕迹。我把它移开，很失望地没有发现太多的东西。墙面上只有一个单词：

弗莱娅！

一个单词，一个名字，没有别的东西了，就像她曾经发给我的那封电子邮件……

"丹尼尔！"

我曾经和父亲讨论过妈妈的笔迹问题，想弄清是谁写了铁盒子里的那些日记。爸爸说，妈妈其实很聪明，夏季里的某天深夜，他发现她在那些从地里挖出来的旧文件上写字，而且，她用的是左手。

我拿起手机，打给爸爸。他对我这么晚还打电话过来有些惊讶。没有寒暄，我单刀直入地问：

"爸爸，为什么要用柜子挡住那面墙？你为什么不想让别人看到墙上的字迹？"

他没有回答。我继续说道：

"你走的时候并没有收拾屋子，却花了不少时间来掩盖一个单词。"

他还是没有回答。我又说：

"爸爸，当你从瑞典打电话给我，告诉我妈妈生病了，你说有很多我不知道的事情，你说妈妈可能会变得暴躁。但她在夏天的时候并没有表现出暴躁的情绪，她也没有伤害任何人。你口中的暴躁是指什么？"

他依旧没有回答。

"爸爸，是妈妈杀了弗莱娅吗？"

最后，他说：

"我不知道。"

接着，他用勉强能听清的声音补充道：

"但如果真的是她做的，那很多问题就都能解释清楚了。"

第十章 巨魔公主

　　我睡不着，只好从床上爬起来，穿好了衣服。我灌了一热水瓶的浓咖啡，然后用火炉的余烬烘软了几片厚厚的瑞典奶酪。我收拾了一个小包，带了换洗的衣服，还有笔记本和铅笔。我背着它们，只是一种象征，并没有真心打算用它们做点什么。在一年中最漫长而黑暗的夜晚，我离开了农场，开车穿越乡村，先向北而后折向东，朝着大湖驶去。那里是妈妈曾经游泳的地方，也是弗莱娅淹死的地方。

　　在大部分的路程中，我的车是行驶的唯一车辆。我并没有感到疲惫，相反我的心态出奇地平静。到达外公的农场时，正是黎明时分，黑夜与白昼的天空泾渭分明。谷仓大门上方的昏暗灯光是周围几英里范围内唯一的人造光线。

根据妈妈的叙述，我猜我的外公应该早就听到汽车开来的声音了。只不过他开门的速度还是把我吓了一跳，好像他一直躲在门的后面一样。就这样，我们第一次见面了。他满头白发，留着男巫一样的长发，看起来就像参差不齐的冰凌。才早上八点，他却穿了黑色西装套装，配着灰色衬衫和黑色领带——就像参加葬礼的装束。我突然产生了某种不合时宜的冲动，我想拥抱他，仿佛一次感伤的团圆。虽然对我来说，他是一个陌生人，但我们之间有着血脉的羁绊。血缘永远是弥足珍贵的，足以温暖我的心灵。不管从前发生过什么，我都希望他重新成为我们家庭的一员。我现在很需要他。妈妈被关在医院里，他就是我们与过去的唯一联系。或许是因为我的外国口音，或许是血缘的关系，或许，哈坎说的是对的，我长得和妈妈很像，反正他认出了我。他开口说话了，用的是瑞典语：

"你是来找答案的，但这里没有。除了你已经知道的，这里什么也没有。小蒂尔德生病了，她已经病了很长时间。"

他管妈妈叫小蒂尔德，听起来没有什么恶意，甚至没有任何感情。他的声音很空洞，但语句很连贯，仿佛在背诵事先准备好的讲稿，逻辑严谨，却不带有一点情感。

我走进外公的屋子，他建造这栋房屋的时候比我现在的年纪还小。房子只有一层，没有楼梯和地下室。几十年来，没有重新装修过，房间里显得有些老派。不过考虑到狭小的使用面积，屋子还是相当舒适的。在客厅里，我注意到了妈妈提到过的气味，她管它叫悲伤的味道——破旧的电加热器和用过的捕蝇纸混杂在一起的污浊气味。
在他准备咖啡的时候，我独自一人观察着墙壁上的装饰，那上面有
白色野生蜂蜜所获奖状，还有他和外婆的照片。她衣着朴素、身体
健壮，让我想起了哈坎的妻子。至于我的外公，显然他总是为自己
的外表感到骄傲。他衣冠楚楚，外貌英俊，表情非常严肃，从来不笑，
即使是捧着一个奖杯。毫无疑问，这是一个严厉的父亲，也是一名
正直的地区政客。墙上没有我妈妈的照片。这个农场里没有她留下
的任何痕迹。

他端着咖啡和两个盘子回到客厅，每个盘子里放了一块薄薄的
姜饼。他告诉我，地区教堂安排到这里住宿的客人马上就要到了，
所以很不幸，他只能给我不超过一个小时的时间。他在撒谎，可能
是他刚刚想出来的托词，他想用这个借口来限定我和他交谈的时间。
不过，我没有权利拒绝，因为我来得太突然了，完全出乎他的意料。
虽然我感到有些不舒服，但我依然微笑着说：

"没问题。"

当他倒咖啡的时候，我简短地介绍了一下自己的生活情况，权
当自我介绍了。我希望能够引起他的一些兴趣。他拿起自己盘子里
的姜饼，把它均匀地掰成两半，放在咖啡杯旁边。他呷了一口咖啡，
又吃了一半的饼干，然后说：

"蒂尔德怎么样了？"

他对我不感兴趣，他觉得没有必要浪费时间去了解我，我们只

是陌生人。顺其自然吧。我说：

"她病得很厉害。"

既然他没法被感情打动，那我只好有话直说：

"我想知道1963年的夏天发生了什么，就是她离开农场的那年，这很重要。"

"为什么？"

"医生相信这对她的治疗有帮助。"

"我看不出有什么帮助。"

"嗯，我不是医生……"

他耸了耸肩：

"1963年的夏天……"

叹了口气，他接着说：

"你的妈妈被爱情蒙蔽了，或许我应该说，是情欲。那个男的比她大十岁，是从城里来的，在附近的一个农场里做夏季短工，那时小蒂尔德还不到十六岁。他们的关系被发现了。在当时，这是一桩丑闻。"

我向前探身，举起手，打断了他的话，就像当初我打断妈妈一样。我以前听过这个故事，可是它的主角应该叫弗莱娅，或许是他把名字弄混了。

"你是说弗莱娅爱上了一个农场工人吗？"

外公突然警觉起来。到刚才为止，他一直都是一副郁郁寡欢的样子，但转瞬之间，他的态度发生了变化：

"弗莱娅？"

"是的，妈妈跟我说，弗莱娅爱上了农场工人。是弗莱娅——住在旁边农场里的一个女孩，也是从城里来的，丑闻的主角应该是弗莱娅，不是我妈妈。"

外公似乎很苦恼，他揉搓着自己的脸，嘴里重复着这个名字：

"弗莱娅。"

"她是我妈妈最亲密的朋友。有一次，她们一起跑到过树林里。"

我不知道这个名字对他意味着什么，但我认为他有问题。

"我记不清她的那些朋友了。"

我肯定他有问题。

"你一定记得的！在湖里淹死的那个女孩！我妈妈始终记得，你认为是她造成了弗莱娅的死亡。这就是为什么她要离开这儿，这就是我为什么在这里。"

他抬头望着天花板，皱着眉头，仿佛那里有一只苍蝇。他说：

"蒂尔德病了，可我不能因为她病了就顺着她胡说八道。我不想坐在这里，替她继续编造谎言。我已经受够了，这件事曾把我们的生活搞得一团糟。她在说谎，或者说她在欺骗你，随你怎么想。她活在自己的故事里，这就是她生病的原因。"

我有些困惑，部分是因为他激烈的反应，更多的还是因为那个故事。我说：

"抱歉，我不该打断你。现在，请告诉我当初发生了什么事。"

"你妈妈的脑袋里装满了各种梦想。她幻想着有一天，能和自己的爱人一起快乐地生活在农场里，只有两个人，什么社会规则和道德礼仪，都去见鬼吧！那个浑蛋用甜言蜜语灌醉了她，于是她就和他睡了。她就是这么容易轻信。事情暴露之后，那个雇工被赶走了。蒂尔德很伤心，她试图跳湖自杀。她被人从水里救了出来，在床上休养了好几周。后来，她的身体恢复了健康，但她的心沉在了湖底。她不想见人，觉得自己被抛弃了。在学校里，她的朋友都疏远她，老师们也在背后议论她。这样的女儿还有什么用？她只会让我丢脸，我彻底栽在了她的身上。我曾经梦想着去当个政府要员什么的，这个丑闻毁了我，谁会投票给一个养了这么个女儿的政客？假如我连自己的孩子都教育不好的话，怎么能够给别人制定法律？我无法原谅她。这就是她为什么要离开。现在后悔太晚了，有些伤痛是无法恢复的，她将永远受到它的折磨。想想吧，她是在今年夏天才崩溃的，而不是在你小的时候，你已经很幸运了。她一定会发疯的，只是时间早晚的问题。"

作为母亲，妈妈曾给予我许多的爱和温情，但很显然，她不是从自己父亲那里学到这些的。

尽管只聊了四十分钟，他还是站起身来，结束了我们的谈话：

"实在是抱歉，我的客人很快就到了。"

在黑暗的走廊里，他示意我等一下，然后从旁边的一个柜子里

第十章 巨魔公主
Chapter 10

拿出钢笔和墨水。他蘸了蘸笔，在一张卡片上写下自己的电话号码：

"请不要不请自来了，如果你有什么问题，给我打电话吧。虽然听起来有些伤人，但没办法，我们是一家人，但我们永远也无法团聚在一起。蒂尔德和我已经习惯于没有彼此的陪伴了。这是她自己选择的生活，作为她的儿子，你也得习惯。"

我走到自己的车旁，回头看了一眼这个农场。我的外公站在窗口，他放下窗帘，算是和我告别。我明白他的意思，我们从此相见无期。我拿出车钥匙，注意到自己的手指上沾着墨水，他的卡片还握在我手里。在阳光下，我发现这墨水并不是黑色的，而是浅棕色，和妈妈写在旧文件上的日记一个颜色。

在旁边的小镇上，我找到了一家家庭旅馆，这是附近唯一可以住宿的地方。我坐在床边，仔细地观察着被墨水弄脏的拇指。外公的敌意并没有出乎我的意料，我无法接受的是他记不起来弗莱娅的名字。最后，我抛开脑子里纷繁复杂的想法，仰躺在床上。几个小时后，我在黑暗中醒来。望着眼前陌生的房间，我彻底迷失了方向，我拿起身旁的物品，试图想起身在何处。

我洗了个澡，用冷掉的土豆沙拉、黑麦面包和奶酪作为晚饭，然后打电话给爸爸。他还不知道妈妈和那个年轻雇工的往事，他和我一样，对外公的记忆力表示了质疑，妈妈当初告诉他的也是弗莱

农场
The Farm

娅和雇工谈恋爱。我向他打听了妈妈曾经上学的学校名字。

学校坐落在小镇的边缘，校舍是新建的，过去的老房子已经被拆掉了，这让我有些担心，毕竟早已时过境迁。学校已经放学了，操场上一个孩子也没有。我本以为大门会被锁上，没想到它一推就开了。我在走廊里徘徊，感觉自己像是个入侵者，或许我应该试着叫人来。这时，我听到了微弱的歌声。我循着声音走上楼。这是一个课外兴趣班，两名老师带着一群学生在练习唱歌。我敲了敲门，对他们解释说，我来自英国，我母亲四十年前在这里读书，我现在想来寻找关于她的信息。老师们都很年轻，只在学校工作了几年。他们解释说，因为我没有得到学校的授权，不能查看档案记录，所以他们也帮不了我。我感到很沮丧，站在门口，不知道该如何继续下去。其中的一位女教师对我很同情，她说：

"我们这儿有一位教师从那时起就开始教书了，她现在已经很老了，但她可能会记得你的母亲，或许她愿意和你聊聊这件事。"

她给了我一个地址。那位老师的名字叫凯伦。

凯伦住在一个小小的村庄里，我猜村子里只有不到一百栋房子，还有一家商店和一座教堂。我敲了敲门，门开了，这让我松了一口气。退休教师穿着针织的平底鞋，身后的屋子里传出新鲜出炉的面包的香味。我刚刚提到妈妈的名字，凯伦就反应过来了：

"你是蒂尔德的儿子吗？"

"是的。"

第十章 巨魔公主

"你为什么到这里来？"

我告诉她这要花点时间来解释。她要求我出示一张妈妈的照片。我从手机里找出一张春天时的照片给她看，那时妈妈还没有到瑞典来。凯伦戴上眼镜，仔细地看着照片上妈妈的脸，然后说：

"她出了什么事吗？"

"是的。"

她似乎并不惊讶：

"进来说吧。"

她的家里很暖和，但用的不是外公农舍里的那种电暖气，而是客厅里熊熊燃烧的壁炉。炉火给人一种温暖而亲切的感觉。屋子里摆放着手工制成的圣诞饰品。这时，我才反应过来，外公的房间里没有任何圣诞节的氛围，甚至窗台上都没有摆上蜡烛。客厅的墙上，挂着她儿辈和孙辈的照片。尽管她告诉我，她的丈夫去年就去世了，但这个家庭里依然能够感觉到生机和爱意。

凯伦给我倒了一杯加蜂蜜的红茶，在倒茶时她一声不吭，我也只好耐心地等待着。我们坐在炉火旁，蒸汽从我被雪打湿的裤脚上升腾起来。像在辅导学生一样，凯伦告诉我不要着急，把一切都从头到尾讲给她听——这让我想起了妈妈的叙述方式。据她说，蒂尔德曾是她的第一批学生。

我讲述了妈妈的故事。讲完后，我的裤子也差不多烤干了。我对她解释说，我来到这里是为了检验自己的理论，我认为，弗莱娅的死亡——不管是意外还是谋杀，对妈妈的病情都是一个决定性的因素。凯伦盯着炉火，说道：

"蒂尔德对田野的热爱超过了我教过的任何一个学生。她宁可待在树上，也不愿意在教室里读书。她会到湖里去游泳，她知道如何采集坚果和浆果，听说她对动物也非常有一套。但是她的朋友很少。"

我问道：

"除了弗莱娅？"

凯伦转过头，直视着我说：

"我们那时没有叫弗莱娅的学生。"

在满月的照射下，我又回到了外公的农场。我远远地停下车，这样他就不会听到发动机的声音。我穿过白雪覆盖的田野，走到他家附近的树丛中。妈妈曾说过，她和弗莱娅在这个地方搭建过一个窝棚。就是这儿了，一百多棵松树长在苔藓覆盖的巨石之间，一块无法耕种的荒地。这里没有搭建窝棚的痕迹。虽然妈妈讲过，她曾经爬到树上去窥探弗莱娅家的农场，可我在周围并没有看到任何建筑。不管怎样，我还是决定像妈妈那样，爬到树顶去看看。松树的枝干呈直角排列，就像天然的梯子，非常容易攀爬。但是爬到三分之二处的时候，树枝就变得太过脆弱了。我只好坐下来，看着周围的风景。我发现自己错了，不远处的确有一处建筑，不过比农舍要

小得多，被厚厚的积雪掩盖起来。从高处望去，我只能看到屋顶的
房脊——就像白色的毯子上被划开了一道黑色的口子。

我从树上爬了下来，那栋建筑又一次从我的视线中消失了。我
沿着崎岖的道路向它走去，没过一会儿，我已经能够看见积雪中的
木头围墙了。它是用银桦木搭建的。根据它的大小，我猜测这里应
该是一个工具棚或者操作间之类的地方，可能和外公农舍的排水沟
连在一起。屋子的门上挂着一把生锈的锁。我用钥匙圈拧开了门框
上的折页，拿下挂锁走了进去。

月光被隔绝在小屋的外面，我第一次拿出了自己的手电筒。随
着光柱的亮起，我的面前出现了自己扭曲的形象。我被吓了一跳。
我定睛一看，原来面前立着一个硕大的钢桶。在光线的照射下，我
的身影映照在上面，显得又粗又矮。这个小屋是外公收集白色蜂蜜
的工作间。屋里唯一的装饰就是墙上挂着的一座精致的报时钟。它
已经停了。我摆弄着挂钟，直到它重新开始运转起来。钟面上有两
个小门，一左一右，高低错落。当钟敲响的时候，门就会打开，从里
面弹出两个小木头人，一男一女。那个男人站在高处，低头俯视着
女人，她则向上仰望着他。我本能地在心里替他们把对话补充完整：

嘿，上面的人！

嘿，下面的人！

农场
The Farm

两个小人儿回到了钟里面，小屋里又安静了下来。

绕到钢桶的后面，墙上钉了一根钉子，上面挂着外公割蜂蜜时穿的防护服。衣服是用白色皮革材料做的。我把手电筒放在地上，依次穿好衣服和裤子，戴好手套，最后扣上带有黑色防护网的头盔。我转过身，观察着自己在钢桶上映出的样子，弗莱娅曾经描述过的巨魔形象出现在我的面前，恐龙般的厚皮、苍白的手蹼、长长的爪子，脸上长着一只巨大的黑色独眼，一眨也不眨地看着你。

我脱下衣服，独眼巨魔的形象消失了。我陷入了沉思。思考本身就是一种情感，一种有意识的心灵升华和宁静。不过，紧接着，我在房间的后部发现了一道锁起来的门。我立刻把这份宁静抛在了脑后。我用厚重的靴子踹着大门，直到把门框踢裂。我走进门后的房间，手电筒的光照在地面的木头碎片上。屋子里摆放着锯和凿子——应该是外公用来维修蜂箱的工具。这也是他制作报时钟的地方。地板上还有几个没做完的挂钟，以及一堆半成品的木坯。木板上雕刻着凸出的面孔图案。我伸手拿起其中的一块，手指摩挲着那长而弯曲的鼻子。有些面孔看起来很友好，有些则正好相反。还有的属于某些奇异的生物——你很难想象，它们是出自我外公之手。这是一个充满了创造力的空间，在这里，他把自己与外面的世界隔绝起来，尽情地表现自己的个性。我蹲下来，捡起一块粗糙的圆盘形木板。

我不知道外公在门口站了多久，但我知道他在看着我。虽然没有回头，可我能感觉到他已经来了，或许是被我踹门的声音惊动了吧。我不紧不慢地检查这个工作室，心里想象着，很多年以前，他就是在这里恐吓和诱骗妈妈的。现在，他又把这一切推得一干二净。我用力掰断了手里的圆木盘，感觉着木头碎片扎在皮肤上的刺痛。这时，我听到他关上大门的声音。

我转过身来，举起手电筒。他挥动双手，遮挡着自己的眼睛。我放低手电筒，拧动手电筒的头部，光线开始发散，射向四周，这样我们就可以看见彼此了。外公居然还穿着那套西装，即使在深夜，听到有人闯入农场，他还是要套上西服再出门。我对他说：

"是你带妈妈来这儿的。在这里，她不是蒂尔德了，你给她起了一个新名字，你管她叫'弗莱娅'。"

"不。"

他否定了我的猜测。我第一次感到愤怒。不过，他很快就说出了自己的证据：

"她自己挑的这个名字。她从一本书里读到的。她喜欢这个名字的发音。"

这是一个令人震惊的细节，它暗示了妈妈也牵扯其中。我停顿了一下，重新在心里审视了这个令人畏惧的老人。他是一个成熟的政客，有着自己的反击策略。他不会试图否认这一指控。相反，他采用了更为微妙的手法，他想把部分责任转嫁到妈妈身上去。我不能让他得逞：

农场
The Farm

"你给她讲了一个故事——你编造的故事。你扮演她的丈夫，你要求她扮演你的妻子。就在这个地方，你告诉她说，这里就是你们的农场。"

我等着他开口，但他什么也没说。他想知道我了解了多少。

"蒂尔德确实怀孕了，但她怀的是你的孩子。"

那个叫凯伦的老师告诉我，妈妈在怀孕后受到了很多羞辱。尽管她一直在维护妈妈，可惜其他人并没有那么善良。外公的谎言太有杀伤性了，以至包括凯伦在内的人至今都相信，是那个农场雇工作的孽。

"你把责任推到了一个年轻人身上，他因此失去了工作。你是个大人物，人们都相信你，所以你的谎言就变成了事实。"

"它们现在仍然是事实。你随便找一个经历过这件事的人，他都会告诉你我讲的故事。"

多么强大的势力，它足以实施犯罪，也足以掩盖任何罪行。我最无法忍受的是，时至今日，他居然仍旧沉醉在拥有力量和特权的乐趣当中。很显然，他享受这种受人信任的感觉。

"我妈妈和你妻子谈过这件事吗？或许她曾经试过，但你妻子拒绝相信这个故事？"

他摇了摇头：

"不，我妻子相信她的话，但这让她越发憎恨蒂尔德，相对于真相，她更喜欢我的谎言。她在这上面花费的时间比其他人多一点，

第十章 巨魔公主
Chapter 10

但最后，她还是学会了忘记真相，蒂尔德也曾经掌握了这个方法。我和我妻子生活在这个农场里，我们的婚姻非常美满，六十年来，所有人都在赞美着我们的爱情。"

"那个孩子呢，他怎么了？"

我在提出问题的同时，就想到了答案。我终于明白了为什么妈妈会强烈地想保护米娅——那个领养的孩子。

"她被送人了。"

真相终于水落石出了，我却感到一阵泄气和空虚。我悲伤地说：

"现在你想怎么办，外公？"

我看着他把手指竖在嘴唇上，妈妈在医院里也做过相同的动作——这就是她留给我的线索。这个动作并非代表着沉默：它只是表明他在想主意。我怀疑，过去每次他把手放在嘴边的时候，心里可能都在想着这肮脏的角色扮演游戏，一旦思虑成熟，很快他就会把新的角色强加在妈妈身上。也正是出于这个原因，每当看到他做出这个动作，她都会害怕得不得了。最后，他把手从嘴边拿开，放在口袋里，轻松地说：

"现在？现在我什么也不想做。蒂尔德在疯人院里，没有人会相信她说的话。她疯了，她老是疯疯癫癫的，到处和人乱说巨魔之类的浑话。这件事已经结束了，已经是上辈子的事喽。"

他把妈妈的住院当成一个胜利，这样他的罪行就不会暴露了。我能做什么呢？我到这里来不是为了报复，我是来寻找线索的。暴

农 场
The Farm

力的念头在我脑海中一闪而过，但它们都是虚妄的，它们只是幼稚的想法，而且事实上，我也根本无力实施，我沉浸在自己的挫折感中。我提醒自己，我来这里的唯一目的是帮助妈妈，复仇不是我的本意，也不符合我的需要。

我无法继续待下去了。但是，走到门口的时候，我突然想到了一个可能被遗漏的细节，这或许有些作用：

"你给自己起了什么名字？她是弗莱娅，你是……"

"丹尼尔。"

这个回答让我大吃一惊。我停了下来，看着他，他接着说道：

"她用这个给自己唯一的孩子起了名，不管你怎么想，她肯定还是有些留恋这里的那段时光的。"

这是一个谎言，一个一时兴起的、恶毒的谎言——从中你可以看出他的残忍，以及创造力，因为邪恶也需要创造力。我的外公是一个会讲故事的人，并且精于此道，他的故事首先是基于欲望，其次是为了保护自己。

我坐在车里，把头伏在方向盘上。我在心里告诉自己：开车，离开这里。但是当我闭上眼睛，我就会看到那颗烧焦的牙齿，那是妈妈的童年，无论她多么努力地尝试，都无法摧毁这段记忆。我从车里走出来，打开后备厢，摸到了放在那里的备用汽油罐。

在丧失勇气之前，我迅速地穿过雪地，向银桦木小屋走去。很快地，我用一根棍子清除了积雪。为了争取时间，我把汽油倒在木头碎片和报时钟、工具和操作台、防护服和钢桶上。我把空汽油罐留在屋子里面，转身走到大门口，我的手在颤抖，我试图划着一根火柴。火柴被点着了。我在心里问自己，这是不是正确的选择，我又能从中得到什么。火焰逐渐烧到了我的手指，可我还是不能下定决心。火焰灼伤了我的皮肤，我把它扔进雪堆。

"把它们给我。"

外公出现在我身旁，伸出手来。起初，我并不明白他在说什么。他又重复了一遍：

"把它们给我。"

我把那盒火柴递给他。他点燃了一根火柴，把它举到齐眉高的地方：

"你一定认为我是个怪物，但是你仔细看看这个农场，这里一片荒凉，面对着一个木头人一样的妻子，你还能指望我怎么做？我当了十四年的好爸爸，然后又做了两年的坏父亲。"

妈妈曾经把弗莱娅描述为一个女人，而不是女孩。正是在那个时候，随着胸部的发育和性意识的萌动，她的形象闯入了外公的眼睛。她把自己的转变归咎于他。甚至在描述我那邪恶的父亲时，她总是强调，他变了，突然就变成了另外一个人，只需要一个夏天的时间——就像她父亲在 1963 年夏天做的一样。

外公把手轻轻地一挥，将火柴扔进了屋子里。汽油被点燃，火焰迅速蔓延，首先是木屑和刨花，然后是半成品的木雕。惨白色的

农场
The Farm

防护服慢慢地融化，巨魔的皮肤燃烧起绿色和蓝色的火苗。火越来越大，钢桶也被烧得扭曲变形。很快，外墙也烧着了，然后是屋顶。我们被迫向后退去，以防被热浪灼伤。浓烟滚滚，甚至遮住了头顶的星空。我问他：

"会有人来救火吗？"

外公摇了摇头：

"谁也不会来的。"

当屋顶被烧塌时，外公说：

"很久以前，我就不再做蜂蜜了。客户们大都更喜欢黄色的蜂蜜。我的白蜂蜜有一股微妙的味道，放在茶里或者抹在面包上就可惜了。出于好奇，人们往往会买上一罐白蜂蜜，然后就把它丢在储藏室，再也无人问津了，这让我很伤心。蒂尔德比其他人更理解我的痛苦，她从小到大都是空嘴吃蜂蜜的。"

我们肩并肩地站在一块儿，面对着热浪翻滚的大火，像一对真正的祖孙那样。这应该是我们一起度过的最长一段时光，或许也是最后的时光了。终于，大火被融化的雪水浇灭了。他没有跟我告别，独自回到了自己的农舍，那栋弥漫着电加热器和捕蝇纸味道的小屋。不管他声称自己的晚年有多么幸福和快乐，我都不相信那是真的。

我开车离开他的农场，脑子里想象着年轻的母亲骑着自行车，拼尽全力地沿着同样的路飞驰，口袋里还揣着平日攒下的硬币。我驶过长途汽车站，在那里，她曾经孤零零地站在路边，向几英里外张望着，身边立着一根金属站牌，上面显示着每日经过这里的为数不多的几班巴士。我想象着，当她付过车费，坐在后排的座位上，透过车窗，发现没有人跟踪自己时，那种如释重负的感觉。她随身携带着一个小小的木质音乐盒，里面装得满满当当的，其中就包括了那颗牙齿。那是她对这片土地的记忆——对十四个年头的记忆。

我沿着巴士的路线离开了这个地方，一路向南，直到我看到省界的标志牌。标志牌的后面，耸立着一座大约三十米高的岩丘，丘顶树木丛生。在林木之间，靠近最高的崖壁，站立着一只雄壮的麋鹿。我猛地刹车，把车停在路边。岩丘异常陡峭，不过我还是找到了一条可以爬上去的小路。在丘顶，我看到了那只麋鹿。当我笨拙地向它走近时，小家伙并没有退缩。我抚摩着它的后背、脖颈和鹿角。它是由钢材铸造的，固定在岩石上的螺栓已经生锈了。它昂着头，悲悯地凝视着脚下这片大地。

我行驶在午夜的路上。为了保持清醒，我不得不经常停下来，捧起一把雪来搓搓脸。我回到农场的时候，天已经亮了。现在给伦敦家里打电话还太早了些，而且我的脑袋昏昏沉沉的，不知道该怎么和爸爸说。我决定先睡几个小时，没想到这一睡就睡了一整天。窗外，又下起雪来。过去一周里我踩出的足印都被雪掩盖住了。我感觉自己好像刚从冬眠中醒来，我生起炉火，在铁炉子上热了一碗粥，还加了一小撮丁香粉。

出于某种原因，我拖延着，一直到上午十一点钟才打了电话。在大部分的时间里，爸爸始终保持着沉默。他也许是在哭泣，但我不能肯定，因为他没有发出声音。我突然想到，在整件事中，我表现得都十分冷静，我没有哭，也没有流露出任何情感，除非把向银桦木小屋里倒汽油也算作宣泄情绪。我又打电话给马克，他向我再三确认是外公点着的火，我默默地听着他帮我把责任择干净，确认我不会为此而吃官司。在我讲完所有细节之后，他问道：

"你感觉怎么样？"

这个时候，我突然意识到自己的发现并不完整。我的证据链缺失了一环，就像嘴里少了一颗牙——舌头在里面总觉得不得劲。

"我还没准备好回家。"

在马克听来，我这是答非所问：

"可是你已经找到了答案，不是吗？"

"还没有。"

他重复了我的话，好像很不理解：

"还没有？"

"妈妈从不相信过去和现在有什么关联，她只专注于眼前。我们也不能把目光只放在过去。"

"甚至在你发现了这些事情之后？"

"我不相信这两个夏天之间的联系只存在于她的脑海里。这里

第十章 巨魔公主
Chapter 10

一定还发生了什么事，还有些真相等着我去发掘，我肯定。"

马克理智的大脑很难跟上我的跳跃性思维，尤其是我没有任何事实依据，却又急着推翻自己的结论。然而，他并没有反驳我，他相信我的判断，那就是这两个夏天环环相扣，一环接着一环。

我开着车，经过了游客们常去的海滩，我的目的地是妈妈跑步的那片荒凉的沙地。到了那儿，我把车停在路边，背上一个小背包，迎着咸涩的海风，开始穿越荆棘和沙丘。为了防止寒风的灌入，我把灯芯绒大衣的领口紧紧地扣起来。天太冷了，我的鼻涕流了出来，我用手擦了一把，没过多久它居然被冻住了，硬邦邦地粘在我的手背上。终于，透过流泪的双眼，我看到了那座古老的灯塔。

海浪在礁石上留下了一层黑色的薄冰。有些地方是如此光滑，以至我不得不手脚并用才得以通过。我瑟瑟发抖，满身伤痛，踉跄着走到了灯塔门口。米娅曾经把花束挂在那里。现在，门上什么都没有，取而代之的是一排冰凌，那是海浪拍打在灯塔上留下的。我用肩膀撞开门，冰凌纷纷掉落下来，在礁石上摔得粉碎。

里面到处都是烟头和啤酒罐。像泪滴岛一样，少年们发现了这个远离人迹的地方，并把它据为己有。我刚到瑞典的时候，就来过这个地方，在这里我什么也没有找到。不过我的确发现了些奇怪的地方：这个灯塔荒废了多年，地面上一片狼藉，室内的墙壁却刚刚被粉刷过。

我放下背包，从里面掏出热水瓶，给自己倒了一杯滚烫的甜咖啡，

农 场
The Farm

这可以让我暖和起来。起初，我的计划是刮掉墙面上的涂料，看看里面到底隐藏了什么秘密。在离家很远的一家五金店里，我曾经讨论过这项工程。可惜他们不打算接下这个活，我只好选择了化学药剂。我喝了杯咖啡后，感觉体力恢复了很多，于是决定立刻开始动工。天黑下来的时候，我已经清理出很大的一块面积。其中有个特别的地方吸引了我的目光，一大片明亮的颜色——那是一束夏季盛放的鲜花。

第二天，我以花束为中心，向四周开始清理。慢慢地，我看到了米娅的画像，身穿着仲夏节的白色礼服，头上和脚下都装点着鲜花。由于过于兴奋，我一不小心弄坏了壁画，不过这并不影响壁画本身独特的艺术成就。虽然我曾在寻人启事上见过米娅的照片，但看了这幅画，我才第一次真正意义上认识了她。她很骄傲，也很坚强，她是一个追梦者，高昂着头，漫步在森林当中。

我又想起了米娅离家出走的事，妈妈说得对，除非有人帮助她，否则是不可能的，一定有人带她离开这里。而据我猜测，应该就是这个在灯塔的墙壁上为她画像的人。重温了妈妈的故事后，我把目标放在了那个在仲夏节派对上用种族歧视的语言侮辱她的人，那个留着长发的年轻人。他戴着耳钉，这说明他与主流的价值观背道而驰，这样的人不太可能是个种族主义者。可他为什么要说那样的话呢？他或许只是为了迷惑哈坎。而米娅跑出帐篷，也不是因为她受到了侮辱，她清楚他的歧视言论只是一种必要的欺骗，让她真正感到愤

第十章 巨魔公主
Chapter 10

怒的是哈坎的无端干涉。事实上，这个人应该也是个大学生，趁着暑假期间到这里来打零工。

马克有一位朋友，在伦敦东区开了一家现代艺术画廊。我联系了他，借用他的电子邮箱，我给瑞典的每一所大学和美术学校都发了邮件，附带上我拍摄的壁画照片。在邮件中，我谎称本画廊希望能与创作壁画的艺术家取得联系。在接下来的几天里，我陆续收到了一些回复——但没有人认识这个画家。直到那天，我收到一封来自国立艺术设计大学的电子邮件，这是一所位于首都南部的学校，是瑞典最大的艺术、手工艺和设计类大学。来信的是该校的一名教师，他确信这幅壁画是他刚刚毕业的一位学生创作的。听说我在寻找他，那个画家还有些怀疑，他不明白为什么伦敦的一家私人画廊会对自己在瑞典南部一座废弃灯塔里创作的壁画感兴趣。不过我在邮件里对他的作品大肆吹捧了一番，这打消了他的疑虑。我们决定在斯德哥尔摩会面。这位画家的名字叫安德斯。

我提前一天就赶到了斯德哥尔摩，在海边的主题精品酒店，我订了最便宜的房间。当天晚上，我花了大量的时间模仿自己要扮演的角色，同时还阅读了新兴艺术流派的简介。第二天一早，我站在大厅里，面朝着大门，翘首以待。安德斯来得很早。他身材高大，长相英俊，穿着黑色的紧身牛仔裤和黑色衬衫。他的耳朵上戴了一枚硕大的耳钉，胳膊底下还夹了一个公文包。我们聊起了他的作品，我对他才华的赞赏是真诚的。尽管我说过很多的谎言，多到甚至连

农 场
The Farm

我自己都非常惊讶的地步。但现在和从前不一样了，我憎恨自己说过的每一条谎言。只是因为害怕行动失败，我才不得不昧着良心说谎。米娅也许并不想被人找到。如果我冒险说出真相的话，安德斯一定会拔腿就走的。

我继续着自己的角色扮演，正在逐渐接近自己的目的。我声称，想看看他真正的作品——那些尺幅巨大、无法搬到酒店里来的画作。我猜测他不可能负担得起一个工作室，他应该是在家里作画，而假如米娅真的是和他私奔的话，她应该也住在那儿。就算米娅不在，至少我也能得到一些她的线索。画家果然上当了。他不好意思地解释说，我需要到他的公寓才能看到画作，而且他再三道歉，说因为斯德哥尔摩高昂的房价，他的公寓离市中心有点远。我说：

"我可以让酒店安排一辆车。"

我掏出一张一百克朗的钞票付了咖啡钱。在钞票的正面，我注意到，那上面印的不是某些大人物，比如发明家或是政治家什么的，而是一只蜜蜂。我举起钞票，在光线下审视着那只蜜蜂。当安德斯离开桌子的时候，我用瑞典语对他说：

"等一下。"

我想起了农场外那片洁净的雪原。我希望一切都有一个新的开端，但我不想把它建立在一个谎言之上。

我请安德斯重新落座，请求他听我讲完我的故事。他同意了，

第十章 巨魔公主
Chapter 10

对我语气上的变化感到有些困惑。当我说出自己是如何欺骗他的时候，我能看到他眼中的怒火。这愤怒部分是因为他觉得自己是个傻瓜，但更多的是因为失望，并不是真的有画廊看中了他的作品。我看得出，他一度很想离开，但最终他还是信守了承诺，坐在那里听我讲述。在我讲过了妈妈和米娅的关系，以及米娅离开之后发生的故事，他的脸上出现了悲伤的神情。最后，当我讲完故事时，他的怒火已经完全消退了，可他还是很失落，他的作品并没有得到真正的认可。于是我向他保证，虽然我是个外行，但我的赞赏是发自内心的，而那个电子邮件地址也真的属于一位画廊老板。谈话的最后，我问他我可否和米娅谈一谈，他让我在大厅里等一会儿，他要去打个电话。奇怪的是，我一度认为，他不会回来了。我闭上眼睛，等待着，心里感觉很轻松，好像刚刚冒险的并不是我。

我们来到了一个远离市中心的街区。安德斯低声说：

"艺术家们生而贫困。"

他是个浪漫的人，具有某种能够鼓动女孩离家出走的气质。因为电梯坏了，我们只好去爬冰冷的水泥台阶。到了楼上，他拿出钥匙。门打开后，他一边请我进去，一边开玩笑说，自己拥有一个阁楼套间。自听到真相之后，他说的一直是瑞典语，他告诉我：

"米娅很快就会回来的。"

我在客厅里等着，四周挂着的都是他的画。屋子里的家具很少，没有电视，只有一个小收音机插在墙上的插座上。为了打发时间，

农 场
The Farm

他开始画画。三十分钟后，门口传来一阵钥匙的响动。我走进门廊，第一次见到了米娅。她看起来比实际年龄更成熟，衣服穿得厚厚的。我能感觉到，她似乎也通过相貌认出了我的身份。她关上门，摘下围巾。当她脱下外套时，我发现她怀孕了。我差点要问她谁是孩子的父亲，幸亏及时地止住了。

我们三个人坐在狭小的厨房里，方块图案的地板在椅子下面嘎吱作响。我们喝着加了白糖的红茶，我猜，或许是因为蜂蜜比较贵吧。夏天的真相马上就要揭晓了，我感到惴惴不安，或许妈妈说的都是错的。米娅说：

"我并没有离家出走，是哈坎要求我离开的。在我告诉他我怀孕了之后，他替我预约了一个流产手术，假如我想继续留在他的农场，继续当他的女儿，我就必须接受他的安排。他声称这是对我未来的关心，没错，但他更关心的是自己的名声。我成了他的耻辱，不再是他喜欢的那种乖女儿。我不知道该怎么办。安德斯和我并没有太多的钱，我们不是傻瓜，我们养不活这个孩子。我差点就屈服了，差点就同意了去堕胎。一天晚上，我看到你妈妈在农场附近散步。我不知道她在那里干什么，但我想到我们曾经长谈过一次，她和别人的想法不一样。她告诉过我关于她离家出走的故事，当时她只有十六岁，和我一样一无所有，但她去了英国，开创了自己的事业，也拥有了自己的家庭。我想，她就是我的榜样。她是如此坚强，每个人都屈服于哈坎，只有她不是。他因此而憎恨她，却拿她没有办法。于是，我告诉哈坎，如果他不让我生下孩子，我就离开这里。其实，我只是想试图改变他的想法，我想让他知道我的重要性。可他居然同意了，他甚至没有告诉伊丽丝。她是我的妈妈，但她对我的未来没有发言权，她只会惶恐不安，每周都给我写信。她也经常来看我，每次她来的时候，都会在冰箱里塞满食物。她很想念我，我也想念她。"

米娅的声音哽咽了。她真的很爱伊丽丝。

"她是个好人，她总是那么善良。但她永远不会对他说不，她是他的奴仆。我不想变得和她一样。"

我问米娅，是不是她在暴怒中毁掉了哈坎的巨魔木雕。她摇了摇头：

"不是我干的。"

不用问，那只能是另外一个人：

"是伊丽丝。"

米娅想象着她妈妈拿起斧子，朝哈坎的巨魔像砍去时的情形，她笑了。她说：

"也许我错怪了她。也许有一天，她也会离开他。"

我问米娅，在今年的仲夏节派对上，她是不是喝醉了。她摇了摇头说，那天她之所以看起来神情恍惚，是因为发现自己怀孕了，她有些不知所措。在接下来的十天里，她被锁在农场里，就像一个囚犯，那是她一生中最糟糕的十天。在她做出决定之后，哈坎又提出了一个计划，他希望米娅自己消失。他不想向邻居们解释任何事情，他不能忍受这种耻辱。米娅说：

"他的主意就是杜撰一个我离家出走的故事，这样他就可以扮演无辜的受害者了。"

妈妈是对的：这件事里的确藏着不为人知的秘密。警探斯特兰知道真相，米娅并没有失踪，所以没有人去找她，寻人的海报只是做做样子而已。哈坎每个月的月底会把钱存进米娅的账户，他还支付公寓的租金。他随时可以来看望她，但是到目前为止，他从没有来过。

在她快讲完的时候，我问她，是否经历过什么危险。妈妈一直坚信米娅处于危险当中。对于这个疑问，她摇了摇头：

"哈坎从来没有打过我，一根指头都没碰过，他不是那样的人，他甚至没有责骂过我。假如我想要一套新衣服，他当天就会买给我，他会给我任何我想要的东西。他说我都被他宠坏了，他是对的，我的确被宠坏了。但他并不爱我，我觉得他根本不懂得什么是爱，在他看来，爱就是控制。他会定期检查我的东西。他找到了我藏在镜子后面的日记本，但并没有把它拿走。他把它留在了那儿，希望我能继续写下去，这样他就可以接着窥探我的思想。当我发现这件事之后，我把所有日记都撕掉了，然后把本子放回原处。这让他很生气，就像被撕掉的是他的日记。"

我又向她打听自杀的安妮·玛丽和田野里的隐居者。米娅耸了耸肩，说：

"我不太了解她。她和塞西莉亚很亲近，就是那个把农场卖给你妈妈的女人。塞西莉亚指责是哈坎造成了她的自杀，但我不知道她的理由何在，或许是安妮·玛丽和哈坎有什么私情吧。这不是什么秘密，哈坎有婚外情，对他来说，每个人的妻子都是可追逐的目标。伊丽丝也知道。不喝酒的时候，安妮·玛丽是个虔诚的基督徒，你也看过她绣的那些《圣经》经文，对吧？但是一旦她喝醉了，没有人比她更放荡，她甚至会当着自己丈夫的面和别人打情骂俏。在她眼里，他就是个又呆又蠢的木桩子，她总是这样，喝醉了就折磨他，清醒过来之后，又会后悔不已，真的，她确实非常难过。"

"为什么哈坎那么想买下我妈妈的农场？"

"没有特别的原因，就是因为他拥有附近的全部土地。当他看着地图的时候，你家的农场就像他王国中的一块法外之地，看似唾手可得，却怎么也拿不到，他为这事很恼火。"

"他很快就会得到它了。"

米娅想了想，说：

"没错，哈坎总是赢家，对于这样一个人，你也很难不对他产生尊敬。"

我想象着哈坎得意地望着地图时的情形，心里很不是滋味。不过，这和我已经没有关系了。

农场
The Farm

　　米娅已经和我谈了一个小时。她停下来之后，我们都没说话，屋子里陷入沉静。她和安德斯都不知道，我还打算了解点什么。我请求他们等一会儿，我想打个电话。我出了公寓，站在冷飕飕的水泥走廊里，拨通了爸爸的电话。听完我的叙述，他直截了当地告诉我，妈妈不会相信他的话，我也不行。他说：

　　"我们需要米娅到伦敦来，必须由她亲口告诉蒂尔德发生了什么。"

　　结束了和爸爸的对话，我又打给马克，询问他我可不可以用剩下的钱为米娅和安德斯支付飞往伦敦的机票。在电话里，他的声音与以往有些不同，过去他对我总是温言细语，但这次，我从他的语气里听出了赞赏。他同意了我的建议。我对他说，我爱他，我们很快就要见面了。

　　回到公寓里，我对他们说出了我的计划：

　　"我想请你们到伦敦去，我会支付机票和住宿的费用。我希望你们再帮我个忙，米娅，我需要你把刚才的话说给我妈妈听，我需要她亲眼见到你。这件事我自己做不来，她不会相信我的，更不用说我的父亲了。自从夏天之后，她就再也不和我们说话了，也不相信我们说的任何事情，她只会相信你。"

　　他们讨论了一会儿。虽然并没有听清他们的对话，但我相信，安德斯是持反对意见的，他在担心，毕竟米娅已经怀孕六个月了。过了一会儿，他们走过来，米娅对我说：

"如果换成我，蒂尔德也会为我这么做的。"

🦌

在飞往伦敦的飞机上，米娅看到了我装在包里的书，那里有妈妈的《圣经》和那本关于巨魔的瑞典语故事集。当她伸手去拿它们时，我本以为她的目标会是那本《圣经》，结果恰恰相反，她拿出来的是巨魔故事集。她一边翻着一边对我说：

"这是蒂尔德的书，对吧？"

"你是怎么知道的？"

"她曾经打算借给我看的，她说里面有一个特别的故事，她推荐让我读。你妈妈对我很好，但我不明白，为什么她觉得我会对这样的故事感兴趣。从小到大，我已经听腻了类似的故事。我答应过到她那里借书的，但我一直没有去。"

她的话让我很惊讶，我从来没有听妈妈这么说过，我很好奇她说的是哪个故事。或许这只是她的借口，我想，其实她希望和米娅聊些别的。

我把书要过来翻看着，意外地发现了一篇名叫《巨魔公主》的故事。看了第一行后，我就意识到自己没看过这个故事。在我的印象中，完全没有关于它的记忆，尽管我确信妈妈已经把整本书给我读过很多次了。根据附录，我手里的这本书并不完整，其中有一部分已经散失了。我又大致地浏览了一下其余的故事，确认只有这一篇被她略过了。这是最古老的巨魔传说之一，出过德语、法语和意大利语等多个版本，甚至在伊塔洛·卡尔维诺、夏尔·佩罗和格林兄弟*的著作中都能见到它，但是瑞典语的版本我还是第一次见到。我开始阅读这个故事。

巨 魔 公 主

从前有一位伟大的国王，他公正地统治着他的王国。他的王后是全国最美丽的女人，他的女儿比全国所有其他的孩子都可爱。国王幸福地生活着，直到王后生了很重的病。在她临终前，她要求他承诺，只有遇到和她一样美丽的女人，他才可以再婚。王后去世后，国王陷入了悲哀，他相信自己不会再结婚了。但他的臣子们坚持认为，王国需要一个王后，他必须再娶一位新的妻子。国王想起了自己的诺言，他必须找到一个和前王后同样美丽的女人。

一天，国王正透过城堡的窗户向外凝望。他看见自己的女儿在皇家花园里玩耍。她已经长大了。她长得像她的母亲一样美丽。国王突然跳起来，宣布她将是他的下一任妻子。臣子们都吓坏了，恳求他重新考虑。一位睿智的预言家声称，这样的婚姻会给王国带来毁灭。女儿也恳求她的父亲收回成命，但他拒绝了。婚礼日期被定了下来。公主被锁在了城堡里，以防止她逃跑。

---

* 译者注：以上均为世界著名的寓言和童话作家。

第十章 巨魔公主
Chapter 10

　　婚礼的前一晚，一位大臣因为担心这样邪恶的行为会给王国带来诅咒，于是帮助公主逃进了魔法森林。在婚礼当天，国王发现他的女儿失踪了。一怒之下，他杀死了那个大臣。然后，他派军队到森林里去寻找她。

　　公主马上就要被发现了，于是，她向那片神奇的森林寻求帮助。一朵蘑菇听到了她的哭声，它对公主说，如果公主肯答应它的要求，它就会帮助她。蘑菇只有一个条件，那就是从此以后，她不再与别人接触，把自己奉献给大自然。公主同意了，蘑菇把魔法孢子吹到了她的脸上，将她变成一只丑陋的巨魔。当国王的军队发现她躲在一块大石的后面，他们吓得向后退去，只能到其他地方去继续搜索。

　　巨魔公主在森林里生活了很多年，和那里的鸟儿、狼和熊都成了朋友。在这段时间里，她父亲的王国陷入了毁灭。国王只顾着寻找失踪的女儿，变得疯疯癫癫的。最后，他的城堡摇摇欲坠，他的国库空无一文，疯狂的老国王已经众叛亲离了，没有人再听他的使唤。他决定自己出发到森林里寻找女儿。他在树林里游荡了几个月的时间，在苔藓上爬行，饿了就去啃树皮，直到有一天，国王终于不行了。他在死亡的边缘挣扎。

　　巨魔公主从鸟儿口里听说了她父亲的状态。她去看望他，但又不敢靠得太近。看到树丛间巨魔黄色的眼睛，国王恳求她将自己埋葬，这样他的尸体就不会被乌鸦撕裂了，他可以安详地离开。巨魔公主

农 场
The Farm

的心地非常善良，她回想起了父亲对她的爱，决定满足他最后的愿望，她同意了。然而，就在她点头的时候，她打破了自己对蘑菇的承诺。她的形象发生了改变，变回了可爱的公主，甚至比以往任何时候都更加美丽。

看到自己的女儿，国王重新振作起来，他跟跟跄跄地在后面追着她。公主大喊救命，狼、熊和乌鸦出现了，它们撕裂了国王的身体，并把他的碎块带到森林深处，当作一顿美餐。

后来，公主告别了她的森林朋友们，又回到了城堡。王国恢复了秩序。公主嫁给了一位英俊的王子，狼和熊都成为婚礼的来宾，城堡的屋顶也落满了鸟儿。在新女王的公正统治下，王国再次繁盛起来，人们从此过上了幸福的生活。

我从座位上站了起来，走到机舱后部的过道处。在瑞典，我一直保持着冷静，拒绝将情感因素掺杂在调查当中，一门心思专注于搜集证据。我希望可以客观地向在医院里的妈妈陈述整个事实。然而，读过这个故事后，我的脑海中情不自禁浮现出这样的情景，妈妈坐在我的床头，她的手指在书页间摩挲着，犹豫着，最终她下定决心，跳过这个故事不读，因为她害怕自己无法克制自己的感情，害怕我会产生疑惑，或者发现她的悲伤。她花了无数的时间来隐藏某个秘密，不仅是对我们，也是对她自己。很久以前，我就应该自己读一下这本书，或许妈妈早就期待着我这么做了。把这本书扔掉对她来讲是很容易的，但她还是把它留了下来，藏在了书架上。她之所以这样做，是想告诉我这本书的重要意义，但同时又不打算说出为什么。我品味着心中的悲伤，这让我想起从前我们一起分享过的快乐。通过分享，美好的时光变得更加悠长而印象深刻。悲伤也是一样。分享悲伤可以让难过的时间变得更加短暂而易逝。如果是这样的话，我希望自己能试试。

空姐或许是以为我晕机了，她给我倒了一杯水，问我感觉怎么样。我点点头，对她表示感谢。窗外，白云朵朵，泰晤士河蜿蜒曲折，指引着我们回家的路。

马克在机场迎接我们。在爸爸的要求下，我们驱车直奔医院。我向他解释说，在离开瑞典之前，我给自己的公司发了一封电子邮件，辞掉了我的工作。在新的一年里，我打算另谋职业。对于这个想法，马克表达了保留意见。他没有明确反对，只是对我说，这段时间他也一直在思考类似的问题。他问我：

"你打算做什么？"

"我不知道。我需要想一想。"

他看了看我：

"你现在感觉怎么样？"

"我觉得很有希望。"

"害怕吗？"

"有点。"

爸爸在医院外面等着我们。他向米娅打了个招呼，并且拥抱了她。他的脸上带有一丝绝望的神情。当他拥抱我的时候，我发现他瘦了很多，他的肩膀和后背硬得硌人。他打算直接进去，但我建议大家先一起吃个午饭，我不想让任何人感到过于匆忙，而且，我还有最后一个问题要问米娅。

我们在医院的附近找了一家老式的咖啡馆。服务员给我上了一盘涂好黄油的面包片，以及一铁壶茶。茶水又浓又烫，这让安德斯开心地笑了。但除此之外，大家基本没有怎么说话。我在脑子里盘算着，妈妈在对我讲述整个事件时，她一直在强调的不是悲伤，而是某种危机。因为她感觉到，这个年轻的女孩面临着危险，某个恶棍正企图伤害她。于是，我打破了沉默，第二次问她，是否曾经遇到过什么危险。她摇了摇头。不过我看得出来，她有些事情在瞒着我。我甚至怀疑，她也没有告诉过安德斯。

我决定施展一个手段。我把那本故事集递给米娅，并且给她指出了妈妈推荐的那篇故事。她看上去有点迷惘，但还是开始读了起来。她应该非常了解妈妈，因为在读完之后，她哭了。我又问了一遍方才问过的问题：

"你遇到过什么危险吗？"

这次，米娅点了点头。安德斯看向她。我猜对了，她并没有告诉过他。我问道：

"发生了什么事？"

"那个镇长是个人渣。每个人都知道这一点。他经常在大庭广众之下谈论我的身体，我的大腿，还有胸部。他上厕所的时候，总是把门打开，然后站在那里等着我经过。我把这些事都告诉了哈坎，还对伊丽丝述说过。她跟我说，镇长的确是个无耻的老流氓，但他是哈坎的支持者，他愿意为哈坎做任何事情。所以，哈坎对我的劝诚就是，穿得正式点，不要去挑逗他。"

我想起了妈妈第一次提到米娅的情形，我说：

"但是在夏天的烧烤派对上，当着所有客人的面，你脱掉衣服，到河里去游泳。"

"对，我就是想用自己的方式告诉哈坎，我愿意穿什么就穿什么，我不用在意那个镇长猥琐的目光，或者是他的告诫。我的想法本身没有问题，但那个家伙太蠢了，他居然以为我是在勾引他。后来，有一天晚上，我正在自己的屋里看书，我抬起头，发现镇长就站在门口。哈坎经常邀请一些朋友到家里来打牌，那天他出门去送一个喝醉的朋友回家。哈坎从来没有喝醉过，从来没有，但他总是劝别人多喝。恰好，伊丽丝也出门去了。天知道怎么搞的，就剩下我们两个在家。我以前从没怕过那个人，他只是让我觉得很可悲，但是那天晚上，我非常害怕。他倚在门框上，我强迫自己冲他微笑，对他说，我可以给他倒杯咖啡。我不知道他会不会让我离开房间，因为他靠在那里一动也不动。我故作天真地去拉他的手，把他推出房间，因为我知道，他以为我喜欢他，只要我不说出来，他就不会变得过于危险。我告诉他，我们可以喝一杯，不喝咖啡，喝点酒，他说这听起来不错。当他下楼的时候，我转身就跑。我的房门没有锁，但浴室门可以锁上。我关上了门，大喊着我感到不舒服，我要洗个澡，他可以自己倒杯咖啡，或者别的什么，随便他。他什么也没说，但我能听到他的脚步声，他在向我走来，我听到他踩在地板上的声音。我不知道他会不会把门踹倒，因为这扇门并不坚固，而锁也仅仅是最普通的弹簧锁。我看到门把手被扭动着，他试图推开浴室的门。我一动也不敢动，手里紧紧握着一把剪刀。他在门口站了有五分钟，然后，他走开了。但我没有离开浴室，我待在那里，直到哈坎回来。"

在妈妈的嫌疑犯名单上，镇长是第四个名字。

安德斯握住米娅的手，轻轻地问她：

"你为什么不告诉我？"

"因为我怕你会杀了他。"

我接口说：

"米娅，一会儿你和妈妈说话的时候，能不能从这里开始讲起？"

进入妈妈的病房前，需要通过两道安全门。门上的蜂鸣器显示出她病情的严峻，锁开启的声音也越发加剧了我们心头的沉重。爸爸说服了医生，暂时不要使用点滴，他希望等我回来。大家都赞同米娅应该一个人先进去看她，因为我们不想让妈妈感到措手不及。

米娅很乐意地听从了这样的安排。她表现出强大的意志力，没有被
身边的环境和走廊里游荡的病人吓倒，真是个了不起的女孩。安德
斯亲吻了她，然后一个护士就带着米娅进入了访客室。

我摘掉手表，强迫自己不再频繁地看时间。我在马克身边坐了
下来，他旁边坐着的是爸爸，再旁边是安德斯。我们四个人并排坐
在一起，没有人看报纸，也没有人拿出手机，我们的视线无一例外
地落在地板或者墙壁上。每过一会儿，就会有一个护士来向我们通
报事情的进展。她可以通过观察窗口，关注屋子里面的动向。她告
诉我们，米娅紧挨着妈妈坐了下来。她们的手握在了一起。她们在
深入地交谈。她们始终没有移动位置。当护士第五次回来时，她把
我们招呼到一起，就像一家人一样。她说：

"她想和你们谈谈。"

图书在版编目（CIP）数据

农场 /（英）汤姆·罗伯·史密斯（Tom Rob Smith）著；于非译 . —长沙：湖南文艺出版社，2017.9
书名原文：THE FARM
ISBN 978-7-5404-8286-2

I. ①农⋯　II. ①汤⋯②于⋯　III. ①推理小说—英国—现代　IV. ①I561.45

中国版本图书馆 CIP 数据核字（2017）第 210368 号

著作版权合同登记号：图字 18-2017-097

The Farm
Copyright © 2014 by Tom Rob Smith
This edition arranged with Curtis Brown Group Ltd.
through Andrew Nurnberg Associates International Limited

上架建议：外国文学·悬疑小说

NONGCHANG
农场

作　　者：［英］汤姆·罗伯·史密斯（Tom Rob Smith）
翻　　译：于 非
出 版 人：曾赛丰
责任编辑：薛 健　刘诗哲
监　　制：毛闽峰　赵 萌　李 娜
策划编辑：杨清钰
文案编辑：王苏苏
营销编辑：贾竹婷　雷清清
版权支持：文赛峰
封面设计：张丽娜
版式设计：潘雪琴
出版发行：湖南文艺出版社
　　　　　（长沙市雨花区东二环一段 508 号　邮编：410014）
网　　址：www.hnwy.net
印　　刷：北京鹏润伟业印刷有限公司
经　　销：新华书店
开　　本：847mm × 1270mm　1/32
字　　数：195 千字
印　　张：10
版　　次：2017 年 9 月第 1 版
印　　次：2017 年 9 月第 1 次印刷
书　　号：ISBN 978-7-5404-8286-2
定　　价：42.00 元

质量监督电话：010-59096394
团购电话：010-59320018